Nicht genug

Für J.E.

KATRIN BISCHOF

Nicht genug

Bibliografische Information der Deutschen Nationalbibliothek
Die Deutsche Nationalbibliothek verzeichnet diese Publikation in der
Deutschen Nationalbibliografie; detaillierte bibliografische Daten sind im
Internet über http://dnb.dnb.de abrufbar.

© 2016 Katrin Bischof
Herstellung und Verlag: BoD – Books on Demand
ISBN 978-3-8448-1989-2

Es überraschte Gesa nicht, dass sie nicht zur Beerdigung eingeladen worden war.

Mareike hatte irgendwann noch zu ihr gesagt: »Du solltest dich beizeiten informieren, wie Beerdigungen in den Niederlanden ablaufen, was man anzieht, ob man Blumen mitbringt und so weiter.« So war Mareike eben; man muss alles manierlich über die Bühne bringen und sich an die Regeln halten; das war für sie eine völlige Selbstverständlichkeit. Darum hatte sie auch überhaupt nicht daran gezweifelt, dass man Gesa Bescheid sagen würde. Aber Gesa hatte schon damals nicht mehr ernsthaft damit gerechnet.

Joke hatte ihr Bescheid gesagt. Aber erst, als alles vorbei war.

Es machte Gesa nichts aus. Eine Beerdigung war für ihr Empfinden nichts weiter als eine Show für die Lebenden, die den Toten nichts mehr anging. Ihr hätte nichts daran gelegen, den reibungslosen Ablauf dieses letzten Aktes durch ihre Anwesenheit zu stören.

Joke hatte ihr eine Nachricht aufs Handy geschickt. Gesa wusste, was in der Nachricht stand, als sie den kleinen gelben Umschlag und Jokes Namen daneben auf dem Display sah. Es hatte nichts anderes sein können.

Elina war in die Küche gekommen, um ihr das neue Armband zu zeigen, das sie geknüpft hatte.

»Guck mal, Mama«, sagte sie stolz und streckte Gesa ihr Handgelenk hin. »Wie findest du es?«

»Schön«, sagte Gesa. »Ganz schön, Süße.«

»Das ist das Fischgrätmuster. Habe ich heute neu gelernt. Wenn du es magst, mache ich für dich auch eins, in deinen Lieblingsfarben. Aber du guckst ja gar nicht hin.«

»Entschuldige«, sagte Gesa. »Ich habe eine Nachricht von Joke bekommen.«

Die dunklen Kinderaugen unter den langen Wimpern wurden ernst. »Ist Erik gestorben, Mama?«

»Ja«, antwortete Gesa. »Erik ist gestorben. Vor zwei Wochen.«
Elina kroch auf ihren Schoß und schlang ihren dünnen Arm um Gesas Nacken. Gesa drückte den schmalen, tröstlich warmen Körper dankbar an sich.

»Aber das ist doch besser für ihn«, sagte sie. »Oder, Mama?«

»Ich glaube schon.« Gesa seufzte. »Denn er konnte so nicht mehr leben.«

»Bist du jetzt traurig?«, fragte Elina.

»Ich weiß nicht. Ich bin so lange schon traurig gewesen. Vielleicht bin ich jetzt auch nur erleichtert.«

Elina sah sie stirnrunzelnd an. »Was bedeutet ›erleichtert‹?«

»Froh, dass es vorbei ist.«

Sie nickte. »Verstehe. Vor allem für ihn, nicht?«

»Ja. Du bist so schlau, meine Kleine.«

Elina drückte ihr mit gespitzten Lippen einen leise knallenden, schmetterlingszarten Kuss auf die Wange. »Kann ich dann bald wieder mit Rick und Louisa spielen, Mam?«

»Ich weiß es nicht … Wir werden sehen.«

Plötzlich hatte Elina es eilig, von ihrem Schoß herunterzukommen. »Ich mach mit meinen Armbändern weiter, okay?«

Eine lange Weile noch saß Gesa an dem riesigen Küchentisch aus massivem Sheeshamholz, den Erik und sie gemeinsam ausgesucht hatten. Sechs Personen passten um diesen Tisch herum, und sechs Stühle hatte sie dazu gekauft. Mit cremeweißen Stuhlkissen dazu, denn die hatte er lieber gemocht als die braunen, die sie genommen hätte, weil man Flecken darauf nicht so sah. Gesa hatte fröhliche Sonntagmorgenbrunches vor Augen gehabt. Oder einen gemütlichen Winterabend mit Entenbraten und Rotkohl und Semmelknödeln. Mit sechs Personen, einem Mann, zwei Frauen und drei Kindern. Und über die Flecken auf den cremeweißen Stuhlkissen hätte sie großzügig hinweggesehen.

Joke hatte das Gesicht verzogen, als Gesa sie zu Entenbraten,

Rotkohl und Knödeln eingeladen hatte. »Ente? Hab ich noch nie gegessen … Kommt mir irgendwie komisch vor.« Sie hatte zweifelnd den Kopf gewiegt, mit leicht vorgeschobenem Unterkiefer und einem Runzeln ihrer unsichtbaren hellblonden Augenbrauen. »Kannst du nicht Huhn stattdessen machen? Und Knödel … Das ist auch so was typisch Deutsches, oder? Ich weiß nicht, ob wir das mögen.«

Vier der sechs Kissen auf den Stühlen waren noch immer fleckenlos cremeweiß.

Erik schaute aus dem Bilderrahmen an der Wand auf Gesa herab. Das Foto war im Sommer des vorletzten Jahres aufgenommen worden, während des Urlaubs auf dem Campingplatz. Er trug einen Strohhut mit bunt gestreifter Binde und ein »Werner – das muss kesseln!«-T-Shirt. Im Gesicht hatte er ein Grinsen, das wohl verwegen sein sollte. Aber in seinen Augen sah sie die schüchterne, beinahe ehrfürchtige Zärtlichkeit, mit der er ihr immer begegnet war. Gesa war sicher, dass er an sie gedacht hatte, als das Foto geschossen wurde.

Sie wusste, dass sie sich etwas vorgemacht hatte mit ihrem Traum von der großen, glücklichen Familie. Er hätte eine Entscheidung treffen müssen, früher oder später, und vielleicht war es der einzige ehrenhafte Ausweg, der ihm irgendwann noch geblieben war: zu sterben.

1.

An diesem Dienstag hatte Robert wieder die Ruhelosigkeit überfallen.

Gesa hatte Elina zur Schule gebracht und spürte es sofort, als sie um kurz vor halb neun zurückkam. Er saß hinter seiner Zeitung verschanzt beim Frühstück, noch in seiner grauweißgestreiften, Gesa immer an Sträflingskleidung erinnernden Pyjamahose und verblichenem grauen T-Shirt. Sein Knie zuckte in einem eigensinnigen Rhythmus auf und ab, als hätte es sich selbständig vom Rest seines Körpers gemacht. Gesa hatte ihm einen guten Morgen gewünscht, den Computer eingeschaltet und sich an die Arbeit gemacht. Am Dienstag musste sie nicht in die Schule. Sie nutzte diesen einzigen freien Morgen in der Woche gerne, um so viele der Deutschstunden wie möglich vorzubereiten, die sie bis Ende der Woche noch zu geben hatte.

Gesa hörte das Rascheln der Zeitung, Roberts Räuspern und das lauter werdende Rauschen und Brodeln des Wasserkochers, als er sich mehr Kaffee machte. In dieser Wohnung hatte jeder sein eigenes Zimmer, aber aus irgendeinem Grunde fand trotzdem alles in dem riesigen, hufeisenförmig geschnittenen, Küche, Wohn- und Esszimmer umfassenden einen Raum statt: Spielen, Arbeiten, Kochen, Verzehren von Mahlzeiten. Manchmal fand Gesa das gemütlich. Aber oft genug hätte sie auch lieber eine Tür hinter sich zugemacht, um all den Geräuschen und Gerüchen nicht mehr ausgesetzt zu sein.

Gegen zehn war Robert zu ihr herübergeschlendert, inzwischen in Trainingshose, aber immer noch mit dem Drei-Tage-Bart im Gesicht. Lange hatte er am Fenster gestanden und hinaus auf den menschenleeren Platz vor dem Haus gestarrt, in das trübe, feuchtkalte Februarwetter. Schließlich hatte er sich mit seiner Kaffeetasse an das Laptop gesetzt und war in die Tiefen des Internets abgetaucht. Seine festen Anlaufpunkte jeden Tag waren zunächst verschiedene internationale Online-Zeitungen und -Magazine. Von dort aus ließ er sich einfach treiben. Das allein hätte Gesa wohl gar nicht so sehr gestört (immerhin war er Rentner, wie sie sich immer wieder vor Augen hielt, und hatte somit das Recht, ziellos in den Tag hineinzuleben), wenn er nicht die enervierende Angewohnheit gehabt hätte, irgendwelche Clips einfach drauflos abzuspielen. Das fröhlich schmetternde Gestampfe von Cajun-Musik, Ausschnitte aus den von Robert so verehrten Akira Kurosawa-Filmen, natürlich in japanischer Sprache (die für ihre Ohren abgehackt und immer bedrohlich aufgeregt klang), ein Zusammenschnitt sämtlicher in »Fargo« geäußerter »Yeahs«: Alles, wirklich alles, konnte jederzeit ohne Vorwarnung auf Gesa abgefeuert werden. Diesmal war es das sonore Organ von Bill Cosby, das, untermalt von kreischenden Konservenlachsalven, hinter ihrem Rücken losdröhnte.

Robert lachte, ein leises, glucksendes Kichern, das unversehens in schallendes Hahaha überging. »Das hier ist lustig … Willst du dich nicht eben mal zu mir setzen?«

»Eigentlich nicht, ich habe zu tun. Könntest du das bitte ein bisschen leiser machen?«

Am liebsten hätte sie Kopfhörer aufgesetzt oder den Raum verlassen. Sie tat es nicht, denn sie fand, dass er schließlich ebenso gut Kopfhörer aufsetzen oder den Raum hätte verlassen können.

»Wolltest du nicht anfangen, diesen Artikel von Amnesty International zu übersetzen?«, fragte sie ihn, als der Clip zu Ende war.

»Ja, das sollte ich wohl …« Er reckte sich und gähnte.

»Keine gute Nacht gehabt?«

»Nein … Wieder wach gelegen von zwei bis fünf. Wie spät ist es?«

Gesa hätte ihn beinahe darauf hingewiesen, dass der Bildschirm rechts unten die Uhrzeit anzeigte. Aber sie unterließ es. »Zehn vor elf«, sagte sie.

»Ich glaube, dann werde ich bald mal mit den Vorbereitungen fürs Mittagessen beginnen.« Er gähnte wieder, nahm seine Kaffeetasse und stand auf. Gesa musterte den Wohnzimmertisch. Dort, wo die Tasse gestanden hatte, war jetzt ein Kaffeering auf der Glasplatte. Sie widerstand dem Drang, in die Küche zu laufen und ein Papiertuch zu holen.

»Ich schalte das Laptop aus, wenn du es nicht mehr brauchst«, rief sie Robert hinterher. »Strom ist schon wieder teurer geworden.«

Er machte sich in der Küche zu schaffen; öffnete und schloss Schränke, klapperte mit Geschirr; hackte irgendetwas. Der durchdringende Geruch gebratener Zwiebeln wehte aus der Küche zu ihr herüber.

»Was machst du?«

»Kürbissuppe vorweg. Und danach Salat, Gnocchi und Broccoli.«

Wenigstens kochte er. Das war schon mal viel wert.

Um zwölf holte Gesa Elina von der Schule ab. Neben den Partien Mensch-ärgere-dich-nicht oder Memory, die sie alle drei mit Leidenschaft ausfochten, Abend für Abend, bevor es für Elina Zeit war, zu Bett zu gehen, waren die Mahlzeiten zu dritt das, was Gesa an Roberts Besuchen mittlerweile am meisten schätzte. Es war schön, sich an einen gedeckten Tisch zu setzen und Essen vorgesetzt zu bekommen, das jemand anders zubereitet hatte. Robert gab sich große Mühe, auf die Vorlieben aller einzugehen, was rührend war. Aber sie aßen alle nicht nur mit mehr Appetit, es wurde auch viel mehr geredet bei Tisch, wenn er da war. Elinas und Gesas Mahlzeiten zu zweit verliefen meist recht einsilbig, denn das Kind war wenig gesprächig und Gesa zwar stets ansprechbereit, doch in

Gedanken oft anderswo. Ihr Nichtreden störte weder sie noch Elina (nahm sie zumindest an), aber mit Robert war es schon etwas anderes; der graue Alltagsbrei erhielt bunte Farbtupfer. Er stellte Elina detaillierte Fragen, darüber, ob sie ihre Lehrerin mochte, welche Klassenkameraden sie zu ihrem Geburtstag einladen wollte, was sie in der letzten Turnstunde gelernt hatte, mit denen er diese sonst sehr kontrollierte, knapp Sechsjährige zu Reaktionen brachte, die einen gewissen Einblick in ihre ansonsten sorgfältig abgeschirmte Gefühlswelt gaben. Das konnte manchmal nur ein Augenrollen oder Schulterzucken sein, aber es zeigte doch, dass Elina über die Dinge ihre ganz eigene Meinung hatte. Sehr oft gelang es Robert, sie aus der Reserve zu locken und in regelrechte Diskussionen zu verwickeln, in deren Verlauf sich für alle erstaunliche Erkenntnisse ergaben. Er fand immer einen Anknüpfungspunkt und hatte – wenn es um Elina ging – ein erstaunlich gutes Gedächtnis, selbst für banalste Kleinigkeiten.

»Wie hieß doch gleich nochmal dieser Junge, der neulich von deiner Lehrerin aus dem Klassenzimmer geschickt wurde? Jordi?«

»Ja«, sagte Elina. »Weil er nur Quatsch gemacht hat.«

»Und geht es denn jetzt besser mit ihm? Ich meine, macht er nicht mehr ganz so viel Quatsch?«

»Doch, immer noch. Gestern hat er Nienke seinen Kaugummi ins Haar geklebt. Und die hat geheult.«

»Das kann ich mir vorstellen. Bestimmt musste ihre Mutter ihr die Haare abschneiden.«

Elina nickte. »Ja, an der Seite fehlt jetzt was, das fand Nienke auch ganz schlimm. Warum machen Jungs eigentlich immer so viel Quatsch, Robert?«

»Tja …« Robert überlegte kurz. »Es hat viel damit zu tun, dass Jungs Mädchen beeindrucken wollen.«

»Was heißt ›beeindrucken‹?«

»Sie wollen, dass die Mädchen glauben, dass sie alles können und wissen.«

»Wirklich?« Elina verdrehte die Augen. »Warum wollen sie das denn bloß?«

»Es steckt so in ihnen drin. Sie können nicht anders.«

Elina winkte mit einer Handbewegung ab, die der einer Fünfzehnjährigen an Lässigkeit in nichts nachstand. »Also, mich beeindruckt es nicht, wenn sie Quatsch machen.«

»Du bist ja auch ein kluges Mädchen, das selbst sehr beeindruckend ist.«

Elina kicherte, nahm diese Aussage aber ansonsten wie selbstverständlich hin. »Und, hast du auch Quatsch gemacht, damit Mama glaubt, dass du alles kannst und weißt?«

»Sicher.« Robert verzog das Gesicht zu einem Lächeln, das vielleicht eine Spur angespannt war. »Aber deine Mama ist genau wie du, sie kann und weiß selbst eine ganze Menge, da hilft Quatsch machen auch nichts.«

Elina überdachte es einen Moment, dann verkündete sie: »Ich finde, du kannst gut kochen. Und vorlesen und Geschichten erzählen.«

»Quatsch ist ja auch nicht nur schlecht«, sagte Gesa, die Roberts Blick auf sich ruhen fühlte. »Man sollte nur wissen, wann Schluss mit dem Quatsch sein muss.«

»Ich hoffe, das habe ich immer gewusst.« Roberts Lächeln hatte sich noch etwas mehr verkrampft.

Gesa sagte nichts, obwohl sie wusste, dass sie das, was er hoffte, nun bestätigen sollte, und fing stattdessen an, den Tisch abzuräumen. Elina fragte Robert, ob er noch einen Clip mit ihr sehen würde. Die beiden setzten sich an den PC, Elina auf Roberts Schoß. Kurz darauf ein Ernie-und-Bert-Dialog über ein Stück Schokoladenkuchen, dessen Verschwinden der listige Ernie dem Krümelmonster in die Schuhe zu schieben versuchte. Gesa hörte beide laut lachen. Robert hatte ihr einmal erzählt, dass seine Exfrau immer gesagt hatte, er sei nur für den Spaßpart gut gewesen. Lange hatte sie nicht verstanden, was die Exfrau damit eigentlich gemeint hatte.

Elina musste zurück zur Schule gebracht werden. Robert fragte Gesa, ob sie auf dem Rückweg eben schnell Kaffee aus dem Spar-Laden mitbringen könne.

»Wenn du absolut nicht ohne kannst ... Um zwei muss ich schon los.«

»Wo geht es heute nochmal hin?«

»Konversationskurs an der Sprachschule. Wie nun schon seit anderthalb Jahren jeden Dienstagnachmittag.«

»Richtig, heute ist ja Dienstag. Entschuldige, ich vergesse manchmal, welchen Tag wir haben.«

Er hätte jetzt sagen müssen, dass er sich seinen Kaffee eigentlich auch ohne weiteres selbst holen könnte. Aber er sagte es nicht. Und auch sie sagte es nicht. Es stimmte ja, sie kam sowieso am Spar-Laden vorbei, es war kein großer Aufwand für sie. Dennoch, irgendetwas war falsch daran. Aber das hätte er schon von selbst erkennen müssen.

Als sie zurückkam, saß Robert wieder auf dem Sofa vor dem Laptop.

»Ich habe das Geschirr abgewaschen«, eröffnete er ihr.

»Schön, danke.« Sie wusste, dass er mehr Lob erwartete. Willst du jetzt wieder einen Orden, neckte sie ihn manchmal. Aber heute war ihr nicht danach.

»Darf ich kurz das Fenster aufmachen?«, fragte sie. »Hier stinkt es nach Essen.« In Wahrheit wollte sie Kälte ins Zimmer lassen, die ihn aufscheuchte, hoch von seinem gemütlichen Sofa, hinter dem Laptop weg, aus seiner undurchdringlichen Selbstabsorbiertheit.

Die Pfanne war noch ölig, im Kunststoffbehälter schwamm das schmutzige Abwaschwasser, und die Kochfläche war voller Fettspritzer und Soßenflecken. Gesa spülte die Pfanne noch einmal nach, kippte das Wasser mit einem wütenden Schwung weg und wischte den Herd sauber. Zwanzig nach eins; kaum noch Zeit für die Vorbereitung. Sie würde sich auf dem Weg nach Emmen etwas ausdenken. Vielleicht konnte sie den Konversationskurs über die gerechte Aufteilung der Hausarbeit diskutieren lassen.

Während der zehnminütigen Fahrt nach Hause rekapitulierte Gesa die vergangenen anderthalb Stunden.

Insgesamt war sie zufrieden, auch wenn die Unterhaltung heute – gerade im Vergleich zur vergangenen Woche, als sie über die Daseinsberechtigung der niederländischen Monarchie hatte debattieren lassen – eher behäbig dahingeplätschert war. Ihre fünf Kursteilnehmer, zwei Herren, drei Damen, waren alle über sechzig, seit vierzig Jahren verheiratet oder auch schon verwitwet. Falls sie jemals Kämpfe um die gerechte Aufteilung der Hausarbeit geführt hatten, waren diese anscheinend schon seit langem ausgefochten.

Der Kurs schätzte seine feste Routine, und so hatten sie zunächst wie immer gemeinsam das zum Thema gehörige Wortfeld beackert. Immerhin, dabei war doch allerhand Interessantes zusammengekommen, neben dem unverzichtbaren, eher prosaischen Grundvokabular auch zwei, drei dieser durch und durch idiomatischen Redewendungen, nach denen der leidenschaftliche Sprachenlerner so unermüdlich auf der Jagd ist wie ein nach kostbaren Perlen suchender Taucher. Nach einem grammatischen Abstecher in die Tücken der deutschen Adjektivdeklination von stark über schwach durch alle Fälle hatten die fünf dann freundlich Konversation darüber gemacht, wie sie und ihre Partner das Problem der gerechten Aufteilung des Haushaltes denn nun bewältigt hatten. Wobei es sich für Gesa so angehört hatte, als sei da eigentlich gar kein Problem gewesen. »Es hat eben jeder seine Rolle gefunden«, hatte eine der

Damen es auf den Punkt gebracht, und die anderen hatten zustimmend genickt. Ganz so, als habe sich das automatisch von selbst ergeben müssen, früher oder später.

Zum Schluss hatte Gesa noch für eine heitere Note gesorgt, ein Manöver, das immer gut ankam. Sie hatte die von Psychologen aufgestellte (und angeblich durch seriöse Studien untermauerte) These in den Raum geworfen, nach der Männer, die im Haushalt mithelfen, von ihren Frauen dafür mit mehr Sex belohnt werden. Einer der beiden Herren hatte ein bisschen herumgewitzelt, wie schade es doch sei, dass man das nicht schon vor zwanzig Jahren herausgefunden hatte, als er noch bereit und physisch in der Lage gewesen sei, für Sex so ziemlich alles zu tun, während eine der Damen verschmitzt gekichert und gemeint hatte, dass ihr Mann sie auch heute noch ganz schön in Wallung bringe, wenn er da so auf der Leiter stehe und Fenster putze. »Ja, siehst du, genau da liegt das Problem«, hatte Herr Nummer eins gefeixt, »all diese Zipperlein, die man im Alter so hat. Auf Leitern steigen, das ist ja heute schon ein Angehen.« Alle hatten gelacht. »Und wie ist das bei dir?«, hatte ihr zweiter Herr, einer der langjährig Verheirateten, Gesa keck gefragt. »Welche Belohnung kriegt dein Mann, wenn er mithilft?«

Um zwanzig nach vier kam Gesa beim Hort an. Sie brachte Elina schnell zur Turnstunde, half beim Aufbau der Geräte und fuhr nach Hause.

2.

Robert hatte sich über anderthalb Stunden lang auf dem Sofa im Wohnzimmer hin- und hergewälzt, gähnend, dann wieder ächzend im Halbschlaf, während Gesa Vokabeltests korrigierte und die Donnerstagsstunde bei Agrofeed vorbereitete, einem Futtermittelhersteller in Emmen, der so abhängig von seinen deutschen Kunden war, dass er sich die Verbesserung der Sprachkenntnisse seiner Mitarbeiter einiges kosten ließ. Die Geräusche vom Sofa gingen Gesa auf die Nerven. Sie wollte Robert sagen, dass er in sein Zimmer verschwinden und sich ins Bett legen sollte, wenn er müde war, aber sie hielt die Worte mit aller Macht zurück. Er sollte nicht das Gefühl haben, sich hier nicht frei bewegen zu können. Und außerdem lag er auch so schon zu viel im Bett, tagsüber, wenn nicht die Zeit dafür war.

Um halb sieben Uhr holte sie Elina von der Turnstunde ab. Auf dem Rückweg ertappte sie sich bei dem Wunsch, nach Hause zu kommen und die Wohnung leer vorzufinden.

Robert hatte sich vom Sofa hochgerappelt und war wieder in der Küche. Er fragte Elina, was er ihr zum Abendbrot machen sollte. Elina sagte, dass sie keinen Hunger hatte. Aber als sie sah, wie Robert die vom Mittagessen übriggebliebenen Gnocchi in eine Pfanne tat, fragte sie: »Kann ich davon auch welche haben?«

Gesa saß am Schreibtisch und hörte Robert gereizt antworten: »Ich habe dich gerade gefragt, und du hast gesagt, du wolltest nichts essen. Du bist alt genug, um dir zu überlegen, was du willst. Ich bin doch nicht dein Zirkuspferd.«

Elina kam zu Gesa herüber und sah sie verwirrt an. »Mama, was habe ich falsch gemacht?«, flüsterte sie.

Nachdem Gesa Elina gute Nacht gesagt und Robert ihr die

übliche Viertelstunde lang vorgelesen hatte, sprach sie ihn darauf an.

»Ich habe ihr gesagt, dass es mir leid tut«, sagte Robert reumütig. Gesa hatte keinen Zweifel daran, dass es ihm wirklich leid tat. In den bald fünf Jahren, die er nun schon bei ihnen einund ausging, hatte er nicht ein einziges Mal ungehalten mit Elina gesprochen. Und er hatte sich immer die größte Mühe gegeben, mit einer gewissen Beständigkeit für sie da zu sein, auch wenn er nicht in Stimmung war oder Kopfschmerzen hatte. Weit mehr Mühe als bei Gesa. »Ich hätte sie nicht so anfahren dürfen. Aber ich war müde und unzufrieden mit mir selbst, weil ich heute Nachmittag nichts geschafft habe. Ich weiß auch nicht, dieser Artikel … Ich komme einfach nicht in Gang. All diese Zahlen und Organisationsnamen. Aber sie scheinen meine Arbeit ja sehr zu schätzen.«

»Natürlich tun sie das«, sagte Gesa. »Du warst vor Ort, du weißt, wovon die Leute reden. Und für dich ist es auch gut, etwas Sinnvolles zu tun zu haben.«

»Morgen werde ich ganz bestimmt anfangen … Und du, was hast du noch zu tun?«

»Siebenundzwanzig Vokabeltests, dann ist es geschafft.«

»Wollten wir nicht zusammen die Stunde für deinen Businesskurs am Donnerstag vorbereiten?«

»Das habe ich schon erledigt. Während du geschlafen hast.« Gesa zwang sich zu einem Lächeln.

»Ich habe nicht geschlafen … Warum hast du nichts gesagt? Ich hätte dir sehr gerne geholfen.«

»Du machtest nicht den Eindruck, wirklich ansprechbar zu sein.«

Gesa wandte sich wieder ihrer Arbeit zu, er nahm seine Zeitung zur Hand. Diesmal setzte sie tatsächlich Kopfhörer auf; das Rascheln lenkte zu sehr ab.

Um zwanzig nach neun schaltete sie den PC aus.

»Und jetzt?«, fragte er. »Fertig für heute?«

Gesa nickte. »Sagte ich doch.«

Er fragte sie, ob sie sich nicht neben ihn setzen wolle. Sie schüttelte den Kopf und blieb in ihrem Schreibtischstuhl ihm gegenüber sitzen.

»Schade.« Er lächelte, was bei ihm immer ein wenig traurig wirkte, und Gesa bemerkte, wie abgespannt und müde er aussah. Aber es war einzig und allein sein Problem, dass er sich davor drückte, etwas gegen seine hartnäckigen Schlafstörungen zu unternehmen.

»Ich glaube, ich gehe ins Bett«, sagte sie.

»In dein eigenes?«

Sie wusste, dass er enttäuscht war, aber sie blieb hart. Heute Abend verspürte sie nichts als Widerwillen gegen das, was er im Sinn hatte; gegen den Akt an sich, vor allem aber gegen das, was mit Sicherheit darauf folgen würde, den betäubungsähnlichen Schlaf, in den er so oft binnen Sekunden fiel, nachdem er sich an ihr getröstet und berauscht hatte. »Das war es, woran ich dachte, ja. Und vielleicht solltest du das auch tun. In dein Bett gehen, meine ich.«

»Vielleicht solltest du mal den Vermieter anrufen, damit er nach der Heizung in meiner Klause schaut.« Klause, so nannte er das Zimmer, das sie für ihn eingerichtet hatte. »Mir ist so kalt da drin.«

»Aber du schläfst doch schon unter drei Decken.«

»Mir ist kalt nachts.« Er hatte jetzt diesen störrischen Gesichtsausdruck, der nichts Gutes verhieß. »Aber du hast ja nun einmal beschlossen, mir die Klause zuzuweisen. Wie du ja auch bestimmt hast, dass wir in die Niederlande ziehen.«

Seine plötzliche Aggressivität überrumpelte Gesa. »Aber du hattest doch damals überhaupt nichts dagegen?« Sie klang wie jemand, der sich im Grunde nicht ganz sicher ist, ob er sich nicht vielleicht doch schuldig fühlen musste. Dabei wusste sie, dass sie keinen Grund hatte, sich schuldig zu fühlen. Wenn er damals vor zwei Jahren Einwände gehabt hatte, hätte er sie vorbringen können.

Er ließ die Zeitung sinken und warf ihr einen dieser leidenden Blicke über den Rand seiner Brille zu. »Hast du mich eigentlich jemals gefragt, ob ich Lust habe, hier in der Agrarwüste der Provinz Drenthe zu hocken, in einem Nest, über dem die meiste Zeit der pestilenzartige Gestank nach Schweinegülle hängt, als ob man eine riesige Käseglocke darüber gestülpt hätte?«

Gesa erinnerte sich blitzartig an das, was Mareike ihr neulich am Telefon eingeschärft hatte. »Aber du hast doch den Mietvertrag mit unterschrieben. Deswegen ging ich davon aus, dass es für dich in Ordnung war.« Dagegen kann er doch einfach gar nichts sagen, hatte Mareike gemeint.

Aber er konnte, durchaus. »Wie hätte ich denn nein sagen sollen. Es bedeutete dir doch so viel. Und ohne meine Unterschrift hättest du diese Wohnung ja nun einmal nicht mieten können. Ich wollte dich glücklich sehen. Und außerdem«, fuhr er schnell fort, bevor sie ihn unterbrechen konnte, »war ich blind vor Liebe. Anders kann ich mir nicht erklären, warum ich diesen Riesenfehler gemacht habe, dir hierher zu folgen.«

Das Wort »Riesenfehler« ließ Gesa brutal werden. »Komm schon, dir war doch alles recht damals«, fuhr sie auf ihn los. »Du hast dich an mich drangehängt, weil es für dich das Bequemste war und dir nichts Besseres einfiel. Und im Übrigen bist du mir eben nicht gefolgt. Du bist nicht hierher gezogen. Du hast immer noch deine Wohnung in Deutschland. Für dich hat sich doch überhaupt nichts geändert.«

An diesem Punkt versicherte er ihr in tragisch-verletztem Ton: »Oh, aber es hat sich alles geändert, alles.«

»Ich sehe nicht, was. Außer dass du jetzt in einen anderen Zug steigen musst, wenn du uns besuchen willst.«

»Die Machtverhältnisse haben sich umgekehrt … Das ist es, was sich geändert hat.«

»Ich verstehe nicht, was du meinst«, sagte Gesa verärgert. »Dass du abhängig von mir bist? Du bist doch ein freier Mensch.«

»Ach ja, bin ich das? Es ist alles eine Frage der Territorialität. Und dies ist dein Territorium.«

»Hör auf.« Gesa fühlte ein hässliches, wütendes Brennen in der Magengrube. »Du kannst tun und lassen, was du willst.«

»Mir scheint, du übst ziemlichen Druck auf mich aus.«

»Sieh mal«, sagte sie beschwichtigend, »es hat vielleicht damit zu tun, dass es hier kein Sicherheitsnetz mehr gibt, das mich auffängt, wenn etwas schiefgeht. Wenn sie mir die Stunden an der Schule kürzen, weil kein Schüler mehr Lust hat, Deutsch zu lernen, oder Agrofeed den teuren Kurs streicht, sobald sie meinen, dass ich ihren Mitarbeitern genug beigebracht habe. Manchmal glaube ich, das ist dir noch nicht ganz klar. Nicht mal auf meine Eltern kann ich noch zurückgreifen. Was ist, wenn ich arbeitsunfähig werde und kein Einkommen mehr habe, oder wenn Elina …«

»Darüber haben wir schon so oft geredet«, fiel er ihr ins Wort. »Und ich habe dir jedes Mal gesagt, dass du dir wegen Geld keine Sorgen zu machen brauchst. Ich bin nicht gerade arm.«

»Aber ich will doch dein Geld gar nicht.« Gesa zögerte, für die Dauer eines Atemzugs, wollte es nicht sagen und konnte dann doch nicht mehr anders. »Ich will einen wirklichen Partner.« Nun stand es im Raum, bedeutungsschwer und nicht mehr zurückzunehmen.

Robert legte die Zeitung beiseite und sah sie stirnrunzelnd an. »Und was bin ich bisher gewesen?«

Ein Dauergast, der seit Jahren einen Platz besetzte, den er nicht ausfüllen konnte. Ein Buckelgeist, der auf ihren Schultern hockte. Ein Parasit, der sich an ihr festgesaugt hatte und alles nahm, was er kriegen konnte. Die bösen Worte schwirrten in Gesas Kopf wie ein Schwarm wilder, giftiger Bienen, den man endlich losgelassen hatte. Gleichzeitig schämte sie sich.

Ihr fiel wieder ein, was ihre Kursteilnehmerin heute Nachmittag gesagt hatte, und es erschien ihr auch jetzt sehr passend. »Ich habe das Gefühl, dass du deine Rolle nicht recht finden kannst«, sagte sie.

»Meine Rolle? Du meinst die Rolle des Hausmännchens, die du für mich vorgesehen hast?«

Jetzt fühlte Gesa die Wut unkontrolliert ihre Kehle hochschießen. »Und welche Rolle ist es, die du für dich selber vorgesehen hast?«, gab sie zurück. »Hast du darüber einmal nachgedacht?«

»Ich weiß nur, dass ich mein Bestes tue, gerade in Bezug auf Elina, und ich denke, das ist eine ganze Menge«, sagte er steif. »Es ist sicher mehr, als die meisten Männer tun würden, die nicht der biologische Vater deiner Tochter sind. Wenn das nicht genug ist, tut es mir leid.«

»Ich wünschte, du würdest das nicht so sagen, als ob es ein Opfer für dich wäre, dich mit meinem Kind abzugeben«, sagte sie.

»Und ich wünschte, du würdest das, was ich tue, mehr schätzen, anstatt mir immer nur vorzuwerfen, was ich alles nicht tue.« Er nahm seine Zeitung wieder zur Hand. »Ich weiß wirklich nicht, was du noch von mir erwartest.«

Gesa antwortete nicht. Wahrscheinlich wusste er das wirklich nicht. Und wie hätte sie es jemandem auch erklären sollen, der spontane Hilfsbereitschaft für Zuverlässigkeit hielt und sich jede Schwäche wie selbstverständlich erlaubte, während sie funktionieren musste, immer; egal, wie müde, krank oder frustriert sie war.

»Vielleicht erwarte ich von dir, dass du damit aufhörst, dich als wehrloses Opfer meiner Herrschsucht zu stilisieren und diesem Ort die Schuld an allem zu geben«, sagte sie schließlich und gab sich Mühe, langsam und unaufgeregt zu sprechen. »Unsere Probleme haben nichts, aber auch gar nichts mit diesem Umzug zu tun.«

»Aber für mich ist das hier ein absoluter Kulturschock.«

»Ein Kulturschock?«, wiederholte Gesa.

»Ich frage mich, wie du das nicht sehen kannst.« Robert machte eine weit ausholende Handbewegung. »Dieses raue, ungehobelte Idiom! Diese beklemmenden, urnenartigen Gefäße in den Fenstern! Diese bäuerische Küche!«

»Ich muss gestehen, dass ich Probleme habe, daran zu glauben«, sagte Gesa gepresst. »Ich meine, du warst Entwicklungshelfer. Du hast in Flüchtlingscamps gehaust und alle möglichen Sprachen gelernt, war da nicht auch dieser komische äthiopische Dialekt …«

»Orominya, eine der Regionalsprachen. Kein Dialekt.«

»Was auch immer.« Gesa zuckte die Schultern. »Ich weiß nicht, wie viele Sprecher diese Sprache hat, aber offenbar war es dir die Mühe wert. Und nun tust du eine europäische Kultursprache als raues, ungehobeltes Idiom ab.«

»Ich finde keinen Zugang dazu.«

»Weil du dir keine Mühe gibst.«

»Möglicherweise fühle ich mich hier einfach nicht willkommen.«

»Weißt du«, sagte sie, »du musst nicht hier sein, wenn du nicht willst. Du kannst auch wieder ins Ausland gehen. Ich hindere dich nicht daran.«

»Aber ich will bei dir und Elina sein.«

»Dann solltest du akzeptieren, dass wir jetzt hier sind und hier bleiben. Und der Ort lediglich ein Katalysator ist, der eine Entwicklung beschleunigt hat, die irgendwann sowieso hätte kommen müssen, und zwar an jedem anderen Ort auch.«

»Siehst du, genau das meinte ich.« Er hob resigniert die

Schultern. »Friss oder stirb, das ist es doch, was du mir sagst. Es ist letzten Endes völlig egal, was ich will oder nicht will. Und wenn es mir nicht passt, kann ich gehen.«

Gesa begriff in diesem Moment, dass er Recht hatte. Die Machtverhältnisse hatten sich umgekehrt. Denn es war so, wie er sagte: Zum ersten Mal seit zehn Jahren war es ihr egal, was er wollte oder nicht. Nicht völlig; aber doch so egal, dass sie es darauf hätte ankommen lassen.

Sie fragte sich, was diese tiefen Risse in ihre bis vor einiger Zeit noch betonfeste Überzeugung, dass dieser Mann ein für allemal in ihr Leben gehörte, hatte sprengen können. Es hatte Enttäuschungen gegeben, viele; kleine und später auch größere. Aber sie konnte es nicht an einem bestimmten Ereignis festmachen.

Kennen gelernt hatte sie Robert mit Mitte dreißig. Er war damals dreiundfünfzig gewesen und frisch geschieden. Drei Jahre lang waren sie ein Paar gewesen, wobei räumliche Trennungen von kürzerer und längerer Dauer, die durch seine häufigen Auslandsreisen bedingt waren, immer dazugehört hatten. Dann hatte er sich von einem Tag auf den anderen abgesetzt, spurlos, ohne ein Wort des Abschieds, weil er sich von Gesas Kinderwunsch zu sehr unter Druck gesetzt gefühlt hatte. In den fast zwei Jahren, die er verschwunden blieb, hatte Gesa von einem anderen das Kind bekommen, das seins hätte sein sollen. Völlig unerwartet hatte sie schließlich eines Tages wieder eine Nachricht von ihm erhalten, da war er gerade bei einem Einsatz auf den Philippinen. Ob sie ihn nicht besuchen kommen wolle, hatte er sie gefragt; er habe nicht aufhören können, an sie zu denken, die ganzen fast zwei Jahre lang nicht. Gesa hatte damals keine Fragen gestellt und ihn eingeladen, nach seiner Rückkehr bei Elina und ihr vorbeizukommen, in ihrer kleinen Heimatstadt, in die sie wieder gezogen war, als sich abzeichnete, dass sie alleinerziehend sein und die Unterstützung ihrer

Eltern gut würde gebrauchen können. Er war auch ohne zu Zögern gekommen, anfangs nur am Wochenende und während seiner Urlaube. Nach seinem Eintritt in den Ruhestand vor drei Jahren war er dann immer länger geblieben, manchmal ganze zwei Monate. So lange, bis er andere Termine hatte oder wieder einmal Zeit für sich brauchte.

»Sag mal …«

Er hob den Kopf. »Ja?«

»Wo wir gerade von ›gehen‹ sprechen … Heute ist Dienstag. Wann fährst du eigentlich wieder nach Hause? Wir hatten doch neulich abgesprochen, dass du eine Woche bleibst und dann wieder fährst, erinnerst du dich? Und nun bist du schon wieder zehn Tage hier.«

»Ich dachte, es liefe diesmal extrem gut«, sagte er. »Darum dachte ich, ich bleibe noch etwas länger.«

»Genau das ist der Punkt«, sagte Gesa. »Du willst so lange bleiben, bis es eben nicht mehr gut läuft. Aber so funktioniert das doch nicht.«

Er sah sie nur stumm an, und in Gesas Brust krampfte sich etwas zusammen. Noch vor einem halben Jahr hätte sie sich nicht vorstellen können, jemals so mit ihm zu sprechen.

Robert sagte immer noch nichts, also redete Gesa weiter. »Weißt du, wir müssen versuchen, da einen Rhythmus reinzukriegen, wir müssen Verabredungen treffen … Nicht mehr dieses Beliebige. Ich möchte auch andere Leute sehen, und die können nun mal nicht spontan, alle haben ihre Verpflichtungen. Das ist bei dir ja ganz anders, ich meine, du bist ja nicht mehr berufstätig, und Freunde hast du auch keine …«

Er zuckte zusammen, und einen Moment lang fürchtete sie, er würde in Tränen ausbrechen.

»Hör zu«, sagte er, und die ungewöhnliche Schärfe seiner ansonsten leisen und eher phlegmatischen Stimme verriet, dass er außer sich war. »Ich glaube, ich bin hier nicht länger willkommen, das war mehr als deutlich. Morgen früh haue ich ab. Du hast jetzt genug auf mir herumgetrampelt.«

Er stand auf und verließ den Raum.

Gesa spürte die Wut wie eine heiße Flüssigkeit aus sich heraussickern und einer hilflosen Panik Platz machen. Ein paar Minuten lang hockte sie zusammengesunken in ihrem Schreibtischstuhl. Dann ging sie hinüber zur Spüle, leerte halbvoll stehen gelassene Tassen mit kaltem Kaffee aus und wusch sie ab, fegte Krümel zusammen, hielt inne, horchte. Sie hörte das Wasser im Badezimmer laufen. Kurz darauf Schritte. Er ging in sein Zimmer. Die Tür schloss sich hinter ihm.

Gesa schlich auf Zehenspitzen in ihr Schlafzimmer. Sie zog alles aus bis auf den Slip, stand fröstelnd und überlegend mitten im Raum. Der karierte Flanellschlafanzug lag auf der Bettdecke. Gesa kam zu einem Entschluss. Sie öffnete den Kleiderschrank und griff das schwarze Seidennachthemd mit den Spagettiträgern heraus, das sie in den vergangenen zehn Jahren vielleicht dreimal angehabt hatte.

Eine halbe Minute lang stand sie hoch aufgereckt vor dem Spiegel, ohne zu lächeln, die Hände hinten auf den Hüften abgelegt. Der Schein der Straßenlaterne fiel in den Raum. Ihre Augen lagen im Schatten. Nur das milchige Weiß ihrer Brüste schimmerte durch den dünnen Stoff.

Gesa streifte den Slip ab und trat aus dem Schlafzimmer heraus. Unter Roberts Tür war ein schmaler Lichtstreifen zu sehen.

Sie würde das jetzt in Ordnung bringen.

3.

Mitte Februar hatte Elina eine Woche Frühlingsferien.

Auf der Fahrt nach Hamburg (wo sie beide die Woche verbringen würden, Elina bei ihrem Vater und Gesa bei Mareike) hatte Elina Gesa gefragt, woher man eigentlich wüsste, wann jemand ein wirklich guter Freund sei.

Gesa hatte gesagt, einen wirklich guten Freund erkenne man daran, dass dieser Mensch einem Dinge sagen dürfe, die zu sagen sonst niemand das Recht hatte – zum Beispiel auch und gerade dann, wenn man mal etwas nicht so gut mache –, und zwar deswegen, weil dieser Mensch einen damit nicht ärgern oder traurig machen, sondern einem helfen wolle; wirklich helfen. Dabei war ihr aufgefallen, dass sie sich bis zu diesem Zeitpunkt, also bis zum Alter von fast vierundvierzig Jahren, nie wirklich Gedanken darüber gemacht hatte. Aber in dem Moment war es ihr eingefallen, ohne dass sie groß darüber nachdenken musste.

Mareike erwartete sie vor der Tür der gediegenen Eigentumswohnung im ersten Stock, die sie vor zwei Jahren erworben hatte, nachdem die Universität Hamburg ihren Vertrag entfristet hatte.

»Na, wie sieht es aus?«

Umarmungen waren zwischen ihnen noch nie üblich gewesen. Nur dieses Willkommensgrinsen auf ihren beiden Gesichtern, das im Laufe der Jahre immer breiter geworden war.

Kaum etwas anderes fühlte sich für Gesa mehr an wie Nachhausekommen als der Moment, in dem sie ihre Jacke in den Garderobenschrank im Vorflur hängte, ihre Tasche in Mareikes Arbeitszimmer absetzte, immer an denselben Platz neben dem Sofa, und im Bad ihre Zahnbürste in den schon bereitstehenden Becher stellte. Es war vergleichbar mit der wohligen

Ruhe, die in sie einzog, wenn sie sich spät abends neben die schlafende Elina legte, nach einem dieser zermürbenden Tage, an denen alles verkehrt schien.

»Noch Abendbrot?«, fragte Mareike.

»Kleiner Snack reicht.«

»Und ein Glas Weißwein dazu darf es sicher auch sein?«

Alles war an seinem gewohnten Platz: Die bauchige weiße Teekanne mit dem grün-blauen Streifen auf dem Stövchen. Die Olivenholzschale mit den Pistazien neben der Weinflasche. Die Kerze in dem schlichten, mit weißem Kieselgranulat gefüllten Glas auf dem Tresen, der die Küche vom Wohnzimmer abteilte.

Sie setzten sich an den Couchtisch, Gesa auf das Sofa, Mareike ihr gegenüber in einen der Korbsessel mit den Füßen auf dem anderen. Mareike schenkte ihre Gläser halb voll und reichte Gesa ihres herüber.

»Unsere kleinen Rituale, was?«, sagte Gesa und nahm eine Handvoll Pistazien. »Ich esse sonst nie Pistazien. Ich mag sie nicht mal besonders. Nur mit dir.«

»Was wäre das Leben ohne kleine Rituale.« Mareike hob ihr Glas. »Na, dann.«

»Wie lange machen wir das eigentlich schon?«

»Was? Pistazien zusammen essen?«

»Befreundet sein.«

»Ich weiß nicht. Zweiundzwanzig Jahre?«

Gesa nickte. »Einer der wenigen Fixpunkte inmitten all der Unstetigkeit.«

»Ach komm, in den letzten Jahren sind wir doch schon sehr beständig geworden. Für unsere Verhältnisse. Und wo wir gerade von Beständigkeit sprechen: Was machen denn deine Pläne in Richtung Immobilienerwerb?«

»Ich nähere mich dem Gedanken.«

»Ich denke, es wäre in deiner Lage ein sehr sinnvoller Schritt.

Du weißt jetzt, dass du in den Niederlanden bleiben wirst, dein Einkommen ist stabil, du hast genug Eigenkapital, es ist die ideale Altersvorsorge, also warum nicht.«

»Ja«, sagte Gesa und lächelte. Es tat gut, zu wissen, dass es einen Menschen in ihrem Leben gab, der so viel über sie wusste, um eine so treffende Analyse ihrer persönlichen Umstände mit so wenigen Worten erstellen zu können. »Du hast ja völlig Recht. Ich werde mich umsehen. Da ist nur noch ein Problem.«

»Lass mich raten: Robert.«

»Touché. Und gleich beim ersten Mal.«

»Nicht weiter schwierig, da es in deinem Leben seit einigen Jahren schon eigentlich nur dieses eine Problem gibt.« Mareike rieb sich erwartungsvoll die Hände. »Also, was ist denn jetzt wieder mit Robert?«

»Er hat mir neulich gesagt, er würde zwanzigtausend dazugeben.«

»Zwanzigtausend?« Mareike hob die Augenbrauen. »Und, wirst du darauf eingehen?«

»Natürlich nicht.«

»Warum ›natürlich‹ nicht? Ist es denn so abwegig?«

»In dieser Situation: ja.«

»Was ist denn an der Situation jetzt so anders als noch vor einem Jahr?«

»Rein äußerlich nichts.« Gesa zuckte die Achseln. »Er hat immer noch seine Schlafstörungen, Kopfschmerzattacken, diese Phasen von absoluter Lethargie – manchmal kommt er tagelang kaum aus dem Bett. Soziale Kontakte hat er, soweit ich weiß, keine, vielleicht hat er die auch noch nie gehabt, keine Ahnung. Jedenfalls verlässt er ohne mich das Haus eigentlich gar nicht mehr – er hatte sich doch vor über anderthalb Jahren dieses Rennrad gekauft, habe ich bestimmt erzählt, seither steht das Ding bei uns im Keller, meinst du, er hat es auch nur ein einziges Mal benutzt? Obwohl der Nachbar ihn mehrmals

gefragt hatte, ob er nicht mal eine Tour mit ihm machen will.«
Gesa seufzte. »Immerzu erzählt er mir, er müsse Struktur in seinen Tag bringen, und dann kann er sich doch wieder zu nichts
aufraffen, und alles bleibt liegen. Was wiederum bewirkt, dass
er sich noch mehr als Versager fühlt, der nichts auf die Reihe
kriegt. Und dann entschuldigt er sich, weißt du, auf Schritt
und Tritt, für alles, für seine Unzuverlässigkeit, seine Übel-
launigkeit, dafür, dass er überhaupt geboren ist ... Beteuert,
er wisse, was er zu tun habe, dass er an sich arbeiten werde ...«
    »Also das Übliche.«
    »Vielleicht ist es auch noch schlimmer geworden, ich kann es
nicht sagen.« Gesa überlegte einen Augenblick. »Ich denke aber
eher, dass meine Wahrnehmung sich verändert hat.«
    »Und was genau hat dazu geführt, dass deine Wahrnehmung
sich verändert hat? Wäre ja mal interessant, darüber nachzudenken.«
    »Ich weiß es nicht. Es gibt da nicht das eine Ereignis ... Oder
vielleicht doch, im letzten Jahr, als er seine Gesprächstherapie
abgebrochen hat. Da muss ich irgendwie endgültig die Hoffnung verloren haben.«
    »Hattest du dir denn jemals ernsthaft etwas davon erhofft?«
    Gesa schüttelte den Kopf. »Er hatte diese Therapie ja sowieso
nur angefangen, weil ich ihm gesagt hatte, dass ich ihn nicht
mehr sehen will, wenn er die Dinge einfach weiter so schleifen
lässt. Ich weiß noch, wie er mich anrief, um mir zu verkün-
den, dass er einen Therapeuten gefunden hatte, und im selben
Atemzug fragte, wie oft er denn da hin müsse, bis er wieder zu
uns kommen dürfte.« Sie zog eine Grimasse. »Erinnerte mich
irgendwie an die Sitzscheine, die wir damals für Pädagogik
brauchten, weißt du noch?«
    »Du meinst die für diese Vorlesungen, bei denen immer hun-
dertfünfzig Teilnehmer auf der Liste standen, aber nur fünfundsiebzig tatsächlich anwesend waren, weil die fehlenden

fünfundsiebzig sich durch die tatsächlich anwesenden fünfundsiebzig hatten eintragen lassen?«

Beide kicherten ein wenig, darüber, dass sie nun hier saßen und ausgerechnet an etwas so Absurdes wie die sinnlosen Pädagogikvorlesungen, die gefälschten Unterschriften auf Anwesenheitslisten und die ermogelten Sitzscheine ihrer nun schon ein halbes Leben zurückliegenden Studienzeit zurückdachten.

»Wie hat er es damals eigentlich begründet, dass er die Therapie abgebrochen hat?«

Gesa machte eine wegwerfende Handbewegung. »Therapeut inkompetent, auf seinen Fall nicht spezialisiert, das hat er nach fünf Sitzungen behauptet.«

»Aber das ist doch unlogisch. Denn damit hat er im Prinzip ja zugegeben, dass es einen ›Fall‹ gibt.«

»Im Prinzip schon, aber das nützt mir auch nichts«, sagte Gesa müde. »Eine Diagnose ist ja nie gestellt worden. Ich denke, dass er genau das auch vermeiden wollte: Als krank abgestempelt zu sein.«

Mareike ließ ein verächtliches Schnauben hören. »Als krank abgestempelt, meine Güte, der Mann hat einfach nur Depressionen! Wie zig andere Menschen auch. Dagegen kann man doch was tun.«

»Ganz offenkundig ist sein Leidensdruck aber nicht so hoch, dass er etwas dagegen tun würde.«

»Warum auch, er hat doch das gekriegt, was er wollte, du hast ihn ja letztendlich auch ohne Therapie wieder zurückgenommen.« Mareike zog die Stirn in ärgerliche Falten. »Versteh mich nicht falsch, ich mag Robert gerne leiden, er ist ein netter Mensch und in vielerlei Hinsicht eine große Bereicherung, aber dieses Verhalten ist unmöglich. Er suggeriert dir, dass mit ihm irgendetwas nicht stimmt, damit du Nachsicht mit ihm übst, aber krank will er bitteschön auch nicht sein, nur das nicht, denn dann müsste er sich ja den Unannehmlichkeiten einer

Behandlung stellen. Bei der sich im Übrigen auch herausstellen könnte, dass viele seiner Unzulänglichkeiten eben nicht auf eine Krankheit zurückzuführen, sondern schlicht und einfach gravierende Charakterfehler sind. Aber wie auch immer, er hat es sich sehr bequem eingerichtet in diesem Nest. Das du auch noch für ihn gebaut hast.«

»Ich habe neulich irgendwo gelesen, dass Depressionen die Waffe der Schwachen sind«, sagte Gesa. »Und da ist etwas dran. Robert will mich glauben machen, ich sei die Mächtige und er der Schwache. Er sieht gar nicht, dass ihm gerade das auch viel Macht über mich gibt. Denn wie kann ich jemanden verlassen, der so offensichtlich schwach ist?«

Mareikes Mund hatte sich böse gespitzt. »Ich glaube, dass er das sehr wohl sieht. Und genau darauf spekuliert er auch. Dass du ihn schon irgendwie auch weiterhin mit durchziehen wirst.«

»Es ist ja nicht nur das … Ich meine, wir haben eine Geschichte, Robert und ich. Zehn Jahre. Das ist fast ein Viertel meines Lebens. Und ich hasse es, aufzugeben. Das ist zu einfach.«

»Manchmal ist Aufgeben sehr schwierig, wie man bei dir ja sieht. Aber die Frage ist doch, was es bei dem Ganzen für dich noch zu gewinnen gibt«, sagte Mareike kühl.

»Nein. Die Frage ist, kann man einen Kranken im Stich lassen.«

»Tut mir leid, dass ich jetzt mal so penetrant insistieren muss, aber entweder er ist krank, dann soll er sich behandeln lassen. Oder er ist nicht krank, dann allerdings solltest du an ihn auch dieselben Maßstäbe anlegen wie an einen Gesunden.«

»Gut, also, sagen wir: einen Menschen in seinem Zustand. Denn dass mit ihm irgendetwas nicht stimmt, ist ja doch offensichtlich.«

»Wenn du ihn mit den Maßstäben misst, die auch für Gesunde gelten, musst du zu der Feststellung kommen, dass er dich etliche Male im Stich gelassen hat.« Mareike ließ sich von Gesas Einwand nicht beirren. »Ganz zu schweigen von dem zweiten Kind, das du gerne gehabt hättest. Das hat er dir schön versaut.«

»Er sagte immer, er sei mit Ende fünfzig zu alt für noch ein Kind«, warf Gesa ein. »Vielleicht muss man das auch verstehen.«

»Das ist ein absolut akzeptabler Grund, wenn es denn der wahre ist. Und, war es der wahre Grund?«

»Nein.«

»Siehst du. Der wahre Grund ist, dass er keine Lust hat, sich auf irgendetwas festzulegen. Damals nicht, und heute auch nicht.«

»Und dabei hat er Kinder wirklich gern …« Gesa griff sich an die Stirn. »Elina liebt er, als wäre sie seine eigene Tochter. Daran habe ich keinen Zweifel. Und dann stellt sich mir die Frage, darf ich das, Elina diese Bezugsperson auch noch wegnehmen? Nachdem ich mich schon von ihrem Vater getrennt habe … Aber vielleicht rede ich mir auch nur ein, wegen Elina Skrupel zu haben, vielleicht ist es auch nichts weiter als meine eigene sentimentale Sehnsucht nach so etwas wie Familie, das Bedürfnis, sich an irgendetwas festhalten zu können …«

»Robert ist nun ganz sicher nicht der Mensch, an dem du dich festhalten könntest«, unterbrach Mareike spöttisch. »Im Gegenteil, er klammert sich nach Leibeskräften an dir fest. Wie ein Ertrinkender an seinem Rettungsring. Und wie es aussieht, hat er dich verdammt gut im Griff.«

Gesa blickte verstört vor sich hin. »Es macht mich wirklich fertig … diese Mischung aus Nostalgie, Verbundenheit, Enttäuschung, Hoffnung – und Wut, vor allem. Ich könnte ständig in die Luft gehen, wegen Kleinigkeiten. Da war dieser Vorfall, neulich im Urlaub … Habe ich dir eigentlich davon erzählt?«

Es war der erste Morgen ihres Weihnachtsurlaubs auf Lanzarote vor zwei Monaten gewesen. Gesa war ins Badezimmer gekommen und hatte eine Toilettenschüssel vorgefunden, in der die Scheiße herumschwamm. Roberts Scheiße. Die er nicht hatte beseitigen können, weil die Toilettenspülung am Abend zuvor ihren Geist aufgegeben hatte.

»Stell dir das nur mal vor«, sagte Gesa. »Anstatt bei der Rezeption Hilfe anzufordern, wie es jeder normale Mensch getan hätte, hat er die ganze Nacht kein Auge zugetan, sondern paralysiert vor Angst im Bett gelegen und auf das gewartet, was unvermeidlich kommen musste. Dass ich am nächsten Morgen ins Bad komme und ausraste.«

»Und, bist du ausgerastet?«

»Natürlich. Aber erst, nachdem ich das ganze Zeug heruntergespült hatte, irgendwie, mit der Toilettenbürste und ein paar Eimern Wasser, die ich in der Badewanne geschöpft habe.« Gesa stieß die Luft hörbar hervor. »Das ist das eigentlich Interessante daran. Warum mache ich das nur, schon beinahe reflexhaft, anstatt ihn am Kragen zu packen und ihm klipp und klar zu sagen, dass er seinen Dreck gefälligst selbst wegmachen soll?« Sie vergrub den Kopf in den Händen. »Irgendwie war das ein sehr symbolträchtiger Moment. Ich räume die Scheiße weg, die er hinterlassen hat. Ist das die Rolle, die ich in dieser Beziehung spiele?«

»Das liegt ja ganz bei dir, in welche Rolle du dich drängen lässt«, sagte Mareike.

»Ich weiß.« Gesa nickte heftig. »Robert spürt genau, dass ich mir nicht mehr sicher bin. Warum sonst bietet er mir wohl diese zwanzigtausend Euro für das Haus an? Und jetzt verstehst du wohl auch, warum ich auf dieses Angebot nicht eingehen kann.«

»Natürlich verstehe ich das.« Mareike goss ihre beiden Gläser noch einmal voll. »Bösartig ausgedrückt könnte man sagen, er versucht, sich einen Platz an deiner Seite zu erkaufen. Zwanzigtausend ist es ihm wert, immerhin. Eigentlich ein lächerliches Angebot, wenn man bedenkt, wie viel er später mal für eine professionelle Pflegekraft wird ausgeben müssen. Oder für einen Platz im Heim.«

»Wenn es einen gibt, der an solche Dinge nun gerade nicht denkt, dann ist es Robert.« Gesa verdrehte die Augen. »Er sagt immer, er wird eines Tages mal tot umfallen. Zack und weg.«

»Er verdrängt also die Möglichkeit einer eventuellen Pflegebedürftigkeit, wie originell«, fuhr Mareike hoch. »Tot umfallen, das wollen wir alle. Und bei wie vielen kommt es tatsächlich so? Wenn es dumm läuft, hast du ihn irgendwann am Hals. Wer sonst wird sich denn um ihn kümmern? Seine Exfrau? Wohl kaum. Seine Tochter? Wohnt die nicht in Spanien? Also weit genug weg?«

Gesa verzog unbehaglich das Gesicht. »Ihn auf dem Halse haben, wie das klingt …«

»Du weißt, ich bin die Letzte, die irgendjemanden dazu ermutigen würde, seinen kranken Partner zu verlassen«, schnitt Mareike ihr das Wort ab. »Im Gegenteil, ich befürworte es sehr, dass Familienangehörige sich gerade in solchen Situationen ihrer Verantwortung stellen, anstatt diese auf die Gesellschaft abzuwälzen. Aber stellt er sich denn seiner Verantwortung dir gegenüber? Was wäre denn etwa, wenn du mal ausfällst und er für dich da sein müsste? Wie lange würde er es zum Beispiel schaffen, sich um Elina zu kümmern, wenn du ins Krankenhaus müsstest? Und damit meine ich nicht nur, dass er ihr etwas zu Essen macht, sondern dafür sorgt, dass sie pünktlich zur Schule kommt, zum Sport geht, anständig angezogen ist und ärztlich versorgt wird, wenn sie krank ist, sodass niemand, auch nicht Elinas Vater, irgendetwas auszusetzen hätte. Eine Woche, zwei?« Mareike bohrte jetzt brutal und mit voller Absicht in Gesas wundestem Punkt herum. »Aber das Problem ist ja nicht nur, dass er nicht belastbar ist«, stocherte sie unbarmherzig weiter. »Das Problem ist vor allem doch, dass er schon jetzt eine enorme Belastung für dich ist, weil er dir einerseits sein planloses Leben vor die Füße wirft, erwartet, dass du ihm sagst, was er tun soll, sich aber andererseits ständig von dir gegängelt fühlt und querschießt. Da er nicht kooperationswillig ist und jegliche professionelle Hilfe verweigert, wird sich sein psychischer Zustand auch nicht bessern, sondern eher noch verschlechtern, davon muss man wohl ausgehen. Lass dann mal noch einen Schlaganfall dazukommen. Oder Demenz, noch hübscher. Dann schnappt die Falle zu.« Mareike stand mit einem Ruck auf, ging zum Kühlschrank und holte eine weitere Flasche Wein heraus. »Moment, Nachschub ist unterwegs.«

Als sie sich wieder setzte, war ihr Ton streng. »Und wenn es erst einmal so weit gekommen ist – schaffst du es dann noch, ihn abzuschieben? Eigentlich nicht, denke ich. Du bist nicht der Mensch, der so etwas tut, weißt du.«

»Nein … wohl nicht.« Gesa versuchte ein Lächeln. »Ist das jetzt schlimm?«

»Natürlich nicht, du weißt, dass Loyalität etwas ist, was ich an dir schätze. Außerordentlich sogar. Aber Loyalität muss man sich auch verdienen. Und er hat deine Loyalität einfach nicht verdient, sorry. Für das, was er da von dir verlangt, hat er dir nicht genug gegeben.«

»Er verlangt es ja gar nicht von mir. Er sagt, er würde mir niemals zur Last fallen wollen.«

»Natürlich sagt er das. Aber Robert weiß intuitiv, wie er dich kriegen kann. Er ist eben leider nicht nur intellektuell brillant, sondern auch mindestens ebenso manipulativ. Und rücksichtslos, wenn es darum geht, sich vor dem Absaufen zu retten. Da solltest du dir nichts vormachen. Er wird keine Skrupel haben, dich mit runterzuziehen, wenn du das zulässt.« Wie immer bewunderte Gesa die Fähigkeit ihrer Freundin, auch dann, wenn sie sich in Rage geredet hatte, noch Sätze zu formulieren, die man nahezu unbesehen in Druck hätte geben können. »Letzten Endes musst du wissen, was du tust. Du musst später einmal damit leben können. Ich stehe hinter dir, wie auch immer du dich letztendlich entscheidest. Aber überleg es dir gut und denk dabei auch an Elina. Deine allererste Verpflichtung ist ihr gegenüber, nicht ihm.«

»Es ist interessant, dass du Elina erwähnst.« Der Wein legte Gesa Worte auf die Zunge, die laut auszusprechen sie sonst wohl nicht den Mut gehabt hätte. »Ich dachte neulich noch … Vielleicht wäre es besser für Elina, wenn sie zu ihrem Vater ginge.«

»Das kann nicht dein Ernst sein.«

»Wie soll ich ihr denn noch gerecht werden, in dem Zustand, den ich mittlerweile erreicht habe.«

»Jetzt mach aber mal einen Punkt!« Es entsprach nicht Mareikes Temperament, mit der Faust auf den Tisch zu hauen, sonst hätte sie es jetzt getan. »Allein dieser Gedanke – Elina zu ihrem Vater abzuschieben, damit du dich mit Robert ungestört in den Untergang stürzen kannst –, sollte alle Alarmglocken bei dir schrillen lassen.«

»Ich weiß einfach nicht, wie ich da jetzt noch rauskommen soll.« Gesa wusste, dass sie ins Melodramatische abglitt, aber in diesem Moment hatte sie dem nichts mehr entgegenzusetzen. »Vielleicht ist es auch schon längst zu spät und ich muss mich einfach damit abfinden …«

»Womit? Dass du am Ende die Scheiße wegräumst, die er dir hinterlassen wird? Natürlich musst du dich nicht damit abfinden, warum solltest du das auch«, sagte Mareike entschlossen. »Worum geht es hier denn nüchtern betrachtet eigentlich? Doch nicht um Leben oder Tod, sondern lediglich darum, rechtzeitig und sauber aus dieser Sache mit Robert herauszukommen, aus dem einfachen Grunde, dass sie dir nicht gut tut. Wie nun allmählich auch du zu begreifen beginnst. Das ist alles.«

»Das ist alles«, echote Gesa lachend. »Und du bist ganz sicher, dass es keine andere Lösung mehr gibt als die, die sich bei nüchterner Betrachtung aufdrängt?«

»Ziemlich sicher. Wäre ich in deiner Lage, wärst du das auch.«

»Du wärst aber niemals in meiner Lage«, sagte Gesa.

»Wahrscheinlich nicht.« Mareike zwinkerte ihr liebevoll zu und lehnte sich in ihrem Korbsessel zurück. »Dazu fehlt mir diese gewisse Neigung zum dramatischen Leiden, die man wohl haben muss, um an einer Beziehung auch dann noch festzuhalten, wenn sie einen, abgesehen von ein paar schönen Stunden, nur noch kontinuierlich unglücklich macht. Ab und zu bedaure ich es ja sogar, dass dieser Teil des Gefühlsspektrums mir so völlig fremd ist, bestimmt entgeht mir dadurch so manche wertvolle emotionale Erfahrung. Aber ich kann es ja nun mal nicht ändern.« Sie wurde wieder ernst und setzte nachdrücklich hinzu: »Mach dir nicht zu viele Gedanken. Du wirst wissen, was du zu tun hast, wenn es soweit ist.«

4.

Nach einer Woche in Mareikes unerschütterlich behaglicher, wohlgeordneter Welt, wo jedes Problem lösbar erschien, hatte Gesa den Vorsatz gefasst, von nun an gelassen abzuwarten, wie sich die Dinge entwickeln würden. Anstatt nachts stundenlang wach zu liegen, während sich in ihrem Kopf fieberhafte, endlose Dialoge entspannen und dramatische Entschlüsse gefasst wurden, die im Licht des nächsten Morgens sang- und klanglos in sich zusammenfielen.

Schon auf der Rückfahrt fühlte sie ihre Zuversicht bröckeln. Mit jedem Kilometer, den sie hinter sich brachte, stellte sich wieder das drückende, übelkeitsähnliche Gefühl der Unruhe ein, das sich in den letzten Monaten in ihren unteren Bauchregionen eingenistet hatte.

»Wann kommt Robert wieder, Mama?«, fragte Elina, die sich nach einer Woche mit ihrem Vater ohne viel Aufhebens von ihm verabschiedet und wie selbstverständlich wieder in ihrem Kindersitz auf der Beifahrerseite neben Gesa Platz genommen hatte.

»Freitag. Freust du dich?«

Elina zuckte die Achseln. »Und du?«

»An sich schon«, sagte Gesa.

»Warum nur an sich?« Elina warf ihr einen aufmerksamen Blick zu.

»Es ist schon nett, wenn er da ist.« Gesa wog ihre Worte so sorgfältig ab, als müsse sie sie Gramm für Gramm auf eine Waage legen. »Aber auch – anstrengend.«

Elina nickte. »Er macht viel Unordnung, nicht?«

»Ja.«

»Er hängt immer die Wäsche so auf, dass danach alles ganz verkrumpelt ist. Warum kann er es nicht richtig machen? Sogar ich kann das doch schon.«

»Du kannst ja mal versuchen, ihm zu zeigen, wie man es richtig macht«, sagte Gesa. »Dann tut er bestimmt sein Bestes.«

»Warum sonst denn nicht?«

Gesa lachte kurz auf. »Weißt du, Robert ist manchmal wie ein Kind. Und Kinder tun nicht immer das, was ihre Mama will. Sie müssen ein bisschen rebellieren.«

»Aber Robert ist doch kein Kind!«

»Ich sagte: Er ist manchmal wie ein Kind. Natürlich ist er keins, aber er verhält sich so.« Gesa seufzte. »Aber das ist nicht mal das Schlimmste.«

»Was ist denn das Schlimmste?«

»Das Schlimmste ist, dass er oft sagt, er würde etwas tun, und dann tut er es doch nicht.«

Elina nickte eifrig. »Ich weiß, was du meinst. Als er das letzte Mal da war, hatte er mir versprochen, sich mein neues Fahrrad anzusehen. Und dann er hat es in der ganzen Zeit nicht gemacht.«

»Ja, genau das meine ich. Und, wie hast du dich da gefühlt?«

Elina dachte kurz nach. »Mir fällt gerade dieses Wort nicht ein, Mama ...«

»Enttäuscht, meinst du sicher.«

»Genau.« Elina grinste. »Aber er kann gut kochen. Seine Pommes frites sind die besten überhaupt.«

Als Gesa am Mittwochabend mit Robert telefonierte, eröffnete er ihr nach einigem Herumdrucksen, dass er eine Einladung auf die Philippinen erhalten habe. Bekannte von damals hätten ihn gefragt, ob er bei der Anfangsphase eines neuen Projekts dabei sein wolle, er werde unter anderem auch als Dolmetscher benötigt. Acht Wochen würde er weg sein, falls er annähme.

»Natürlich nimmst du an«, sagte Gesa. »Oder hast du keine Lust?«

»Ich würde schon gern helfen«, sagte er unschlüssig. »Nur

verpasse ich dann Elinas Geburtstag. Der ist doch Mitte April, oder?«

Gesa sagte, dass Elina das sicher verschmerzen würde, sie allerdings gekränkt gewesen sei, weil er sich ihr neues Fahrrad nicht angeschaut habe.

Robert war zerknirscht. »Verdammt, ja, das hatte ich ihr versprochen. Beim nächsten Mal holen wir das nach, gleich als erstes.« Er hielt kurz inne, dann fragte er, ob es für sie, Gesa, auch wirklich in Ordnung gehe, dass er fahre.

»Sicher«, sagte sie. »Was ist nur los mit dir? Früher hast du doch auch nie groß gefragt.«

»Ich will es jetzt eben besser machen als früher.«

Gesa sagte, dass sie das wisse und auch durchaus anerkenne, er sich aber keine Gedanken machen solle. »Ich schaff das schon. Sogar das Kochen.«

»Wirklich?« Er schien beinahe enttäuscht. »Ich dachte, zumindest in dieser Hinsicht könnte ich dich wirklich entlasten. Ich weiß doch, wie anstrengend dein Leben ist.«

Gesa schlug den leicht sarkastischen Ton an, der die gewünschte Wirkung bei ihm nie verfehlte. »Als Koch bist du unentbehrlich. Zumindest, was deine Pommes frites angeht. Sagt Elina.«

Auch diesmal hörte sie an seinem Lachen, dass er betört war. »Wenn ich zurückkomme, mache ich ein Festessen, nur für sie, richtest du ihr das aus?«

Früher hatte er ihr manchmal erst buchstäblich in allerletzter Minute mitgeteilt, wenn er auf eine seiner Reisen ging. Es hatte Gesa immer sehr aufgebracht, dass er es offensichtlich nicht für nötig hielt, sich mit ihr abzusprechen. Diesmal aber wurde ihr unmittelbar nach dem Auflegen klar, dass sie sich nicht nur nicht mehr darüber aufregte, sondern es ihr sogar ganz und gar unverständlich erschien, wie sie sich jemals so darüber hatte aufregen können. Sie freute sich für Robert, wie sie sich für einen guten Freund gefreut hätte, der etwas Schönes oder Interessantes vorhatte, mit aufrichtiger Anteilnahme, aber eben in dem Bewusstsein, dass es hier um etwas ging, was ihr Leben weiter nicht betraf.

Die Erkenntnis, dass sie offenkundig aufgehört hatte, von Robert überhaupt noch so etwas wie partnerschaftliches Verhalten zu erwarten, nahm Gesa für einen Moment den Atem. Noch ungeheuerlicher war aber die Frage, die sich als nächstes unweigerlich aufdrängte; die Frage nämlich, welches Gefühl es denn nun eigentlich war, das sich im Zuge dieser Erkenntnis einstellte. Sehr zögerlich horchte Gesa in sich hinein. Schmerz, Erleichterung; da war schon wieder beides.

Noch aber scheute sie davor zurück, zu ergründen, was von beidem überwog.

Die nächsten vier Wochen verstrichen rasch unter dem hetzigen Einerlei, das von dem ständigen Blick zur Uhr getaktet wurde. Es schien nicht eine Minute in Gesas Leben zu geben, die ungenutzt vorbeiging.

Natürlich war ihr das gelegentliche Gefühl, dass ihr alles über den Kopf wuchs, nicht fremd. Aber im Grunde war schon alles so, wie sie es haben wollte. Sie arbeitete gerne, auch viel; Müßiggang hatte ihr noch nie gelegen. Im Kopf hatte sie ihre Liste, eine für jeden Tag, auf der es Kategorien gab wie »Arbeit«, »Haushalt«, »Gesunde Ernährung« und ähnliches mehr. Sie gab sich selbst Pluspunkte, die sie abends zusammenzählte. Die Regel lautete, dass sie erst dann ins Bett gehen durfte, wenn eine bestimmte Mindestpunktzahl erreicht worden war.

Robert nannte sie oft die Listenmacherin, mal belustigt, mal ärgerlich. Gesa wusste, dass viele – und zwar auch Menschen, die sich nicht so vehement gegen wirklich jede Form der Strukturierung sträubten wie nun gerade Robert – ihre Listen wahrscheinlich ebenso befremdlich (um nicht zu sagen: neurotisch) gefunden hätten wie er. Ihr war auch bewusst, dass sie sich damit in ein Korsett eingeschnürt hatte, das abzulegen oder auch nur zu lockern sie kaum noch bereit war, für nichts und niemanden. Aber wenn ihr überhaupt etwas Halt gab in diesem Leben, in das sie sich vor zwei Jahren mit einem beherzten Abschied vom geruhsamen Beamtendasein im deutschen Schuldienst hinausgewagt hatte, dann war es genau das: ihre Disziplin. Worauf sonst konnte sie sich denn verlassen als auf ihre bewährten Routinen, pflegte sie zu sagen, wie um sich vor sich selbst dafür zu rechtfertigen, dass deren Aufweichung sie so große Überwindung kostete.

Auch von dem am heutigen Mittwochabend anstehenden außerplanmäßigen Termin – der alljährlich Ende März stattfindenden Schulausstellung – war sie nicht gerade begeistert. Immerhin kollidierte das Ereignis aber weder mit ihren Arbeitszeiten noch mit Elinas Turnstunde oder Schwimmkurs. Es gab also keine Ausrede, es ließ sich ohne weitere Umstände einrichten, und es war Elina sehr wichtig. Und so würde sie eben hingehen.

In einem kleinen Ort wie diesem kam selbst einem so bescheidenen Event wie einer Ausstellung in der Grundschule eine gewisse gesellschaftliche Relevanz zu, die eine Prise Glamour durchaus rechtfertigte. Wenn einem denn danach war.

»Mama, bist du endlich fertig?« Elina kam ins Schlafzimmer getänzelt, schlug ein flüchtiges Rad und setzte schon zum nächsten an, als sie Gesas gewahr wurde. Vor Überraschung blieb sie stehen, wie sie war, mit erhobenen Händen und schwebend ausgestrecktem Bein.

»Wow«, entfuhr es ihr. »Du siehst ja so anders aus.«

»Gut oder schlecht anders?«

»Gut.« Elina nickte anerkennend. »Diese Stiefel habe ich noch nie an dir gesehen. Aber ist der Rock nicht ein bisschen kurz?«

»Keine Sorge, der ist genau richtig zu den Stiefeln.«

»Du siehst hübsch aus. Aber wozu das? Willst du jemandem gefallen?«

»Wem sollte ich hier wohl schon gefallen wollen?« Gesa nahm ihren schwarzen Übergangsmantel aus dem Kleiderschrank und zog den Gürtel sehr straff. »Ich bin so weit. Gehen wir?«

Die Ausstellung war im Gemeindezentrum gleich neben der Schule aufgebaut. Es dämmerte schon, als sie die wenigen Schritte quer über den Platz vor ihrem Haus zurücklegten. Gesa straffte die Schultern, bevor sie durch die offen stehende Tür trat, hinein in Stimmengewirr und Wärme. Vielleicht lag es an der ungewohnten Aufmachung – den hohen, laut klickenden Absätzen, der ihre Taille leicht einschnürenden Nylonstrumpfhose und vor allem der in den Augen brennenden Wimperntusche –, dass sie sich eigenartig befangen fühlte.

Elina zog an ihrer Hand.

»Willst du sehen, was ich gemacht habe?«

»Ich werde mir alles ansehen. Komm, wir machen einen Rundgang. Aber hör bitte auf, so an mir zu zerren.«

Die Ausstellung war diesmal dem Thema »Mühlen« gewidmet. Gesa presste sich an den in Trauben vor den Exponaten zusammengedrängten Eltern vorbei, lächelte und grüßte, wenn sie ein bekanntes Gesicht sah, und gab ansonsten vor allem darauf Acht, in dem Geschiebe niemanden zu berühren, während sie gebastelte Mühlen in allen Formen und Größen begutachtete.

»Und, gefällt dir meine Mühle?«

Elinas Kunstwerk war ein aus Tonpapier erstelltes Diorama, in dessen Zentrum sich eine überdimensionierte Mühle in schrillem Gelb und Lila erhob. Darum herum gruppierten sich ein paar klobige Bäume und eine im Verhältnis viel zu kümmerlich geratene Hütte. Das Ensemble wies insgesamt eine verwegene Neigung nach rechts auf.

»Doch, ich mag deine Mühle«, antwortete Gesa. »Ich glaube, sie wird sich auf unserem Küchentisch sehr gut machen.«

Wie schon im letzten Jahr war die Ausstellung schnell zur reinen Nebensache geworden. Niemand sprach irgendwelche Eröffnungsworte, alle standen herum und schwatzten, als hätten sie sich vor einem Jahr zuletzt gesehen anstatt heute Mittag, als sie zusammen vor der Schule gewartet hatten, um ihre Kinder abzuholen, die jetzt im Gewühl durcheinanderwuselten, Fangen spielten und sich auf dem Boden rauften. Gesa stand da, am Rand, mit verschränkten Armen, in der Rolle der Beobachterin, und fühlte sich in die Zeit ihrer Diskobesuche zurückversetzt. So wenig, wie sie damals das Bedürfnis gehabt hatte, sich in die schwitzende, auf engstem Raum zusammengepferchte Menge zu stürzen, die da auf der gerammelt vollen Tanzfläche auf- und abhüpfte, so wenig verspürte sie jetzt den Wunsch, sich zu einer dieser Gruppen zu gesellen und Konversation zu machen. Sie fühlte sich nicht ausgeschlossen oder unwohl. Sie war schlicht angeödet.

Genau wie Gesa hatten offenbar auch andere Frauen die Ausstellung zum Anlass genommen, ihre schickste Garderobe aus dem Schrank zu holen, zumindest das, was man hier in der Provinz dafür hielt. In einigen Fällen war das Ergebnis durchaus akzeptabel, in den weitaus meisten allerdings eher niederschmetternd, sehr häufig dadurch bedingt, dass die betreffenden Kleidungsstücke im Laufe der Jahre nun einmal nicht mit ihren Trägerinnen mitgewachsen waren. Gesa konnte nicht anders, sie musste an einen Hühnerhof denken, und mit einem Mal war ihr der eigene Aufzug peinlich. Wozu das, hatte Elina sie gefragt, und sie hatte ganz Recht gehabt. Wen hatte sie hier eigentlich beeindrucken wollen? Dieses Bauernvolk vielleicht, wie Robert sich hin und wieder abfällig ausdrückte? War es ihr tatsächlich nur darum gegangen, all diese fetten, herausgeputzten, gewichtig herumstolzierenden Landhennen zu deklassieren?

Gesa hatte gerade beschlossen, dass es Zeit war zu gehen, als Elina ausrief: »Guck mal, da sind Rick und Louisa!«

Rick war Elinas Klassenkamerad und Louisa seine ein Jahr jüngere Schwester. Die drei waren dickste Freunde, eigentlich seit dem allerersten Tag schon, als Elina mit vier Jahren, ohne ein Wort Niederländisch zu können, in Ricks Gruppe eingeschult worden war. Elina stürmte mit einem Freudenschrei auf die beiden los.

»Dürfen wir spielen gehen, Mama?«, fragte sie, schon halb zum Gehen gewandt und atemlos vor Ungeduld.

»Meinetwegen ja«, sagte Gesa. »Rick und Louisa, wo ist Joke?«

»Da kommt sie schon«, schrie Rick. »Können wir?«

Keines der Kinder wartete die Antwort noch ab. Angeführt von Elina rasten die drei los und waren im Nu irgendwo in der Menge untergegangen.

Joke kam auf sie zu, wie immer gemächlichen Schritts und mit diesem vagen, leicht geistesabwesenden Lächeln, das kaum je von ihrem Gesicht zu verschwinden schien. Sie zumindest hatte sich nicht dazu veranlasst gesehen, irgendwelchen Pomp zu betreiben, sondern trug den üblichen hellgrauen Anorak, verwaschene blaue Jeans und die dunkelbraunen Sneakers mit den weißen Streifen, von denen sie Gesa neulich erzählt hatte, dass die Sohlen kurz davor waren, sich abzulösen, vorne an den Zehen, auf der rechten Seite noch mehr als auch der linken, sie aber noch kein Paar gefunden hatte, das ihr gefiel und preislich im vertretbaren Rahmen lag. Als sie Gesa sah, vertiefte sich ihr Lächeln und verlor etwas von seiner mechanischen Starrheit.

»Du auch hier?«

»Natürlich. Eines der ganz großen Ereignisse des Jahres.«

Joke nickte ernsthaft und sah an Gesa herauf und herunter.

»Schick siehst du aus«, sagte sie. »Lederstiefel?«

Gesa bejahte verlegen; sie musste an Jokes auseinanderfallende Plastiksneaker denken. »Was hast du mit deinem Haar gemacht?«, lenkte sie schnell ab. Etwas Einfältigeres hätte ihr nicht einfallen können, denn das Desaster war ja nicht zu übersehen: Joke hatte sich braune und orange Strähnen ins Haar gefärbt.

»Ich hatte mal Lust auf was anderes. Gefällt es dir?«

Es war eine Frage, die Elina ihr auch oft stellte, eine Kinderfrage, und schon bei Elina fiel es ihr manchmal schwer, eine diplomatische Antwort darauf zu finden, weil sie im Grunde fand, dass auch Kinder ein Anrecht auf ihre ehrliche Meinung hatten. »Ist deine Naturhaarfarbe nicht blond?«, versuchte sie fürs erste Zeit zu gewinnen.

»Hellblond«, sagte Joke.

»Dann verstehe ich ehrlich gesagt nicht, warum du so etwas überhaupt nötig hast.« Das war danebengegangen – »so etwas«, das klang entschieden nach Verschandelung statt Verschönerung. Gesa nahm einen neuen Anlauf. »Ich meine, wie viele Frauen wären froh, wenn sie natürlich hellblonde Haare hätten.«

Joke zuckte die Schultern; nichts regte sich in ihrem Gesicht, nur dieses ausdruckslose Lächeln lag noch immer um ihre Mundwinkel. »Öfter mal was Neues. Sind deine Locken eigentlich echt?«

»Ja, sind sie.«

»Lange Haare würden dir, glaube ich, auch sehr gut stehen.«

»Wenn ich sie wachsen lasse, habe ich aber keine Locken mehr.«

»Das macht doch nichts. Hauptsache lange Haare.«

»Ach weißt du, lange Haare sind sehr aufwendig, wenn sie gut aussehen sollen, man muss sie pflegen und braucht einen anständigen Haarschnitt, und dazu habe ich keine Lust und Zeit«, sagte Gesa eilig, was schon wieder eine Taktlosigkeit war, denn Jokes Haar war weder gepflegt noch anständig geschnitten, sondern hing einfach nur strähnig herunter – Hauptsache lang, wie sie ja auch gesagt hatte. Gesa ergriff sie ein Gefühl der Mutlosigkeit. Sie mochte Joke wirklich und wollte sie nicht kränken; in den schwierigen ersten Monaten nach dem Umzug war Joke immer für Elina und sie da gewesen, auf ihre unberedte, sehr physisch-herzliche Art; mit einem aufmunternden Schulterklopfen, einer Umarmung oder einer Geste, die ausdrückte, dass Gesa sich keine Sorgen machen brauche und alles schon gut werden würde. Besonders tiefsinnige Gespräche wären damals auch ohnehin nicht möglich gewesen; dazu war Gesas Niederländisch doch noch zu rudimentär gewesen. Mittlerweile aber war ihr klar geworden, dass ihre stockend verlaufenden Unterhaltungen mit Joke nicht auf ihre mangelnden Sprachkenntnisse zurückzuführen waren. In Jokes und ihrer Welt galten so unterschiedliche Maßstäbe, dass verbale Kommunikation in den allermeisten Fällen nicht nur nicht weiterhalf, sondern die Dinge sogar noch mehr erschwerte.

Zum Glück fiel ihr in diesem Moment doch noch ein Berührungspunkt ein.

»Elina feiert Mitte April ihren Geburtstag. Rick und Louisa sind natürlich eingeladen.«

Joke nickte. »Prima, ist notiert. Wie viele Kinder kommen denn?«

»Sechs, nicht so viele. Aber für mich reicht das schon voll und ganz. Kinder sind so schwer zu verstehen. Vor allem, wenn sie auch noch Dialekt reden.«

»Ich helfe dir«, sagte Joke.

»Danke, sehr lieb von dir.« Als sie einander jetzt zulächelten, hatte Gesa das Gefühl eines echten Einverständnisses zwischen ihnen.

»Ich schaue mal nach den Kindern«, sagte Joke. »Nicht, dass die Unsinn anstellen. Wir müssen auch bald nach Hause … essen. Willst du Erik noch hallo sagen?«

»Ach, er ist auch mit?«

»Ja, hier irgendwo. Macht Fotos. Vielleicht war ihm das Stehen zu anstrengend und er hat sich kurz mal hingesetzt.« Joke nickte Gesa noch einmal zu. »Ich seh dich gleich noch.«

Gesa schaute ihr nach. Joke balancierte ihren massigen Oberkörper auf im Verhältnis viel zu dünnen Beinen wie auf Stelzen. Es war Gesa vorher noch nie so aufgefallen. Sie musste wirklich stark zugenommen haben in letzter Zeit.

»Schöne Beine hat die Kleine«, sagte Erik auf Deutsch hinter ihr. Gesa drehte sich um.

»Ich wollte gerade nach dir suchen, um dir hallo zu sagen.«

»Hallo dann mal.« Er grinste und wechselte ins Niederländische, wobei er sich bemühte, den Dialekt, den sie normalerweise zu Hause sprachen, abzumildern, damit Gesa ihn verstand. »Hab ich das eben richtig gesagt? Das mit den schönen Beinen?«

»Perfekt. Wo warst du die ganze Zeit?«

»Ach, ich wollte euer Gespräch von Frau zu Frau nicht stören.« Er hatte schon wieder diesen feixenden Tonfall, in den er immer verfiel, sobald sie in seiner Nähe war. Gesa war sich nicht sicher, ob er mit ihr flirtete. Nicht ernsthaft, glaubte sie. Vielleicht war es auch einfach nur seine Art gegenüber allen Frauen, mit denen er nicht verheiratet war. Aber wie auch immer, was schadete das schon. Sie fand ihn sympathisch und auch mehr als das, unzweifelhaft, aber sie verschwendete weiter keinen Gedanken daran. Er war Jokes Mann.

»Diskret, der Kerl.« Gesa grinste zurück. »Wie geht es dir heute?«

»So gut, dass ich ohne Scootmobil auskommen konnte.« Erik hob seinen Stock. »Musste mich nur einen Augenblick setzen.«

Gleich bei einem ihrer allerersten Gespräche hatte Joke Gesa erzählt, dass Erik Multiple Sklerose hatte und nicht mehr arbeiten konnte. Seit fünf Jahren lebten sie nunmehr von Sozialhilfe. Schon vor Ausbruch der Krankheit war Joke, die zuletzt als Montagehelferin in einer Fabrik gearbeitet hatte, wegen der Kinder zu Hause geblieben, nun war sie Eriks offizielle Betreuerin und daher von der Pflicht, sich um eine neue Stelle zu bemühen, entbunden.

Gesa hatte damals ein wenig über Multiple Sklerose nachgelesen. Eine chronisch-entzündliche Autoimmunerkrankung des zentralen Nervensystems, meist in Schüben verlaufend und alle nur erdenklichen neurologischen Symptome hervorrufend, hatte sie herausgefunden. Wann immer sie Erik sah, war ihm nicht viel anzumerken; wenn man davon absah, dass er nicht gut laufen konnte, natürlich. Von der Krankenkasse hatte er einen verstellbaren Spezialsessel bezahlt bekommen, der ihm das Sitzen angenehmer machte. Meistens saß er aber nicht darin, wenn sie zu Besuch kam. Er setzte sich lieber zu ihr aufs Sofa, um zu plaudern. Erik und sie hatten sich immer gut unterhalten können.

Er hatte sie »Kleine« genannt, und das durfte er mit seinen fast ein Meter neunzig auch. Erik war ein Mann, der wie ein Baum wirkte. Das lag vor allem an seinen hübsch bemuskelten Oberarmen, den kompakten Oberschenkeln und den breiten Händen mit den langen, kräftigen Fingern. Noch immer war zu erkennen, dass er früher schwere körperliche Arbeit verrichtet hatte. Trotzdem war er nicht athletisch, eher wie ein großer, starker Junge, wegen seiner im Verhältnis zu stark abfallenden Schultern und seiner fast kindlich schmalen Brust. Ansonsten bediente er annähernd jedes Klischee, das viele Deutsche wohl noch immer mit dem typischen Niederländer verbanden: weizenblond, strahlend blauäugiger Blick, offen-joviales Gesicht und ein schmelzendes Lächeln. Man konnte ihn sich mühelos in einem dieser Gute-alte-Zeit-Nostalgie verbreitenden TV-Werbespots vorstellen (für Edamer Käse, Matjes, Genever, im Grunde wirklich jedes beliebige Produkt, das für altehrwürdige holländische Tradition und bodenständige Qualität stand); vielleicht auf einem Fischkutter mit Schiffermütze, Matrosenhemd und Pfeife im Mundwinkel, vielleicht auch mit Holzschuhen auf dem Bock eines von stämmigen Kaltblutpferden gezogenen Fuhrwerks.

Erik war Straßenbauer und später dann Baggerführer gewesen. Seit er für arbeitsunfähig befunden worden war, baute er Modelle von Land- und Baumaschinen aller Art. Keine kleinen, die man sich in die Vitrine stellte, sondern voll funktionsfähige. Sein größter Stolz war ein ferngesteuerter Raupenbagger, ein Riesenexemplar, der richtige Erdarbeiten verrichten konnte. Regelmäßig war er damit auf Ausstellungen und Shows in der Region zu sehen.

Ziemlich zu Anfang ihrer Bekanntschaft hatte Erik ihr im Garten hinter dem Haus eine Demonstration gegeben und den Bagger dabei ein Stück Rasen umgraben lassen. Natürlich stimme es ihn wehmütig, hatte er ihr bei dieser Gelegenheit anvertraut, dass ihm nun nur noch Modelle blieben; er habe immer Baggerführer sein wollen, nichts anderes als das. »Aber besser als gar nichts mehr zum Spielen«, hatte er gleich darauf auch schon wieder gescherzt. »Ich muss mich irgendwie beschäftigen. Einfach nur dasitzen und die Hände in den Schoß legen, da werd ich ja verrückt bei. Und ein bisschen Spaß will ich schon auch noch haben.«

»Und, heute Abend wieder mal ein Engagement als Lokalreporter?« Gesa deutete auf die Kamera, die um seinen Hals hing.

Erik lachte. »Die Zeiten sind vorbei.« Früher hatte er nebenbei auch noch freiberuflich als Journalist gearbeitet, wie er ihr einmal erzählt hatte. Er hob die Kamera und zielte auf sie.

»Das machst du nicht!«, drohte Gesa.

»Und wenn doch?«

»Wirst du dann ja sehen.«

»Ach, ich weiß was viel Besseres.« Er ließ die Kamera sinken. Wieder blitzte das lausbubenhafte Grinsen von Ohr zu Ohr auf. »Morgen ist doch wieder Mitschwimmstunde, nicht?«

»Ja und?«

»Diesmal schmeiße ich dich rein.«

Gesa kicherte. »Das sagst du nun schon seit einem Jahr. Alles nur heiße Luft, mein Lieber. Viel Zeit bleibt dir jedenfalls nicht mehr. Noch drei Monate, und die Kinder haben ihr Schwimmdiplom.«

»Irgendwann wird es schon noch klappen, verlass dich drauf. Wenn du mal eben nicht aufpasst.« Das Blitzlicht flammte auf; er hatte den Auslöser gedrückt. »So wie jetzt gerade eben. Nääh-nä-nä-nääh-nä.«

Er erinnerte Gesa in diesem Moment an ihre früheren vorpubertären Klassenkameraden, damals in der sechsten oder siebten Klasse, die einen schlimmen Eifer darin entwickelten, von ihnen begehrte Mädchen auf dem Schulhof zu piesacken, in der Hoffnung, für ihre frechen Übeltaten gejagt zu werden und eine Balgerei anzetteln zu können, bei der man einen Vorwand hatte, hinzulangen. Ein nettes Spielchen, für das er aber nun mal zu wacklig auf den Beinen war. Irgendeine Bestrafung aber musste er schon haben. Also schrie Gesa gekünstelt empört auf, wie es sich gehörte, und gab ihm einen Klaps auf die Hand, die die Kamera hielt.

Elina und sie begleiteten die vier noch zu ihrem Auto, das auf dem Behindertenparkplatz gleich neben dem Gemeindezentrum abgestellt war.

»Und du weißt ja, sag mir Bescheid, wenn irgendetwas bei dir kaputt geht …« sagte Erik zum Abschied. »Denn ich bin der Mann, der einfach alles reparieren kann«, setzte er, wiederum auf Deutsch improvisierend, noch hinzu.

»Ich werd dran denken«, sagte Gesa. Sie machte mit dem Kopf eine Bewegung in Richtung Auto. »Ab jetzt, sie warten alle auf dich.«

Er winkte ihr noch einmal zu, als er ins Auto stieg. »Und das Foto, das kriegst du auch noch, keine Sorge!«

5.

Am Montagmorgen, zwei Tage vor Elinas Geburtstagsfest, fing der Computer im Wohnzimmer an zu rattern. Es war ein hässliches, mechanisches Schnarren, wahrscheinlich ein Hinweis darauf, dass sein Inneres dringend entstaubt werden musste. Natürlich gab es dazu Anleitungen im Internet. Aber Gesa war ohnehin schon angespannt wegen der bevorstehenden Feier, hatte bis Donnerstag noch über dreißig Arbeiten zu korrigieren und nicht die Nerven, darüber hinaus auch noch an ihrem PC herumzudoktern.

Sehr zögerlich nahm sie die Visitenkarte, die Erik ihr irgendwann einmal gegeben hatte, aus der Schreibtischschublade und starrte einige Sekunden lang darauf. Also gut, dachte sie, mit einem Mal entschlossen. Seit Monaten lag er ihr jetzt schon in den Ohren damit, dass sie es nur zu sagen brauche, falls er etwas für sie tun könne. Sie würde ihm jetzt die Gelegenheit geben, zu zeigen, wie ernst es ihm damit war.

Rechts oben auf der Karte war ein kleines Foto des Riesenbaggers mit stolz erhobener Schaufel und der Unterschrift »RC-Modellbau. Auch Reparatur und Wartung aller Modelle«. Links unten stand sein Name. Erik Mulder. Und seine Mobilnummer. Gesa griff nach ihrem Handy und tippte eine kurze Nachricht ein. Eine Notsituation sei eingetreten. Ob er auch in Sachen Computer kompetent sei und ihr helfen würde.

Die Antwort kam zwei Minuten später. Er werde heute Abend gegen acht vorbeikommen; eher schaffe er es leider nicht. Ob das noch schnell genug sei.

Gesa, der es sonst auf eine Viertelstunde nicht so ankam, war an diesem Abend streng. Zehn vor acht lag Elina im Bett. Gesa wollte, dass sie fest schlief, wenn Erik kam.

Die bis acht Uhr noch verbleibenden zehn Minuten verbrachte sie damit, Elinas Bücher aufzusammeln, sie zurück in ihr Zimmer zu bringen und das auf dem Wohnzimmerteppich verstreute Lego in Kartons zu werfen. Sie räumte all den Kram weg, der sich auf ihrem Schreibtisch angesammelt hatte, und strich die Decke auf dem Sofa glatt. Und dann ging sie ins Badezimmer, um einen Blick in den Spiegel zu werfen.

Keine Schminke heute Abend, beschloss sie. Und das gewohnte schwarze Shirt zu den gewohnten Jeans. Dies war schließlich kein Date.

Trotzdem zupfte sie ein paar Haarsträhnen zurecht und sprühte Haarspray darauf. Dicht über dem Haaransatz entdeckte sie rechts oben etwas Silbriges, das aus dem Dunkelbraun hervorschimmerte. Gesa suchte in dem Schränkchen unter dem Waschbecken nach der Pinzette. Sie betrachtete das ausgerissene Haar eingehend. Es war dick, sehr kraus und schneeweiß. Noch gab es wenige davon, die sich einzeln beseitigen ließen. Färben würde sie ihr Haar nicht, wenn es irgendwann einmal zu viele wurden. Ihrer Erfahrung nach erzielten derartige Maßnahmen in den allermeisten Fällen keinen verjüngenden Effekt, ganz im Gegenteil; sie lenkten die Aufmerksamkeit nur umso gezielter auf das, was verdeckt werden sollte.

Wirklich eitel war Gesa nur, was ihre Figur anging. Zunehmendes Alter, fand sie, konnte niemals eine Entschuldigung fürs Dickwerden sein. Sie achtete penibel auf ihr Gewicht und war stolz darauf, immer noch genauso schlank zu sein wie damals als Sechzehnjährige.

Um Viertel nach acht ertönte das schrill elektronische Geräusch der Türklingel, das Gesa jedes Mal zusammenfahren ließ, selbst wenn es nicht unerwartet kam. Sie drückte schnell auf den Türöffner und horchte. Nein, Elina war zum Glück nicht aufgewacht.

Sie postierte sich an der offen stehenden Wohnungstür und behielt den Fahrstuhl im Auge. Es dauerte lange. Gerade überlegte sie, ob sie nachschauen sollte, wo er blieb, als sie Erik die letzte Treppe zum zweiten Stock hochkommen sah. Er stützte sich mit der rechten Hand schwer aufs Treppengeländer und setzte langsam beide Füße nacheinander auf jede Stufe. In der linken Hand trug er seinen Werkzeugkasten. Den Stock hatte er sich unter den Arm geklemmt.

»Ich bin doch ganz schön schlecht in Form«, sagte er, hörbar außer Atem, als ob er sich entschuldigen müsse. »Treppen sind nicht mehr meine Freunde.« Auf seiner Stirn standen Schweißperlen. »Eben mal verpusten, dann geht es wieder.«

»Wir haben doch einen Fahrstuhl«, sagte Gesa. »Tut mir leid, ich dachte, du wüsstest das. Du Armer. Und deinen Werkzeugkasten hast du auch noch mitgeschleppt.«

»Ohne meinen Werkzeugkasten gibt es mich nicht.« Er ging leichthin darüber weg. »Und ein bisschen Training schadet ja nie.«

Gesa nahm ihm seine Jacke ab und hängte sie an den Garderobenständer. Er blickte herunter auf seine Füße, an denen er dunkelblaue Cordpantoffeln trug. »Schuhe ausziehen?«

»Wie du dich wohler fühlst.«

»Ich behalt sie an.« Er grinste. »Sind ja sowieso Hausschuhe.«

Er war noch nie bei ihr gewesen, und Gesa ging voraus, durch den geräumigen Flur, von dem rechts die Türen zum Bad, ihrem, Elinas und Roberts Zimmer und links der Aufgang zum Dachboden abgingen.

»Schön viel Platz habt ihr hier«, sagte Erik. »Wie groß ist die Wohnung?«

»Sechsundneunzig Quadratmeter, eigentlich viel zu viel«, sagte Gesa. »Ich hätte auch etwas Kleineres genommen, aber ich hatte so wenig Zeit zu suchen damals, alles musste innerhalb einer Woche unter Dach und Fach sein, meine Stelle in Deutschland hatte ich ja gekündigt und der Arbeitsvertrag mit der Schule in Emmen war auch schon unterschrieben …« Sie fragte sich, warum sie so klang, als ob sie sich rechtfertigen musste. Es stimmte, was sie sagte; diese Wohnung war das einzige annehmbare Angebot gewesen, das sie damals auf die Schnelle gehabt hatte. Aber selbst wenn es nicht so gewesen wäre: Es war nicht ihre Schuld, dass die Mulders sich zu viert in einem Reihenhäuschen mit drei winzigen Zimmern drängten, das aus allen Nähten platzte.

Er war sensibel genug, um ihre Befangenheit zu bemerken. »Das muss dir doch jetzt nicht peinlich sein«, lachte er. »Dafür haben wir den Hinterhof mit Garten, da kann man schön draußen sitzen, im Sommer ungestört grillen, der Hund hat Auslauf und die Kinder können rumtoben. Für mich wäre diese Wohnung gar nichts. Wo sollte ich denn hier meine Werkstatt unterbringen? Auf dem Balkon vielleicht? Nur den Dachboden, zugegeben, den könnten wir auch gut gebrauchen, für all den Plunder, der sich bei uns immer ansammelt.«

Gesa lächelte ihm dankbar zu und öffnete die Tür zum Wohnzimmer. »Bitte sehr.«

»Ist Robert gar nicht da?«, fragte Erik.

»Nein. Der ist mal wieder auf Reisen. Zurzeit auf den Philippinen.«

»Ich dachte, er ist schon in Rente. Hat er mir zumindest mal erzählt.«

»Ist er auch. Der Trip jetzt ist reines Privatvergnügen. Willst du gleich loslegen?«

»Erst die Arbeit, dann das Vergnügen, so seid ihr Deutschen doch, oder?« Er rieb sich die Hände. »Ah, und da haben wir ja den Patienten. Darf ich?«

»Ganz zu deiner Verfügung.« Gesa wies auf den Schreibtischstuhl. »Setzen Sie sich, Herr Doktor. Ich vertraue Ihnen meinen Liebling an.«

Sie holte sich einen Stuhl aus der Küche. »Stört es dich, wenn ich zusehe? Vielleicht kann ich es dann das nächste Mal selber.«

»Nein, nein, sieh nur zu.« Er holte einen Schraubenzieher mit rotem Griff aus seinem Werkzeugkasten, probierte ihn aus, legte ihn wieder weg, nahm einen anderen, kleineren, nickte.

»Erklärst du mir bitte auch, was du machst?«

»Gerne.« Er grinste. »Regel Nummer eins: Immer Netzstecker ziehen, bevor man irgendetwas am Computer macht.«

Gesa beobachtete unauffällig sein Gesicht, das einen sehr konzentrierten Ausdruck angenommen hatte, während er die Schrauben des Gehäuses löste. Er hatte sehr dichte, gerade Wimpern von derselben Farbe wie sein Haar. Wie Bienenfell, kam Gesa in den Sinn. Seine kaum merklich abstehenden Ohren waren klein und wohlgeformt, die Ohrläppchen rund und fleischig; im rechten trug er einen Ring. Ihr Blick blieb an seiner herzförmig geschwungenen Oberlippe hängen. Sein Kinn war ganz glatt, da waren keine Bartstoppeln; sie fragte sich, ob er sich extra frisch rasiert hatte, bevor er sich auf den Weg zu ihr machte. Es war das erste Mal, dass sie ihn so aus nächster Nähe ansah; ihn regelrecht studierte. Sie hoffte, dass er es nicht bemerkte. Aber er beachtete sie gar nicht. Er war voll bei der Sache.

Das Gehäuseinnere war gleichmäßig von einer zartgrauen, millimeterdicken Mondstaubschicht bedeckt.

»Hast du das Gehäuse überhaupt schon mal sauber gemacht?«

»Nein«, sagte sie schuldbewusst. »Nicht schimpfen, ich weiß, das sollte man ab und zu machen, ja, ja.«

Er grinste wieder. »Kann ich deinen Staubsauger benutzen? Es ist immer am besten, den aufgewirbelten Staub gleich abzusaugen.« Er stülpte einen Damenstrumpf über das Ende des Staubsaugerrohrs. »Damit keine Kleinteile eingesaugt werden. Und jetzt aufpassen, dass das Lüfterrad nicht anfängt zu drehen. Sonst kann es eine elektrische Spannung geben, weißt du, wie bei einem Dynamo, und das will man natürlich nicht haben.«

Sie amüsierte sich ein wenig über seinen dozierenden Tonfall, aber gleichzeitig war sie beeindruckt, wie akkurat er zu Werke ging.

»Und das war es auch schon. Wieder zuschrauben. Stecker rein. Fertig.« Erik drückte die Einschalttaste. »Klingt doch gleich viel besser, oder?«

Gesa dankte ihm für seine Mühe.

»Das war gar keine Mühe. Wenn du noch einen Rechner hast, der saubergemacht werden muss – jederzeit gerne.« Es war zwanzig vor neun. Erik hatte seine Utensilien in den Werkzeugkasten gepackt und war aufgestanden. Er stand da, wie abwartend.

»Darf ich dir noch eine Tasse Tee anbieten?«, fragte Gesa. »Cola habe ich leider nicht da.«

»Das macht nichts, ich trink sowieso schon viel zu viel von dem Zeug.« Er kicherte. »Wenn du schwarzen Tee hast – das wär prima.«

Gesa lehnte sein Angebot, noch eben schnell den Staubsauger wegzuräumen, dankend ab und bat ihn, es sich auf dem Sofa bequem zu machen.

»Du hast ja gar keinen Fernseher hier im Wohnzimmer«, sagte Erik, als sie kurz darauf mit den Teetassen ankam.

»Ich habe auch in keinem anderen Zimmer einen Fernseher. Und bevor du fragst: Nein, ich will wirklich keinen.«

»In der Tat, das wäre meine nächste Frage gewesen.« Er überlegte einen Moment. »Ich muss zugeben, dass ich es ohne Fernseher schwer aushalten würde. Es gibt Tage, an denen das das einzige ist, was ich an Unterhaltung noch habe.«

»In deiner Situation ist das sicherlich etwas ganz anderes«, sagte Gesa. »Ich habe einfach keine Zeit dafür übrig.«

Er nickte. »Früher, als ich noch gearbeitet habe, da hab ich auch kaum geguckt. Hatte Wichtigeres zu tun.« Sein gezwungenes Lächeln stand im Widerspruch zu der betonten Lässigkeit seines Tons. »Heute muss ich mir eben Dinge suchen, die ich auch von meinem Sessel aus machen kann.« Er wechselte abrupt das Thema. »Aber eine ziemlich große DVD-Sammlung hast du, wie ich gesehen habe.«

»So, das hast du gesehen. Und, was verrät meine Sammlung über mich?«

Erik wiegte spaßhaft-bedenklich den Kopf. »Darüber muss ich mir nochmal Gedanken machen. Ich kenne sonst keine Frau, die ›Full Metal Jacket‹, ›The Hurt Locker‹ und ›Das Boot‹ im Regal stehen hat.«

Gesa beschloss, ihn ein bisschen zu provozieren. »Was gucken denn die Frauen, die du sonst so kennst? ›Dirty Dancing‹ vielleicht?«

»Oh, als Teenager fand ich den auch ganz nett.« Er ging begierig auf ihren neckischen Ton ein. »Aber ich bin ja auch mit drei großen Schwestern aufgewachsen.«

»Das hätte andere Jungs nicht davon abgehalten, ›Dirty Dancing‹ zu hassen«, erwiderte Gesa.

»Stimmt.« Da waren sie wieder, die schelmischen Lachfalten um seine Augen, die Gesa schon immer gefallen hatten. »Es scheint, dass meine feminine Seite sehr stark ausgeprägt ist«, fügte er witzelnd hinzu. Dann wurde er ernst. »Vielleicht findest du jetzt, dass ich ein Weichei bin, aber ich mag es nicht sehen, wenn Leute reihenweise niedergemetzelt werden. Auch nicht, wenn es nur im Film ist. Es sei denn, es ist so was wie James Bond ... Wo man weiß, dass es mit der Wirklichkeit nichts zu tun hat.«

»Ich verstehe, was du meinst«, sagte Gesa. »Aber ich finde, man hat nicht das Recht, Dinge nicht sehen zu wollen, die für andere Menschen sogar sehr real sind. Oder waren.«

Er warf ihr einen langen, aufmerksamen Blick zu und nickte dann. »Da ist was dran. Trotzdem, ich kann so was einfach nicht gut ab.«

»Ich bin sicher, dass du in meiner Sammlung auch etwas finden würdest, das dir zusagt«, sagte Gesa.

»Ja klar. ›Blade Runner‹ zum Beispiel, ich glaube, den fand ich damals richtig gut.« Er rührte in seinem Tee und sagte dann, sichtlich verlegen, weil er sie um etwas bitten musste, das ihr den Umstand machen würde, vom Sofa aufzustehen: »Könnte ich vielleicht ein klein bisschen Zucker haben?«

»Natürlich. Wie unaufmerksam von mir.« Gesa lief in die Küche und brachte die Zuckerdose. »Robert und ich brauchen kaum Zucker. Wenn überhaupt, dann nur, wenn ich mal Kuchen backe.«

»Warum ist er eigentlich schon in Rente? So alt ist er doch noch gar nicht.«

»Dreiundsechzig.« Gesa zuckte die Schultern. »Er hat dir ja sicher erzählt, dass er Entwicklungshelfer war, oder? Die Organisation, für die er arbeitete, fand, dass er mit Ende fünfzig allmählich mal Schluss machen sollte mit den Auslandseinsätzen. Sie wollten ihm einen ruhigen Schreibtischjob in Deutschland geben. Das hat Robert aber nicht gepasst. Da ist er dann vor drei Jahren lieber vorzeitig in den Ruhestand gegangen.«

»Macht es dir eigentlich nichts aus, dass er so oft weg ist?«

»Nein.« Gesa schüttelte den Kopf. »Ich kenne es nicht anders. Robert war immer viel unterwegs. Und auch vor ihm habe ich nie mit jemandem zusammengewohnt.«

»Auch mit Elinas Vater nicht?«

»Nein. Es hat sich einfach nie ergeben. Mein Leben ist so organisiert, dass es auch ohne eine weitere Person funktioniert. Eigentlich sogar besser als mit einer weiteren.« Sie seufzte. »Ehrlich gesagt … Seit Robert in Rente ist, bin ich froh, wenn er mal nicht da ist. Ich bin es nicht gewohnt, jemanden ständig um mich zu haben. Es strengt mich an.«

»Ich kenn das«, sagte Erik. »Seit ich nicht mehr arbeiten kann, sind Joke und ich auch immer zusammen.«

»Nicht einfach, was«, sagte Gesa.

»Nein …« Er zögerte kurz, dann setzte er hinzu: »Weißt du, dieser Abend – das ist das erste Mal seit zwei Jahren, dass ich jemanden besuche. Außer Verwandte, meine ich.«

»Wirklich?« Gesa sah ihn ungläubig an. »Wieso denn das?«

»Wo sollte ich denn hingehen?« Er lachte bitter auf. »Ich hab keine Freunde mehr. Unternehmen kann man mit mir ja nicht mehr viel, und meine Kumpels von damals wissen nicht, wie sie mit meiner Krankheit umgehen sollen. Die sind alle weggeblieben, einer nach dem anderen.« Er holte einmal tief Luft, bevor er weitersprach »Und weißt du, was mich manchmal wirklich wütend macht? Alle haben immer nur Mitleid mit Joke. Die Arme, ist zu Hause angebunden und muss sich um den kranken Mann kümmern. Aber Joke macht so allerhand Sachen, sie geht zum Nähkurs, hält ihre Dessousverkaufspartys ab, sie kommt schon unter Leute. Nur ich, ich hocke immer nur zu Hause. Das ist nicht Jokes Schuld, natürlich nicht, aber ich langweile mich zu Tode. Es ist immer dasselbe: Morgens aufstehen; Kaffee trinken; irgendwas reparieren, Auto, Waschmaschine, Spielzeug, dann Mittagessen; wenn ich gut drauf bin, ein bisschen an den Modellen basteln; Verwandte besuchen; Fernsehen …«

»Wenn dir nach Plaudern zumute ist, komm jederzeit gerne vorbei«, sagte Gesa. »Du bist immer willkommen. Auch, wenn ich gerade keine Arbeit für dich habe.«

Erik lachte über ihr Späßchen, aber da war ein angespannter Zug um seinen Mund.

»Was ist?«, wollte Gesa wissen. »Habe ich was Dummes gesagt?«

»Nein, nein …«, sagte er hastig. »Ich unterhalte mich sehr gerne mit dir – auch deswegen, weil du die einzige von Jokes Freundinnen bist, die nie jammert …«

»Du jammerst ja auch nie«, sagte Gesa. »Das hat mich immer

schon beeindruckt an dir. He, was ist los? Du siehst auf einmal so unglücklich aus.«

»Es hat nichts mit dir zu tun«, versicherte er. »Oder doch ... Was rede ich hier bloß für einen Quatsch. Sorry. Wie soll ich das nur sagen ...«

Gesa legte ihm ganz leicht die Hand auf den Oberarm. »Ich glaube, ich weiß schon.«

Erik starrte sie überrascht an. »Du weißt schon?«

»Dass du mich attraktiv findest? Ja. Das ist es doch, nicht?«

Er schlug sich mit der flachen Hand auf den Oberschenkel. »Verdammt. Und ich dachte, man merkt es mir nicht an.«

»Und wenn, wäre das so schlimm?«

»Na ja ... Schlimm natürlich nicht. Aber unangenehm ist es mir schon ein bisschen.«

»Warum? Es beruht doch auf Gegenseitigkeit. Jetzt guck nicht so, du willst mir doch wohl nicht sagen, dass du das nicht gemerkt hast.«

»Doch ... schon. Aber ...« Sie sah, wie er sich innerlich wand. Aber diesmal half sie ihm nicht. Er musste es schon selbst aussprechen.

Er gab sich einen Ruck. »Aber ich hab's nicht glauben wollen.« Er schüttelte den Kopf. »Ich versteh es nicht, warum erzähle ich dir das? Hab ich denn gar keinen Stolz mehr?«

»Offensichtlich hast du das Bedürfnis, ehrlich zu mir zu sein«, sagte Gesa. »Ich bin es ja auch zu dir.«

»Ja, das bist du.« Er sah sie an, verwirrt und wie nach Hilfe suchend. Sie spürte, dass er jetzt gerne ihre Hand genommen hätte, und zog sie unauffällig ein Stück zurück. »Und nun? Was wird denn jetzt?«

»Was jetzt wird? Muss denn etwas werden?«

»Nein ...« Er wollte noch etwas sagen, besann sich anders, schloss den Mund, öffnete ihn wieder. Aber nun hatte ihn der Mut verlassen.

»Ich bin froh, dass du das auch so siehst. Wir haben darüber gesprochen, nun vergessen wir es am besten wieder«, sagte Gesa mit fester Stimme. »Lass uns jetzt bitte kein Problem daraus machen.«

Sie redeten danach noch eine Weile weiter, über belanglose Alltagsdinge, um die Wucht der wenigen Sätze verebben zu lassen, die soeben wie eine Bombe zwischen ihnen eingeschlagen waren. Um Viertel vor zehn deutete Gesa an, dass er sich besser auf den Heimweg machen solle, damit Joke sich nicht beunruhigte. Sie verabschiedeten sich mit einer kurzen, festen Umarmung an Gesas Wohnungstür. Er drehte sich noch einmal um und winkte ihr zu, bevor er in den Fahrstuhl stieg, der mit leisem Summen anfuhr.

6.

Gesa verbrachte das erste Wochenende der Maiferien mit Elina bei ihren Eltern. Am Sonntagvormittag machte sie sich von dort aus auf den Weg zu Robert.

Über zweieinhalb Monate hatte sie ihn nicht gesehen. Auf der fast vierstündigen Fahrt stellte sie fest, dass sie sich auf ihn freute, ohne Wenn und Aber. Vielleicht würde doch noch alles gut werden, wenn sie sich nur genug bemühte, ihn richtig zu nehmen, mit Humor, Geduld und Nachsicht.

Robert hauste direkt am Bahnhofsvorplatz, in einem acht-stöckigen Wohnbunker aus den späten sechziger Jahren, einem dieser abweisenden, gesichtslosen Klötze, bei denen die neben-einander aufgereihten Wohnungen über offene Korridore zu erreichen waren. Nach seiner Scheidung hatte es ihn hierher verschlagen; nur vorübergehend, wie er damals betont hatte. Aus dem Provisorium waren nun schon mehr als zehn Jahre geworden.

Gesa hatte den Wagen in einer Seitenstraße abgestellt und stand jetzt vor der metallgerahmten Eingangstür mit dem ab-genutzten, schwarzen Kunststoffgriff und den Milchglaseinsät-zen, die an die Scheiben eines schlecht gepflegten Aquariums erinnerten. Der Summer ertönte. Sie drückte die Tür auf und sah sich der grauen, blind starrenden Bkastenphalanx neben dem Fahrstuhl im Foyer gegenüber, die ihr jedes Mal wieder ein Gefühl beklemmender Tristesse einflößte.

Robert erwartete sie vor dem Fahrstuhl im vierten Stock. Es war offensichtlich, dass er vor Freude, sie zu sehen, ganz aus dem Häuschen war, wie ein Kind zu Weihnachten. Gesa gefiel das.

Das Interieur von Roberts Wohnung war kaum weniger trostlos als die Außenansicht des Gebäudes. Gesa war zuletzt vor dem Umzug in die Niederlande vor zwei Jahren hier gewesen. Seitdem hatte sich nichts verändert; man hätte denken können, dass er vor einer Woche erst eingezogen war anstatt vor zehn Jahren. Vor den Fenstern des Wohnzimmers hingen noch immer die Gardinen mit dem scheußlich orange-braunen, geometrischen Kreismuster im Design der Siebziger, die er damals von dem verstorbenen Vormieter übernommen hatte. In den Ecken stapelten sich Kartons mit Büchern, die er niemals ausgepackt hatte. Das wenige vorhandene Mobiliar – eine beige Sitzecke mit fleckigem Cordbezug, ein schäbiger Beistelltisch aus schwarzen, kunststoffbeschichteten Spanplatten, eine auf das nackte Gestell reduzierte Messingstehlampe – wirkte wie irgendwo aufgelesen und verbreitete die Atmosphäre von Hotelzimmern der billigsten Kategorie. Gesa hatte sich hier noch nie wohlgefühlt; er selbst wohl auch nicht. Nicht umsonst hatten sie sich auch früher schon eigentlich immer in Gesas Wohnung getroffen.

Robert fragte, ob sie ihre Tasche im Schlafzimmer abstellen wolle. »Schau mal, ich habe neues Bettzeug gekauft«, sagte er stolz. »Auch gleich aufgezogen. Gefällt es dir?«

Gesa versank mit ihm in einer Wolke von weißem, türkis-pink getupftem Searsucker. Der Stoff fühlte sich angenehm rau an. Nur waschen hätte er das Bettzeug vorher können, dachte Gesa, dann hätte es auch noch schön frisch gerochen. Aber Robert besaß erstens keine Waschmaschine und hatte zweitens auch noch nie so recht eingesehen, warum man Wäsche, die mit der bloßen Haut in Berührung kam, vor der ersten Benutzung waschen sollte.

»Du könntest dir Spannbettlaken zulegen«, sagte Gesa. »Unter uns ist alles verrutscht.«

Robert lachte. »Ich habe die Dinger noch nie leiden können. Aber wenn du sie lieber magst, von mir aus. Alles, was meine Königin will.« Er gab Gesa einen schmatzenden Kuss auf die Wange. »Oh, Verzeihung, war der zu nass?«

»Ging gerade noch«, sagte Gesa und wischte sich über die Wange.

»Hast du mich vermisst?«, wollte er wissen.

»Meinst du im Bett? Oder auch sonst?«

Er gab ihr einen liebevollen Knuff. »Ah, ich liebe deinen Humor. Natürlich auch sonst.«

»Auch sonst. Und zwar mehr als im Bett.«

»Tatsächlich?«

»Ich hatte ziemlich viel um die Ohren, weißt du. Nicht nur kochen. Da kommen einem eher keine heißen Gedanken.«

»Ja, ja, ich weiß.« Er drückte sie fester an sich. »Aber bald bin ich ja wieder da, um dir zu helfen.«

»Und du – hast du mich vermisst?«

»Wie kannst du das nur fragen?« Er seufzte. »Aber ich könnte jetzt nicht sagen, ob mehr im Bett oder auch sonst … Weißt du, es gibt dort auf den Philippinen ja nun sehr viele extrem reizvolle junge Frauen. Aber es ist, als ob du mich behext hättest. Ich könnte keine von ihnen anrühren.« Heftig setzte er hinzu: »Und auch mich selbst nicht … Es widert mich jetzt regelrecht an, daran zu denken, dass ich das früher regelmäßig gemacht habe.«

»Meinetwegen brauchst du nicht darauf zu verzichten«, sagte Gesa. »Da ist doch nichts dabei.«

Robert war leicht pikiert. »Mir scheint, du kannst gar nicht ermessen, was das eigentlich bedeutet.«

»Schon gut. Ich habe einfach nie darüber nachgedacht.«

»Du findest also nicht, dass es in der Hinsicht ein Problem gibt?«

»Was für ein Problem denn?«

»Manchmal habe ich Angst, dass ich sexsüchtig sein könnte.«

»Quatsch«, sagte Gesa und küsste ihn.

»Aber warum kann ich dann nie genug von dir bekommen?« Er rückte noch näher an sie heran, griff nach ihrer Hand und führte sie unter die Bettdecke. »Da … Spürst du es? Und das nach all den Jahren … Wie kann das nur sein?«

»Mach dir nicht so viele Gedanken«, sagte Gesa. Zumindest nicht darüber, ergänzte sie im Stillen.

Er war ein angenehmer Liebhaber, der begeistert von ausnahmslos allem war, was sie miteinander taten, anstatt (wie andere Männer in ihrer Vergangenheit) zu versuchen, sie ausgerechnet zu den Dingen zu drängen, auf die sie nun einmal partout keine Lust hatte. Was das anging, hatten sie sich immer schon verstanden, ohne viele Worte machen zu müssen. Aber in letzter Zeit hatte sich auch in dieser Hinsicht ein Ungleichgewicht zwischen ihnen eingeschlichen. Robert verklärte das Vögeln zunehmend, zum greifbaren Symbol einer Symbiose zwischen ihm und Gesa, die er immer dringender zu brauchen schien. Für Gesa hingegen war es nach und nach zu einer weiteren Kategorie auf ihrer Liste geworden. Sie sah tatsächlich keinen Grund, dieser Aktivität einen wesentlich anderen Status zuzugestehen als anderen auch, die nicht nur unbestreitbar Nutzen brachten, sondern auch mit einem gewissen Vergnügen verbunden waren, wie etwa »Lektüre« oder »Bewegung«. Die Pluspunkte gab es für die angeblich gesundheitsfördernde Wirkung von Sex und – wichtiger noch – dafür, dass Robert dadurch bei erheblich besserer Laune blieb. Sie sprachen natürlich niemals darüber – von all den Dingen, die zwischen ihnen in Schieflage geraten waren, war dies das letzte, das einer von ihnen angesprochen hätte –, aber Gesa war sich sicher, dass auch er es spürte oder zumindest hätte spüren können.

Als er wieder Sinn für andere Dinge hatte, machte Gesa ihn freundlich darauf aufmerksam, dass sie Hunger hatte. Sie gingen in das indische Restaurant im Stadtzentrum. Während sie auf ihre vegetarische Reistafel warteten, erzählte er ein wenig von den Philippinen, dies und das, und eigentlich erzählte er so ziemlich dasselbe wie schon vor fünf Jahren. Die Dinge hatten sich nicht verändert, nicht einschneidend jedenfalls, und Gesa fragte sich einmal mehr, wie er all das aushalten konnte, Armut und Ignoranz und Slums und Prostitution und Morde an den Menschen, die daran etwas ändern wollten, ohne zynisch zu werden; denn das war er nicht. Sie sagte ihm, dass sie seinen ungebrochenen Idealismus bewundere, und das umso mehr, wenn sie sich vor Augen halte, dass sie ihre gesamte Energie einzig auf das triviale Ziel verwende, Leuten beizubringen, halbwegs korrekte deutsche Sätze zu bilden.

»Es spielt keine Rolle, was man macht, solange man mit dem Herzen dabei ist«, sagte er nur lächelnd. »Alle Wege sind gut … Aber nun mal zu dir. Zu euch. Wie geht es Elina?«

»Gut, denke ich. Sie ist jetzt bei meinen Eltern, noch bis Mittwochmorgen, und wird dann von ihrem Vater abgeholt.«

»Wie war denn ihre Geburtstagsfeier?«

»Anstrengend«, sagte Gesa. »Aber zum Glück hat Joke mir geholfen.«

»Joke?« Er brauchte einen Moment, um dem Namen ein Gesicht zuzuordnen. »Ach ja, die Mutter von Elinas Spielkameraden – Rick und Louisa, richtig?«

»Ja«, sagte Gesa.

»Gibt sie nicht diese komischen Partys?« So schwer es Robert auch meist fiel, sich Dinge zu merken, die andere ihm erzählten: Er hatte ein ausgezeichnetes Gedächtnis für skurrile Details, solange sie nur seine Fantasie in einer bestimmten Richtung anregten.

»Dessoupartys, ja.«

»Zugegeben, es löst so etwas wie Angstlust bei mir aus, wenn ich mir dieses Muttertier in Dessous vorstelle.« Robert schüttelte sich. Er war ein scharf beobachtender, durchaus mitfühlender Mensch, dessen bisweilen überbordende Assoziationen niemals despektierlich gemeint waren. »Diese ausladenden Brüste. Und diese feiste Wampe. Wie die Venus von Willendorf.«

»Sie essen schrecklich«, sagte Gesa. »Ich war einmal mit ihr einkaufen. Billiges Schweinefleisch, Limonade, Naschkram, Konserven. Vielleicht weiß sie es einfach nicht besser. Oder sie isst aus Kummer. Leicht ist ihr Leben ja nun nicht.«

»Richtig, ihr Mann hat doch diese Krankheit – was war es gleich noch mal?«

»Multiple Sklerose.«

»Er hat es mir irgendwann einmal erzählt, als wir uns vor der Schule unterhalten haben. Aber ich wusste es nicht mehr so genau. Da saß er auf so einem Gefährt …«

»Seinem Scootmobil«, sagte Gesa. »Das benutzt er meistens für längere Strecken. Übrigens war Erik neulich abends mal bei mir«, fügte sie beiläufig hinzu, ohne recht zu wissen, warum.

»Wie schön«, sagte Robert ohne großes Interesse. »Und, war es nett?«

Die banale Abgegriffenheit des Wortes »nett« hatte bei Gesa schon immer ein Gefühl beinahe aggressiven Widerwillens ausgelöst. Nein, hätte sie sagen können, es war nicht »nett«; es war einer dieser Abende, die ein Wendepunkt hätten sein können. Aber letzten Endes war es dann ja doch nur ein Abend wie jeder andere auch gewesen.

»Was heißt nett«, sagte Gesa deshalb nur. »Er hat meinen PC saubergemacht. Weiter nichts.«

»Na fein. Wie genau äußert sich seine Krankheit denn eigentlich?«

»Ich nehme an, er hat Lähmungserscheinungen in den Beinen«, sagte Gesa. »Aber darüber haben wir gar nicht gesprochen. Er ist nicht der Typ, der über seine Krankheit redet. Oder sich beklagt. Nur dass all seine Freunde sich zurückgezogen haben, kränkt ihn schon sehr, das habe ich herausgehört.«

»Jedenfalls kann diese ganze Familie sehr froh sein, Elina und dich als Freunde zu haben«, sagte Robert. »Solche Leute brauchen jemanden, der ihnen Wege aus der Beschränktheit ihres Daseins zeigt.«

Gesa wusste nicht so recht, ob sie daran glauben sollte. Ihrer Überzeugung nach konnte man anderen erst dann Wege aus der Beschränktheit ihres Daseins aufzeigen, wenn die Betreffenden dieses selbst als beschränkt und den dringenden Wunsch nach Veränderung empfanden. Die vielen ergebnislosen Diskussionen, die sie und Robert im vergangenen Jahr vor und nach dem Abbruch seiner Gesprächstherapie bis zur Erschöpfung geführt hatten, waren nicht dazu geeignet gewesen, sie in dieser Hinsicht hoffnungsvoller zu stimmen.

Wieder einmal wich Gesa ins Scherzhafte aus. »Und du, glaube ich, brauchst ganz nötig jemanden, der dir Wege aus deiner extrem uninspirierenden Wohnumgebung zeigt.«

Robert lachte, schaute aber etwas betreten drein. »Ist es tatsächlich so schlimm?«

»Ja«, sagte sie kurz.

Er nahm ihre Hand. »Und, denkst du an jemand bestimmten, der sich für diese Aufgabe zur Verfügung stellen würde?«

»Morgen früh fangen wir an«, sagte Gesa.

Am nächsten Morgen stand sie gegen acht Uhr auf. Sie zog sich rasch an und ging Brötchen, Butter, Räucherlachs, Obst, Eier und Marmelade in dem nahegelegenen Supermarkt einkaufen. Darauf zu warten, dass Robert sich von dem Sofa erhob, auf dem er die Nacht verbracht hatte (sie schliefen seit jeher getrennt, denn Robert schnarchte entsetzlich, ganz zu schweigen davon, dass er manchmal die halbe Nacht wach lag), hätte bedeutet, den ganzen Vormittag untätig zu verplempern, das wusste sie aus Erfahrung. Als sie zurückkam, lag er noch immer auf dem Sofa, ohne sich auch nur zu rühren.

Gesa packte die Einkäufe aus, setzte einen Topf mit Wasser auf und deckte den Küchentisch mit den wenigen, kurios zusammengewürfelten Tellern, Tassen, Löffeln und Messern, die sie in Küchenschrank und Schubladen vorfand. Als das

Wasser kochte, legte sie zwei Eier hinein und hielt nach einer Uhr Ausschau. Es gab keine, weder in der Küche noch im Wohnzimmer. Sie ging ins Schlafzimmer, um das Handy aus ihrer Handtasche zu holen. Auf dem Weg zurück in die Küche rüttelte sie den halb auf den Bauch gedrehten Robert sanft an der Schulter. Er murmelte etwas Unverständliches und riss verwirrt die Augen auf.

»Aufstehen … Es ist fast neun Uhr.«

Er gähnte geräuschvoll. »Ich habe gehört, wie du weggegangen bist … Aber ich muss wieder eingeschlafen sein. Wo warst du?«

»Einkaufen.«

»Das hätte ich doch machen können.«

»Hättest du, ich war aber schneller. Du kannst ja den Kaffee kochen.«

Er rappelte sich vom Sofa hoch und schlurfte ins Bad. Gesa füllte den Topf, in dem sie die Eier gekocht hatte, wieder mit Wasser für Tee. Während sie auf Robert wartete, erstellte sie im Geiste eine lange Liste, auf der ganz oben eine Teekanne stand.

»Ich habe eine Liste gemacht«, eröffnete sie ihm, als er Minuten später in der Küche erschien.

»Oh, oh.« Er kratzte sich in echter Verzweiflung am Kopf. »Das fängt ja gut an.«

Als allererstes fuhren sie zum Baumarkt. Sie bräuchten Werkzeug, hatte Gesa gemeint, zumindest eine minimale Grundausstattung. Im Einrichtungsdiscounter kaufte sie drei Bücherregale aus Kiefernholz, einen schlichten Computertisch, einen Schreibtischstuhl, einen grau-weiß-schwarz gemusterten Flickenläufer und einen weichen Knüpfteppich in warmen Blautönen, die einen großen Teil des stumpfen, gelblichgrauen Linoleumfußbodens in Flur und Wohnzimmer gnädig verdeckten, eine orange-grün karierte Tischdecke aus Wachstuch, farblich passende Frühstücksbrettchen, eine gläserne Butterdose, einen lila Küchenwecker in Eiform, eine Keramiksalatschüssel, einen kompletten Satz Teller, Tassen, Gläser und Besteck, ein paar unentbehrliche Kochutensilien und natürlich die am Morgen vermisste Teekanne, was immer sich in seiner winzigen Küche eben so verstauen ließ. Anfangs hatte Gesa Robert noch bei jedem Artikel fragend angesehen, aber er hatte zu allem nur enthusiastisch genickt, überwältigt, als könne er nicht glauben, dass dies tatsächlich passierte, so-dass sie nach einer Weile ohne langes Nachdenken alles, was ihr nützlich erschien, in den Einkaufswagen packte.

Nachmittags machten sie sich an das Zusammenbauen der Regale. Keiner von ihnen war handwerklich geschickt oder auch nur geübt, Robert noch weniger als Gesa, und die Montageanleitung war lückenhaft. Darum brauchten sie eine ganze Weile für das erste Regal, aber Gesa bestand darauf, weiterzu-machen, bis alle drei Regale aufgebaut und an den im Vorwege für sie bestimmten Platz gerückt worden waren. Anschließend kümmerte Robert sich um das Essen, während Gesa den herumliegenden Verpackungsmüll zusammensammelte, staub-saugte und den Tisch für ihr Dinner herrichtete. Es gab Spagetti mit selbstgemachter Tomatensauce und einen Rucolasalat. Robert entschuldigte sich, dass er ihr nichts anderes als dieses simple Mahl anbieten könne. Aber mit nur zwei Kochplatten lasse sich leider nichts Aufwendigeres bewerkstelligen.

»Aber es ist schon erstaunlich, was sich mit ein paar einfa-chen Accessoires erreichen lässt, nicht?«, sagte Gesa, als sie sich gesetzt hatten und der Kerzenschein den Wein in den Gläsern dunkelrot aufleuchten ließ. Robert nickte. »In der Tat.« Er hob sein Glas. »Auf unsere erfolgreiche Zusammenarbeit.«

»Und morgen geht es weiter«, sagte Gesa. »Du könntest deine Bücher einräumen. Dann schmeißen wir die ganze Pappe weg und all den alten Kram, den ich aussortiert habe« – sie deu-tete auf einen in der Ecke abgestellten Karton, vollgestopft bis zum Rand mit blasig aufgeschmolzenen Plastikkochlöffeln, einer kaputten Küchenwaage, henkellosen Tassen, angeschlagenen Kükeneierbechern aus Porzellan und ähnlichem Ramsch – »gleich mit.«

Robert seufzte ergeben. »Okay.«

»Ich weiß, dass du keine Lust dazu hast. Aber du wirst sehen, wie viel wohler du dich hier dann fühlen wirst.«

»Vermutlich hast du Recht.« Er raspelte mehr Parmesankäse mit der neuen Reibe aus Edelstahl über seine Spagetti. »Ich frage mich nur, warum dir eigentlich so viel daran liegt.«

»Was ist das für eine Frage? Ich finde, jeder sollte einen Platz haben, an dem er sich wohlfühlt.«

»Aber ich fühle mich bei euch ja schon sehr wohl.«

»Einen eigenen Platz. Unabhängig von anderen Menschen.« Da war er wieder, der neuralgische Punkt; einer von ihnen streifte ihn irgendwann doch. Dann konnte man nur noch schnell zurückzucken. »Und ich hatte den Eindruck, dass es dir auch Spaß gemacht hat, das Zusammenbauen heute Nachmittag.«

»Doch, doch«, beeilte er sich zu sagen. »Ich war selbst ganz überrascht von mir. Vielleicht brauche ich einfach nur jemanden, der mich am Kragen packt … Damit ich meine Anfangsträgheit überwinde.«

Gesa musste daran denken, wie sie und Lutz vor zwei Jahren nach dem Umzug tagelang damit zugebracht hatten, die nackten Betonwände der gesamten Wohnung zu streichen, während Robert mit seiner Tochter auf Gran Canaria Urlaub gemacht hatte. Aber sie wollte ihm keine Vorwürfe machen, nicht schon wieder. Und so sagte sie nur, dass dieses Am-Kragen-Packen eine Menge Energie koste, die sie nicht immer aufbringen könne oder wolle, zumal es in ihrem Leben schon einen anderen Menschen gab, der bis auf weiteres ebenfalls auf diese bisweilen kräftezehrende Art motiviert werden müsse

»Ich weiß, dass ich in der Vergangenheit oft … nicht besonders kooperativ war.« Er griff nach ihrer Hand und drückte sie. »Aber das wird sich ändern, ich verspreche es. Wenn du erst einmal dein Haus gekauft hast … Oder hast du deine diesbezüglichen Pläne aufgegeben?«

»Nein«, sagte Gesa. »Nach Pfingsten werde ich anfangen zu suchen.«

»Und wie ist es nun mit meinem Angebot?«

»Welches Angebot?« Sie ärgerte sich, dass sie sich nicht schon vorher eine Antwort auf seine Frage zurechtgelegt hatte, die ja hatte kommen müssen, früher oder später. »Ach so, ja. Die zwanzigtausend Euro.« Nun musste es heraus, ohne beschönigende Verbrämungen. »Das ist sehr lieb von dir, aber – nein danke, ich glaube, ich möchte davon lieber keinen Gebrauch machen.«

Natürlich, er war gekränkt. »Und warum nicht, wenn ich fragen darf?«

»Wirklich, ich brauche kein Geld von dir. Ich selbst habe dreißigtausend gespart, meine Eltern geben fünfundzwanzigtausend dazu…«

»Und die anzunehmen hast du keine Skrupel?«

»Das ist doch etwas völlig anderes.«

»Inwiefern?«

Ihren Eltern würde sie sich nie verpflichtet fühlen. Das war es, was Gesa dachte. Laut sagte sie, dass sie das Geld ja sowieso erben würde, irgendwann einmal. »Wie auch immer, ich habe mehr als fünfzigtausend Euro zusammen«, fügte sie in einem Ton hinzu, der ihm zu verstehen geben sollte, dass sie das Thema nicht weiter diskutieren wollte. »Und die restlichen hunderttausend kriege ich von der Bank. Bitte sei nicht beleidigt. Dazu besteht kein Anlass.«

»Na gut.« Sie wusste, er würde schmollen; und hoffen, dass sie mit der Zeit ihre Meinung änderte und nachgab. Zermürbender passiver Widerstand war schon immer seine Strategie gewesen, und er war damit weit gekommen. Bisher. Sie wusste nicht, woher sie diese Gewissheit nahm; aber diesmal würde er nicht gewinnen. Diesmal nicht.

7.

Die verbleibenden drei Tage vergingen schnell und waren angefüllt mit einer angenehmen Mischung aus zielgerichteter Aktivität und spontanem Sichtreibenlassen. Der Dienstagmorgen stand noch ganz im Zeichen der Wohnlichmachung von Roberts Behausung. Auf eine freundliche, aber unmissverständliche Erinnerung von Gesa hin räumte Robert folgsam seine Bücher in die Regale, während Gesa in Küche und Bad den Schmutz von Jahren entfernte, ohne sich von Roberts peinlicher Berührtheit beirren zu lassen. Am Mittwochvormittag gingen sie nochmals einkaufen, diesmal auf der Suche nach einem nachträglichen Geburtstagsgeschenk für Elina. Robert kaufte ein paillettenbesetztes Turntrikot aus schillerndem Stoff in grellen Gelb- und Violetttönen für sie, was, wie Gesa ihm versicherte, mehr als großzügig war. Sie überredete Robert, all die löchrigen, ausgefransten Socken, Unterhosen und T-Shirts, die sie in den Untiefen seines Kleiderschranks entdeckt und kurzerhand weggeworfen hatte, durch neue zu ersetzen, und ließ sich von ihm zu einem sündhaft teuren Dessous-Set mit schwarzer Spitze inklusive Strumpfgürtel und Strapsen in edlem Taubengrau verleiten. Auf seinen Geschmack war Verlass, wie sie wusste. Ihren Einwand, nicht zu wissen, zu welchem Anlass sie dieses Zeug denn bitteschön jemals tragen solle, hatte er nonchalant beiseite gewischt: Auf Jokes nächster Dessousparty natürlich, wo denn sonst, und um das richtige Tragegefühl dafür zu entwickeln am besten gleich heute Abend, bei einer Privatvorführung auf dem schönen blauen Teppich in seinem nunmehr formidabel eingerichteten Wohnzimmer. Am Donnerstag schließlich lockte schönes Wetter. Sie brachen früh zu einer ausgedehnten Wanderung im Ostharz auf, von der sie erst am frühen Abend zurückkamen.

Nachmittags war Zeit für Muße, die ihnen sonst fehlte. Sie hielten zusammen Siesta, liebten sich wiederholt, redeten, lasen, machten ein Schläfchen, und wenn sie anfingen, hungrig zu werden, berieten sie ausgiebig darüber, was und wo sie am Abend essen würden. So entschieden sie sich nach einiger Diskussion am Dienstagabend für das kleine, feine, georgische Restaurant, das, wie Robert es ausdrückte, jede nur erdenkliche Unterstützung verdiente, da es sonst über kurz oder lang im Dreck des Bahnhofsviertels versinken würde wie eine Perle im Straßenkot; und am Abend darauf zugunsten des romantischen Raclette-Geräts für zwei, das Robert am Nachmittag bei ihrem Einkaufsbummel entdeckt hatte. Beide Entscheidungen waren letztendlich ein Erfolg, obwohl das kleine, feine, georgische Restaurant gerade an diesem Abend leider nur kalte Gerichte servierte, da der Koch aus einem unbekannten Grunde nicht erschienen war, und das romantische Raclette-Gerät für zwei nach zwanzig Minuten Betriebszeit ein schmauchendes, schwarzes Loch in die Platte von Roberts Küchentisch brannte. In beiden Situationen hatte Robert beunruhigt zu Gesa hingeblickt und war sichtbar erleichtert gewesen, dass sie das Ganze mit Humor nahm. Sie hatte sich mit gutem Appetit über die kalten Vorspeisen hergemacht, die ihnen vorgesetzt wurden, mit dem Restaurantinhaber über die mutmaßlichen Gründe für das Wegbleiben des Kochs herumgewitzelt; beziehungsweise den schwelenden Brand geistesgegenwärtig gelöscht und am nächsten Tag ein dekoratives Klebeband angebracht, das das Malheur verdeckte und dem eher unansehnlichen Küchentisch darüber hinaus sogar einen Hauch von Glamour verlieh.

Nach der Abendmahlzeit taten sie das, wonach ihnen gerade der Sinn stand, berauscht von dem Bewusstsein, dass zum allerersten Mal seit fast fünf Jahren kein Kind da war, auf dessen Bedürfnisse Rücksicht genommen werden musste. Sie besuchten ein Orgelkonzert; machten einen spätnächtlichen Spaziergang kreuz und quer durch die Altstadt, bei dem sie die Fremdartigkeit der ihnen vertrauten, nun aber so still, gleichsam verwunschen daliegenden verwinkelten Gassen, kopfsteingepflasterten Plätze und erhaben erleuchteten Kirchhöfe auf sich einwirken ließen; genossen das simple Vergnügen, wie andere Pärchen auch Hand in Hand über das Jazzfestival im Park zu schlendern, ohne sich jemals ernsthaft für Jazz interessiert zu haben; oder blieben zu Hause, schauten sich vier Folgen der »Sopranos« hintereinander an und leerten dazu eine ganze Flasche Sambuca.

Am letzten Abend hatte Robert Gesa in die »Weinstube« eingeladen, das Lokal, in dem ihre Beziehung vor zehn Jahren ihren offiziellen Anfang genommen hatte. Sie durchschritten die Diele des alten Fachwerkhauses, deren matt glänzende Bohlen sie mit anheimelndem Knarren empfingen, und schlugen den schweren, dunkelroten Samtvorhang beiseite, der den Eingangsbereich von der Gaststube trennte. Die Wirtin führte sie zu dem für sie reservierten Platz an der Wand gegenüber vom Kamin. Geblieben war von dieser Wand nur das mächtige, schwarze Balkenskelett, in dessen Zwischenräumen sich im Feuerschein funkelnde Weinflaschen reihten; eine perfekte Verbindung des Rustikalen mit dem Edlen, das sich in jedem Detail der Einrichtung konsequent fortsetzte. Die dreiarmigen, silbernen Kerzenleuchter, das Spinnrad auf dem Fenstersims, der massive Bauernschrank in der Ecke, die sorgfältig arrangierten Blumengestecke: Nichts war dem Zufall überlassen, jedes einzelne Stück mit Bedacht gesucht und gefunden worden. So sollte es sein, dachte Gesa.

Robert half ihr wohlerzogen aus dem Mantel und dachte sogar daran, ihr den Stuhl zurechtzurücken. Gesa fand solche Gesten sonst eher albern, aber heute Abend passten sie zum Ambiente. Als Ausdruck ihrer Bereitschaft, den Zauber des Anfangs von vor zehn Jahren wiederaufleben zu lassen, trug sie Rock, Bluse und Pumps und darunter die neuen Dessous, einschließlich der für sie sehr ungewohnten Vorrichtung, die die Strümpfe am Herunterrutschen hindern sollten. »Du siehst umwerfend aus«, sagte Robert hingerissen. Gesa deutete eine kokette Pose an (verlagerte das Gewicht auf das linke Bein, legte eine Hand in die Kurve ihrer rechten Hüfte und warf ihm mit der anderen eine Kusshand zu), bevor sie sich setzte, dankbar für die Wärme vom Feuer, die ihr Rücken und Beine wärmte.

Sie studierten die Karte sehr gewissenhaft und bestellten zwei verschiedene Drei-Gänge-Menüs, die sie, wie sie absprachen, jeweils zur Hälfte essen und dann durchtauschen würden. Robert suchte ganz selbstverständlich den Wein aus. Er verstand etwas davon, soweit Gesa das beurteilen konnte. Auch diesmal hörte sie ihm ernsthaft interessiert zu, als er ihr die Vorzüge der auf der Karte angebotenen Weine erklärte, und nickte zu der Auswahl, die er traf. Es war schön, dass es zumindest einen Bereich gab, in dem er der Souveräne war.

»Das war ja schon mal ganz köstlich«, stellte Robert fest, nachdem sie mit der Vorspeise – Tintenfischcarpaccio und Jakobsmuscheln auf Avocadosalat mit Mango-Vinaigrette – fertig waren. »Und, sagt dir der Wein zu?«

Gesa nickte. »Ausgezeichnet.«

»Ich muss gerade wieder an diesen Abend denken, damals … Ich weiß noch, wie wir irgendwann beschlossen, zu gehen – und ich dich fragte, ob du noch mit zu mir kommen würdest … Ich habe dich hinausgeleitet, alle schauten uns hinterher, bestimmt war uns anzusehen, dass wir unsere erste leidenschaftliche Nacht miteinander verbringen würden, und ich erinnere mich noch genau, meine Hand lag auf deinem Rücken, ganz weit unten, da, wo sich diese kleinen Vertiefungen so verführerisch abzeichnen, du weißt schon …«

»Lendengrübchen heißen die.« Gesa lächelte, angestrengt,

wie sie selbst spürte. Sie wusste, er würde irritiert sein, aber es schnürte ihr die Kehle zusammen, wenn er so anfing, wie ein schmachtender Jüngling, der im schwärmerischen Fieber einer schlaflos durchwachten Nacht seinen allerersten Liebesbrief verfasst.

Robert runzelte die Stirn. »Das war mir nicht bewusst. Aber natürlich, es muss eine anatomische Bezeichnung geben, und wenn es jemanden gibt, der sie kennt, dann ist es natürlich meine pragmatische Freundin.«

Es entstand ein kurzes Schweigen. Dann sagte Gesa: »Ich glaube, ich bin nur deswegen so ›pragmatisch‹, wie du es nennst, weil es mir unangenehm ist, wenn du so redest. Es kommt mir unpassend vor.«

»Das weiß ich. Aber warum eigentlich? Das ist doch unsere Geschichte.«

Es war eine sehr berechtigte Frage, die Gesa sich auch schon selbst gestellt hatte.

»Ein Teil unserer Geschichte«, sagte sie schließlich. »Und nur ein sehr kleiner davon. Er hatte seine Berechtigung, aber für mich sind heute ganz andere Dinge wichtig. Es hat sich alles verändert.«

Robert lächelte begütigend. »Und doch, wenn man die letzten Tage Revue passieren lässt, könnte man glauben, es habe sich gar nichts verändert.«

»Wie meinst du das?«, fragte Gesa beklommen.

»Nun … Du wirktest die ganze Zeit so – entspannt. Heiter. Unbeschwert.«

Gesa saß stocksteif da. Hätte er in diesem Moment versucht, sie zu berühren, sie hätte nach ihm schlagen können. Sie hatte gehofft, dass er die Alarmzeichen auf ihrem Gesicht sehen und die Warnungen hören würde, die sie ihm stumm entgegenschrie; er behauptete doch sonst bei jeder Gelegenheit, ihre Gedanken lesen zu können, aber nein, immer wenn es darauf ankam, wollte er nichts sehen und nichts hören. Entspannt. Heiter. Unbeschwert. Nur weil sie jeden Tag gevögelt hatten, daran machte er das ja wahrscheinlich fest. Fehlten nur noch die zwei schrecklichen Worte, die das Desaster komplett machen würden. Sie dachte diese zwei Worte (ja, auch sie konnte bisweilen seine Gedanken lesen), und noch bevor sie sie zu Ende gedacht hatte, sprach er sie auch schon aus: »Wie früher.«

Robert war so in Fahrt geraten, dass ihm erst Minuten später auffiel, wie schweigsam Gesa mit einem Mal geworden war. »Als zum Beispiel das Raclette-Gerät durchbrannte, hatte ich mich auf das Schlimmste gefasst gemacht«, versuchte er zu scherzen. »Und ich war so froh, dass du gelacht hast.«

»Wenn es mein Küchentisch gewesen wäre, hätte ich nicht gelacht«, sagte Gesa eisig. Robert schaute verschreckt, aber in diesem Moment servierte die Bedienung die Hauptgerichte. »Was ist los?«, fragte er, als sie wieder außer Hörweite war. »Habe ich etwas Falsches gesagt?«

Gesa schüttelte den Kopf. »Nein.«

Er hatte nichts Falsches gesagt. Daran, dass er die entspannte, heitere, unbeschwerte Gesa von früher zurückwollte, war nichts Falsches. Es war lächerlich, infantil, deprimierend. Aber es war sein gutes Recht.

»Also was ist es dann?«

Schon wünschte sie, sie hätte sein gedankenloses Geplapper einfach ignorieren können. Ihm jetzt zu sagen, dass sie auch damals vor zehn Jahren eben meist nicht entspannt, heiter und unbeschwert gewesen war, sondern sich nur diesen Anschein gegeben hatte, aus Angst, ihn in die Flucht zu schlagen, und das umso verzweifelter, je größer ihr Bedürfnis nach Verbindlichkeit geworden war, wäre sinnlos gewesen. Er hätte es nicht verstanden. »Verbindlichkeit« war eines dieser Worte, die für ihn keine Bedeutung hatten. Oder wenn doch, eine andere als für sie.

»Es stimmt mich traurig, dass du noch immer eine Phase unserer Beziehung glorifizierst, von der ich dachte, dass wir beide froh seien, sie hinter uns gelassen zu haben«, sagte Gesa deswegen nur.

Sie sah ihn nervös schlucken. Beinahe tat er ihr schon wieder leid. »Aber nein … So habe ich es doch gar nicht gemeint«, stammelte er. »Ich wollte doch nur meine Freude darüber zum Ausdruck bringen, dass unsere gemeinsam verbrachten Tage dir offensichtlich gutgetan haben.«

»Natürlich haben sie mir gutgetan«, sagte sie resigniert.

»Siehst du. Vielleicht können wir das beizeiten einmal wiederholen.« Er hatte wieder Hoffnung geschöpft und machte in seiner Erleichterung eines dieser Angebote, deren Absurdität Gesa auch nach zehn Jahren noch in Verwirrung stürzten. »Ich kann ja ganz damit aufhören, über diesen Teil unserer Vergangenheit zu reden, wenn es dich derart verstimmt.«

Der Rest des Abends verlief in scheinbarer Harmonie. Sie sprachen nur noch von Dingen, über die sie sich mühelos verständigen konnten. Darüber, wo sie ihren nächsten Urlaub verbringen würden (Robert hatte St. Martin oder die Kapverdischen Inseln vorgeschlagen); darüber, dass das Lammkarree in Balsamico-Rosmarin-Marinade und die geschmorte Kaninchenkeule zwar köstlich schmeckten, ihnen die Lust am Fleischessen aber im Grunde inzwischen gänzlich vergangen war; und darüber, wie sie nun in Bezug auf den bevorstehenden Hauskauf konkret vorgehen würden.

Robert bezahlte die Rechnung, die ihnen die Wirtin, eine schlanke Dame mit mahagonirotem Kurzhaarschnitt, grauem Hosenanzug und modischer Brille in den Fünfzigern, auf einem silbernen Tablett im schwarzen Ledermäppchen überreichte. Gesa beobachtete, wie er seinen Blick in den Augen der Frau versenkte und alles daran setzte, ihrem geschäftsmäßigen Lächeln einen Hauch Persönliches zu entlocken. Es gelang ihm auch. Robert war kein gutaussehender oder stattlicher Mann, nach dem Frauen sich umschauten. Aber er hatte diesen jungenhaften Charme, der sich ganz von selbst aktivierte, wie ein Reflex, sobald er eine Person weiblichen Geschlechts vor sich hatte, egal welchen Alters und Attraktivitätsgrades. Fremde, ihm völlig gleichgültige Frauen, dachte Gesa, das waren die Menschen, die von Robert die intensivste Aufmerksamkeit bekamen, derer er fähig war, wenn auch nur für einen kurzen Moment.

»Danke für die Einladung«, sagte Gesa, als sie das Lokal verließen.

»Gern geschehen.«

Es war töricht gewesen, sich (wie Robert) der Hoffnung hinzugeben, dass dieser Abend eine Art Reset hätte sein können, oder aber (wie Gesa) ein Neubeginn auf höherer Ebene. Und doch hatten sie sich dazu hinreißen lassen, alle beide, denn in den letzten Tagen hatte es sich ganz unerwartet wieder eingestellt, das nach den zermürbenden Spannungen des letzten Jahres schon tot geglaubte Gefühl, letzten Endes doch zu tief miteinander verbunden zu sein, um jemals auseinandergehen zu können. Aber nun war alles wieder ins Wanken geraten.

Aus Robert, dem Märchenprinzen, der vor zehn Jahren beschlossen hatte, dass nun die Zeit gekommen sei, seine Erwählte mit zu sich auf sein Schloss zu nehmen, war ein Bettler geworden, der der vorausmarschierenden Gesa zu ihrem Wagen folgte, anstatt sie zu der goldenen Kutsche zu führen, zu eingeschüchtert, ihre Hand zu nehmen, geschweige denn, die seine auf ihren Rücken zu legen oder wohin auch immer; der nichts mehr zu gewähren hatte, sondern Gesa im Gegenteil am nächsten Morgen um die Gunst anflehen würde, noch zu bleiben; eine Nacht, einen Tag. Oder auch nur zwei Stunden.

»Und du fährst wirklich heute schon, gleich nach dem Frühstück?«

»Das fragst du mich jetzt schon zum zweiten Mal«, sagte Gesa. »Ja, nach dem Frühstück.«

»Musst du oder willst du fahren?«

»Beides.«

»Aber Elina kommt doch erst Sonntag zurück, sagtest du das nicht?«

»Ja. Aber ich muss noch einkaufen, den Unterricht für die nächste Woche vorbereiten ... Alles Mögliche erledigen.« Sie strich ihm mit dem Zeigefinger über die Wange. »Nun sei mal nicht traurig. Wir sehen uns doch nach Pfingsten schon wieder. Das sind nur noch zehn Tage.« Genauso hätte sie Elina erklärt, warum der Vergnügungspark für den Winter schloss und erst im nächsten Frühjahr wieder aufmachte. »Und im Übrigen«, fuhr sie fort, nun wieder ganz bewusst mit ihrer Erwachsenenstimme, »war es doch dein Plan, Pfingsten mit deiner Tochter in Barcelona zu verbringen, wenn ich dich daran erinnern darf.«

Das Frühstück verlief weniger ausgedehnt als an den Morgenden zuvor. Gesa hatte die Unruhe ergriffen. Die Zeit war um, das nächste Treffen verabredet, nun drängte es sie fort. Sie übernahm den Abwasch, während Robert den Tisch abräumte. Danach gab es nichts mehr zu tun.

Gesa stand da mit ihrer Tasche in der Hand und dem riesigen Sack voller Schmutzwäsche zu ihren Füßen.

»Ich gehe dann«, sagte sie in munterem Ton. »Hast du die ganze Wäsche eingepackt? Auch das Bettzeug und die Geschirrhandtücher? Gut ... Wie ist es, bringst du mich noch zum Wagen?«

Robert saß auf dem Sofa und machte keine Anstalten, aufzustehen. »Magst du dich vielleicht noch einmal kurz neben mich setzen? Es gibt da noch etwas, das ich mir dir besprechen möchte.«

Gesa fragte sich, ob er etwa in letzter Minute noch einmal

versuchen wollte, mit ihr anzubändeln (nachdem sie ihm gestern Abend eine eher schroffe Zurückweisung erteilt hatte). Sie setzte sich, hielt aber einen gewissen Abstand zu ihm und achtete darauf, dass ihr Knie seines nicht berührte.

Robert griff nach einer roten Plastikmappe, aus der einige in Klarsichthüllen steckende Blatt Papier herausfielen. »Willst du dir das mal anschauen?«

Gesa nahm eines der Papiere und warf stirnrunzelnd einen Blick darauf. »Eine Vorsorgevollmacht?«

»Ich … ich trage diese Formulare schon seit über einem Jahr mit mir herum«, sagte er. Ihre zurückhaltende Reaktion verunsicherte ihn; er musste sich ein Herz fassen, bevor er weitersprach. »Ich mache mir natürlich auch so meine Gedanken. Ich will verantwortungsbewusst handeln … Und darum … wollte ich dich fragen, ob wir die demnächst mal zusammen ausfüllen wollen.«

Das also war er, der Moment, den Gesa seit langem gefürchtet hatte; in dem das Dilemma offensichtlich wurde und es keine Ausflüchte, nur noch ein klares Ja oder Nein gab. Und wie konnte sie nein sagen? Schon die Andeutung eines Zögerns erschien hier völlig undenkbar. Nicht nur, dass es den Eindruck von Herzlosigkeit machte, es hätte auch die Wahrhaftigkeit ihrer Gefühle zu diesem Mann (von dem sie immerhin ernsthaft glaubte, ihn zu lieben) Lügen gestraft. Konnte, durfte man bei einer solchen Bitte zögern, wenn man behauptete, jemanden zu lieben? Dennoch zögerte sie nicht nur; alles in ihr sträubte sich bei dem Gedanken, eine solche Vollmacht zu unterschreiben und sich damit an ihn zu binden, fast ebenso unwiderruflich wie durch das gemeinsame Kind, das er ihr vorenthalten hatte. Zum ersten Mal begriff sie, was der Ausdruck »füreinander einstehen« eigentlich bedeutete, der bisher nichts als eine abstrakte, bisweilen inflationär verwendete Formel für sie gewesen war. Man stand eben »füreinander ein«, das war ganz selbstverständlich, und romantisch war es obendrein. Jetzt aber füllte sich die leere Worthülse mit einem fürchterlichen, nichts anderes mehr neben sich bestehen lassenden Gewicht, das sie in die Knie gehen ließ und ihren Brustkorb zusammen-zuquetschen schien, sodass das Atmen mit einem Mal zu einer bewussten Anstrengung wurde.

Ihr war klar, dass seine Bitte nicht das Resultat einer ernst-haften Auseinandersetzung mit dem Faktum der eigenen Sterblichkeit war. Wäre es so, hätte es in der Tat eine Menge zu besprechen gegeben. Aber so, wie Robert da neben ihr auf dem Sofa hockte (Blick nach unten gerichtet, Hände in den Ärmeln vergraben, Zehen unwillig gekrümmt), war er die Karikatur eines verstockten Schuljungens, der den Sinn der Strafarbeit, zu der er verdonnert worden war, nicht verstand; von der er aber doch wusste, dass kein Weg daran vorbei führte, wenn er den Zorn seiner gestrengen Lehrerin besänftigen wollte. Und so würde er dann eben tun, was von ihm verlangt wurde, die Hausordnung auswendig lernen, hundert Mal schreiben, dass er seinen Banknachbarn während des Unterrichts nicht piesac-ken sollte, was auch immer, wenn er danach nur wieder spielen gehen konnte. Genauso wollte auch Robert nichts weiter, als es hinter sich bringen, sich mit einer schnellen Unterschrift von aller Verantwortung sich selbst gegenüber entbinden, um danach endlich wieder seine Ruhe zu haben.

Er handelte nicht aus perfider Berechnung. Er folgte schlicht seinem Überlebensinstinkt. Was er da eigentlich von ihr wollte, war ihm überhaupt nicht bewusst. An die praktische Seite des Ganzen hatte er – wie so oft – keinen Gedanken verschwendet. Wozu auch; das würde dann ja ihre Sache sein.

Und doch, an sich verlangte er nichts Vermessenes von ihr. An sich war es selbstverständlich, dass ein Paar gerade in ih-rer Lage solche Vorkehrungen traf. Und noch vor einem Jahr hätte sie ja wahrscheinlich zugestimmt, ohne auch nur darüber nachzudenken. Es waren diese Überlegungen, die Gesa davon abhielten, ihm die Mappe um die Ohren zu schlagen.

Stattdessen stand sie auf und steckte die Formulare in ihre Tasche. »Ich werde es mir ansehen«, sagte sie.

8.

Und, was ist dein Eindruck?«, fragte Gesa Robert am Samstagmorgen beim Frühstück.

Robert lächelte. »Mein Eindruck ist, dass es eigentlich nur eine ernsthafte Option geben kann. Es sei denn, du ziehst es vor, noch weiterzusuchen. Aber ich glaube, du hast dich schon entschieden.«

Er hatte Recht. Sie hatten in den vergangenen drei Tagen alle Häuser in Emmen besichtigt, vier insgesamt, die hinsichtlich Preis und Lage überhaupt in Frage kamen. Die ersten beiden waren – aus ganz unterschiedlichen Gründen – so offensichtlich ungeeignet gewesen, dass eine flüchtige Inaugenscheinnahme ausgereicht hatte, um sie ohne weitere Diskussion von der Liste zu streichen. Das sehr idyllisch direkt am Waldrand gelegene Haus Nummer drei mit seinen vier stuckverzierten Schlafzimmern, der generös angelegten Terrasse und dem hallenähnlichen, marmorgefliesten Salon hatte sie alle für einen kurzen Moment geblendet, aber nach einer Nacht, die Gesa darüber geschlafen hatte, wusste sie, dass sie sich darin niemals würde zu Hause fühlen können.

»Welches Haus kaufst du denn jetzt, Mama?«, wollte Elina wissen. »Das dritte oder das vierte?«

»Das vierte«, sagte Gesa.

Elinas Gesicht hellte sich auf. »Das mit der Hubschraubertapete im Kinderzimmer?«

»Genau. Ich hoffe, es ist dir recht.«

Elina nickte. »Aber ich kriege doch eine andere Tapete, oder?«

»Ich wusste, dass du dich so entscheiden würdest«, sagte Robert.

»Wie konntest du das wissen?«

»Oh, ich habe deine Augen aufleuchten sehen … Parkett im

Wohnzimmer … Rustikaler Steinfußboden in der Küche … Gemütliches Bad … Alles mit ein bisschen Patina … Du hast es ja immer lieber schlicht und behaglich als luxuriös.«

»Willst du damit sagen, dass du das andere Haus bevorzugen würdest?« Gesa bereute auf der Stelle, ihn danach gefragt zu haben. Es war unsinnig, denn er hatte in dieser Angelegenheit nichts zu sagen, wie sie sich beinahe trotzig erinnerte; es würde ganz allein ihr Haus sein. Und trotzdem gab sie ihm noch immer die Macht, ihre Entscheidungen zu beurteilen.

»Nein, nein.« Er schüttelte den Kopf. »Nummer drei passt gar nicht zu dir, viel zu pompös und einen Stich vulgär dabei. Du hast schon ein feines Gespür für Klasse.«

»Du meinst also, du wirst dich in diesem Haus wohl fühlen?«

»Sicher. Ich bin sehr anpassungsfähig, wie du weißt. Mit einer Kammer unter deinem Dach bin ich mehr als zufrieden.« Er lächelte wieder. »In der ich dann ja vielleicht sogar endlich mal auch meine eigenen Bücher werde aufstellen dürfen.«

Am Mittwoch darauf wartete Erik vor der Schule, als Gesa mittags kam, um Elina abzuholen.

Sie hatte ihn seit dem Abend Mitte April nicht mehr gesehen; jetzt war es Ende Mai. Aber nun saß er da, auf seinem Scootmobil, und sie wusste plötzlich, dass er ihretwegen gekommen war.

Er verschwendete keine Zeit mit langem Vorgeplänkel. »Joke hat gesagt, ihr zieht um nach Emmen«, sagte er.

Gesa nickte. »Ich bin dabei, ein Haus zu kaufen.«

»Nach Emmen – das ist ja nicht so weit weg.« Er blickte ihr gerade ins Gesicht. »Tut mir übrigens leid, dass ich mich die ganze Zeit über nicht gemeldet habe.«

»Schon okay«, sagte Gesa. An sich sah sie keinen Grund, warum er sich bei ihr hätte melden sollen. Es war interessant, dass er ganz offenkundig der Meinung war, sie hätte das von ihm erwarten können.

»Ich habe über einiges nachgedacht«, sagte er. Sie bemerkte das fast unmerkliche Zögern in seinem Gesicht, so kurz wie die Dauer eines Bienenfellwimpernschlages, bevor er hinzusetzte: »Ich möchte dich gern bald wieder sehen. Mich mit dir unterhalten. Würdest du das auch wollen?«

Es war drei Minuten nach zwölf. Die Kinder kamen im Pulk aus der Schule gestürmt.

»Ja«, sagte Gesa. »Ja, das würde ich auch sehr gerne wollen.«

»Wann passt es dir?«

»Nächsten Dienstag«, sagte sie. »Komm nächsten Dienstagabend zu mir.«

In der Nacht von Montag auf Dienstag gegen eins hörte Gesa, die immer noch am Schreibtisch saß, ein Heulen. Es kam aus Elinas Zimmer. Das Kind heulte, so irrsinnig, wie Gesa es noch nie von ihr gehört hatte.

Die Tür des Kinderzimmers wurde aufgestoßen. Gesa eilte in den Flur. Da stand Elina, wie angewurzelt, mit verzerrtem Gesicht und nun aus vollem Halse brüllend. Gesa nahm sie beim Arm, ging vor ihr in die Hocke, redete auf sie ein. Elina brüllte weiter. War sie wach oder noch immer gefangen in ihrem Albtraum; Gesa wusste es nicht. Elina machte einen Schritt, zwei, und zog, um ihren Arm zu befreien. Gesa hatte Angst, sie loszulassen. Das hier war ihr unheimlich. Sie versuchte, Elina hochzuheben. Das Kind machte sich stocksteif und bog sich nach hinten über, von ihr weg. Ihr Brüllen war jetzt in ein hohes, schrilles Kreischen übergegangen.

Robert hatte das Licht an. Er war wach. Natürlich war er das, wer hätte bei diesen nervenzerfetzenden Lauten auch weiterschlafen können. Gesa wartete darauf, dass er zum Vorschein kommen würde. Aber nichts rührte sich.

Gesa presste Elina fest an sich und marschierte mit ihr die paar Schritte bis zu Roberts Zimmer. Sie klopfte zweimal kurz hintereinander scharf mit dem Fingerknöchel, dann drückte sie den Türgriff herunter.

Robert saß im Bett und las.

»Was gibt's?«, fragte er.

»Was es gibt? Bist du taub oder was?«

Er legte das Buch beiseite. »Und was erwartest du jetzt von mir?«

»Dass du vielleicht mal deinen Hintern bewegst und nachsehen kommst, was es gibt, auch ohne, dass ich dich erst dazu auffordern muss?« Gesa packte die Bettdecke mit der freien Hand und zog sie ihm weg. Er setzte widerwillig die Füße auf den Boden und erhob sich.

»Sie ist nicht ansprechbar«, redete Gesa gegen Elinas Kreischen an. »Ich weiß nicht, was mit ihr ist.«

Robert nahm ihr Elina ab und begann, leise mit ihr zu sprechen. Was er sagte, konnte Gesa nicht verstehen. Es war irgendein Singsang, eindringlich und monoton, und er schien zu Elina durchzudringen, denn nach und nach ließ das Kreischen nach, ging in hicksende Schluchzer über und verebbte schließlich ganz. Robert ging mit ihr im Zimmer auf und ab und tätschelte ihr den Rücken, als trüge er ein Baby, und Elina hielt die Arme fest um seinen Hals geschlungen. Irgendwann waren ihr die Augen zugefallen. Robert löste Elinas Griff behutsam und legte sie auf sein Bett.

»Du kannst sie hier lassen, wenn du möchtest«, sagte er. »Ich kann neben ihr schlafen.«

»Nein. Ich nehme sie mit in mein Bett.« Gesa hob Elinas völlig erschlafften Körper hoch. »Sie wird jetzt nicht mehr aufwachen.« Sie sah Robert kopfschüttelnd an. »Ich verstehe dich nicht. Warum bist du bloß so?«

»Du bist ihre primäre Betreuungsperson«, sagte er.

Am Dienstagnachmittag brachte Gesa Robert zum nächstgelegenen Bahnhof in Deutschland. Dort erfuhren sie, dass infolge eines Gleisschadens bis auf weiteres keine Züge mehr verkehrten, jedenfalls nicht in der Richtung, in die Robert musste.

Gesa sah auf die Uhr. Es war fünf vor sechs. Das Nächstliegende wäre gewesen, Robert zum nächsten Bahnhof zu fahren, dem in Meppen. Aber die Zeit war knapp. Um halb sieben musste sie zurück sein, um Elina von der Turnstunde abzuholen.

Am Fahrkartenschalter sagte man ihnen, dass ein Bus zum Meppener Bahnhof fuhr, allerdings erst um neunzehn Uhr dreißig. Gesa zögerte. Robert stand da und wartete auf ihre Entscheidung.

»Hör zu«, sagte sie. »Ich schaffe es nicht, dich jetzt noch nach Meppen zu bringen. Ist es sehr schlimm, wenn ich dich bitte, auf den Bus zu warten?«

»Nein«, sagte er. »Ist schon in Ordnung. Ich kann ja irgendwo einen Kaffee trinken und Zeitung lesen.«

Fünf Gehminuten vom Bahnhof entfernt war ein Supermarkt mit einem Café darin, dort setzte sie ihn ab. Er hatte es bis zuletzt nicht für möglich gehalten, dass sie das wirklich tun würde; noch als sie sich mit einem Kuss von ihm verabschiedete und sich zum Gehen wandte, schaute er ungläubig drein. Gesa wusste, dass das, was sie da tat, nicht das Richtige war. Sie hätte ihn wieder mitnehmen und morgen zum Bahnhof bringen müssen. Das wäre das Richtige gewesen. Aber sie wollte nur noch, dass er ging; heute noch. Jetzt sofort.

»Ich würde gerne ›Blade Runner‹ mit dir sehen«, sagte Erik. »Hast du auch Lust dazu?«

Sie gingen in das nun leere Gästezimmer, in dem der PC mit dem großen Monitor auf dem Schreibtisch stand. Gesa hatte vorhin noch in aller Eile das Bett abgezogen, staubgesaugt und einige benutzte Taschentücher eingesammelt, die sie unter dem Schlafsofa gefunden hatte. Eine Billie Holiday-CD, drei Bücher, die hellgraue, zu seinem im Keller stehenden Rennrad gehörende Trinkflasche und natürlich die rote Kunststoffmappe mit den in Klarsichthüllen steckenden Formularen darin (die keiner von ihnen wieder erwähnt hatte) – nichts sonst erinnerte daran, dass Robert vor wenigen Stunden noch hier gewesen war.

Gesa schaltete den Computer ein. »Heute habe ich sogar Cola für dich da«, sagte sie. »Bitte, setz dich doch.«

Sie nahm die DVD aus der Hülle, legte sie ein, nahm die Spracheinstellungen vor: Englisch mit Untertiteln. Als sie sich umdrehte, saß er auf dem Sofa, den Stock an die Wand gelehnt, und blickte sie an, erwartungsvoll (ja, genau das, dachte Gesa) und etwas verlegen.

»Ist es bequem so?«, fragte Gesa. »Brauchst du noch etwas? Ein Kissen, eine Decke, etwas, um die Beine darauf abzulegen?«

Er schüttelte den Kopf. »Danke, alles bestens. Mach dir keinen Stress. Wenn ich etwas brauche, sage ich es schon.«

»Entschuldige. Ich versuche nur, aufmerksam zu sein.«

»Weiß ich.« Er grinste, wie um seine harsch klingenden Worte etwas abzumildern; er wusste, dass die Situation für sie schwierig war, und wollte es ihr leichter machen. »Du könntest mir aber schon mal ein Glas Cola geben, wenn du magst.«

Gesa hatte den Film schon oft gesehen, bestimmt ein Dutzend Mal. Auch diesmal wieder war sie fasziniert von der düsteren Klaustrophobie des chaotischen, in Dauerregen, Schmutz und Smog versinkenden Stadtmolochs; den bizarren Gestalten, die in den Straßenschluchten unter gigantisch-geisterhaften Reklamewänden herumwimmelten wie in einer Nachtmahr; dem dunstverhangenen Panorama des von Feuerstößen zerrissenen, orange glühenden Himmels; vor allem aber von der Musik, diesen durch den Raum wabernden, unversehens wie monumentale Klangtürme aufstrahlenden, dann wieder vor

Melancholie gleichsam triefenden, getragenen Synthesizermeditationen. Aber es packte sie nicht so wie sonst. Erik war da, er saß neben ihr, und obwohl sie sich nicht berührten, an keiner Stelle, war sie sich seiner physischen Präsenz sehr bewusst.

Sie waren bei der Liebesszene angekommen. Rachael ist in Deckards Wohnung. Deckard liegt mit aufgeknöpftem Hemd auf dem Bett, dämmernd irgendwo zwischen Schlafen und Wachen. Rachael steht vor dem Klavier im Halbdunkel, nimmt eine alte Fotografie von einem Bord, betrachtet sie, stellt sie zurück. Dann setzt sie sich, zieht ihren Mantel aus und beginnt zu spielen, eine einfache, langsame Walzermelodie. Die Töne mischen sich mit dem jazzigen Saxofon, das lasziv vor dem Hintergrund des schwülen, alles einhüllenden Soundteppichs schwelgt, und verklingen darin. Deckard hat jetzt die Augen geöffnet, er beobachtet Rachael. Weiß sie es, weiß sie es nicht; man weiß es nicht. Sie löst ihr streng aufgestecktes Haar, Strähne für Strähne, hebt es an, streicht es sich aus dem Gesicht, ordnet es mit ihren weißen, schlanken Fingern, als gebe es nichts Wichtigeres auf der Welt. Ihre blutroten, perfekt manikürten Fingernägel fahren durch die nun ungebändigte dunkle Fülle ihrer schulterlangen Locken. Sie wendet kaum den Kopf, als Deckard sich mit einem halb unterdrückten Schmerzenslaut vom Bett hochrappelt, dabei ein Glas Wasser umstößt und sich neben sie setzt. Nur ihre riesigen, dunklen Augen heften sich an ihn, sie sind das einzig Lebendige in dem ansonsten unbewegten, puppenhaft blassen Gesicht. Wieder legt sie die Hände auf die Tasten des Klaviers, die Akkorde des Walzers erklingen, weicher diesmal und zaghafter. »You play beautifully«, sagt Deckard, dann legt er seinen Mund an ihre Wange, liebkost ihre Schläfe, ihr Ohr, zärtlich, aber drängend. Sie sitzt nur da, schließt einen Moment lang die Augen, lässt es geschehen. Als er sich wieder von ihr löst, abwartend, wirft sie ihm einen prüfenden Blick zu, als wolle sie seine wahren

Absichten ergründen. Er dreht den Kopf, seine Lippen machen eine unmissverständliche, auffordernde Bewegung. Sie weicht zurück wie ein scheues Tier, rafft ihren Mantel zusammen und eilt zur Tür. Aber Deckard ist vor ihr da. Mit der Faust stößt er die Tür, die sie halb aufgerissen hat, zu. Er packt Rachael, wirft sie gegen das Fenster, sodass sie auf der Fensterbank zu sitzen kommt. Er nähert sich ihr, hebt drohend die Hände, beinahe scheint es, als wolle er sie um ihren Hals legen. Sie unterdrückt ein Schluchzen. Durch die halbgeschlossenen Jalousien fallen Lichtstreifen quer über sein Gesicht; dadurch wirkt es beinahe raubtierhaft verfremdet. Nun küsst er sie, auf eine Weise, die keine Gegenwehr duldet. Das Saxofon brandet wieder auf, dazwischen flirren glockenhelle, wie Tropfen herabfallende elektronische Modulationen. Rachael überlässt sich Deckard. Aber das genügt ihm nicht. Er bringt sie dazu, ihm zu sagen, dass er sie nochmals küssen soll und sie ihn will.

Gesa hielt den Atem an. Es war eine Szene, deren romantisierte Brutalität sie jedes Mal wieder in ihren Bann schlug. Sie spürte, dass auch durch Erik neben ihr ein Ruck ging. Er wandte sich abrupt zu ihr, mit dem ganzen Körper.

»Möchtest du, dass ich das mit dir mache?« Seine Stimme war rau; vielleicht war er selbst erschrocken über seine eigene Kühnheit. Er wusste, er hatte sich sehr verwundbar gemacht mit dieser Frage. Vielleicht hätte er einfach nach ihr greifen sollen, wie Deckard nach Rachael, aber das hatte er nicht gewagt. Er war sich nicht sicher, ob sie ihn wollte. Gesa bewunderte seinen Mut, und die Ängstlichkeit dahinter rührte sie tief an. Sie wollte ihm gerne das Gefühl geben, dass er die Entscheidung selbst in der Hand hatte. »Und du«, fragte sie, »möchtest du das denn mit mir machen?«

»Als ob du das nicht wüsstest«, stieß er hervor.

»Aber bitte wirf mich nicht gegen die Wand«, sagte sie und legte die Arme um ihn. Ihr alberner kleiner Scherz und die Unmissverständlichkeit ihrer Geste nahmen ihm die Anspannung ein wenig. Er lächelte. »Ist gut ... Ich werde ganz vorsichtig sein. Keine Angst.«

»*Now, you kiss me*«, sagte sie.

»Ich habe immerzu an dich denken müssen«, sagte er, später, als der Abspann lief. Sie hatten kein Licht angemacht, nur das Flackern des Monitors erleuchtete den Raum. »Du sagtest beim letzten Mal, wir sollten es vergessen ... Das, worüber wir gesprochen hatten. Aber ich habe es nicht vergessen. Du?«

Sie saßen wieder nebeneinander, aber er hielt sie nun fest im Arm, als ob er sie nie mehr loslassen wolle. Gesa merkte, dass er zitterte. Vor unverhofftem Glück; aber vielleicht auch vor dem, was er nun sagen musste.

»Joke und ich ... Ach, wie sag ich das jetzt, damit es nicht falsch rüberkommt ... Wir haben da so eine Abmachung.«

»Eine Abmachung?«, wiederholte Gesa.

»Weißt du, ich werde irgendwann – nicht mehr können.« Es fiel ihm schwer, es auszusprechen, aber er wusste, dass es keinen Weg darum herum mehr gab. »Aber Joke wird ja weiterhin ihre Bedürfnisse haben, das denke ich zumindest. Das hört ja nicht auf. Und bevor sie mir dann ganz wegläuft, ist es mir lieber, sie sucht sich jemand anderen dafür. Mit einem Wort, wir haben eine offene Beziehung.« Er unterbrach sich kurz, vielleicht erwartend, dass Gesa etwas einwarf, aber da sie schwieg, sprach er schnell weiter. »Du musst wissen, dass ich Joke nie verlassen kann. Ich bin von ihr abhängig und sie von mir.«

»Aber sie wäre damit einverstanden, dass du mich siehst?«, fragte Gesa langsam.

»Ja, sicher, ich habe mit ihr gesprochen. Sie findet es gut.« Der Monitor war dunkel geworden. Erik konnte ihr Gesicht nicht sehen. Er hatte alles gesagt, was er ihr hatte sagen müssen. Nun konnte er nur noch auf ihre Antwort warten.

»Dann ist es in Ordnung«, sagte Gesa.

»Wirklich?« Er musste sich auf einiges gefasst gemacht haben; sicher aber nicht darauf, wie leicht es sein würde.

»Ich würde nichts tun, wofür ich lügen müsste«, stellte Gesa klar. »Aber wenn es keine Lügen geben muss – dann sehe ich nicht, was dagegen spräche.«

»Du bist also einverstanden?« Er drückte sie jetzt so fest an sich, dass ihre Schultern in den Gelenken knackten.

»Ja.« Gesa sagte es ohne Zögern. »Ja.«

9.

Und, wie war dein Date denn nun?«

Mareike war ein Mensch, der seine Neugier unfassbar gut im Griff hatte. Wie nahe sie und Gesa sich standen, zeigte der Umstand, dass sie mit dieser Frage herausplatzte, kaum, dass Gesa »Ich bin's« am Telefon hatte sagen können.

Gesa erzählte, das wenige Wichtige, was es zu erzählen gab.

»Ihr werdet euch nun also diesen Mann offiziell teilen, wenn ich das richtig verstehe?«

»So sieht es aus.«

»Und du meinst, das wird funktionieren?«

»Ich weiß es nicht. Wir werden sehen. Was ich weiß, ist, dass ich es auf jeden Fall versuchen möchte.«

»Und du willst nicht, dass er sich für dich von Joke trennt?«

»Nein, das will ich nicht.«

»Ganz sicher?«

»Ja.« Gesa wurde klar, dass sie die Wahrheit sagte, als sie dieses eine kurze Wort aussprach. »Er ist krank, er braucht seine vertraute Umgebung. Das respektiere ich.«

»Ich glaube dir«, sagte Mareike. »Du klingst sehr überzeugt. Hoffen wir nur, dass seine Frau dir auch glaubt.«

»Sie wird sich das alles gut überlegt haben. Und er sagt, sie freut sich für ihn.«

»Trotzdem, du solltest damit rechnen, dass sie eifersüchtig sein wird. Sie ist diejenige, die etwas abgeben muss. Während ihr beide etwas dazu bekommt.«

»Sicher«, sagte Gesa. »Aber ihr muss doch von vornherein klar gewesen sein, dass diese Abmachung, die sie miteinander getroffen haben, für sie beide gilt.«

»Theoretisch ist ihr das sicher auch klar gewesen«, meinte Mareike. »Nur hat sie niemals damit gerechnet, dass er jemanden finden würde. Sie hat erwartet, dass sie davon profitieren würde. Nicht er. Und nun kann sie natürlich nicht mehr zurück.«

»Aber ich auch nicht«, sagte Gesa.

»Nun ja, probier es aus. Du wirst ja sehen, wie es in der Praxis läuft. Unter diesen Umständen scheint es mir tatsächlich der einzig gangbare Weg, wenn du mit ihm zusammen sein willst.« Dieser Punkt schien für Mareike damit abgehandelt; vorerst zumindest. Aber da gab es noch etwas, woran sie in diesem Moment dachten, beide.

»Und was wird jetzt mit Robert?« Da sprach Mareike es auch schon aus. Wie ein ganz leicht zeitverzögerter Widerhall von Gesas eigenen Gedanken kam es durch die Leitung.

»Ich werde mich von ihm trennen.«

»Nochmals die Frage: Ganz sicher?«

»Ja.«

»Ganz ehrlich«, sagte Mareike, »egal, was bei der Sache mit Erik am Ende nun herauskommt: Allein schon dafür lohnt es sich.«

Gesa sah Erik in der Woche darauf wieder, am Mittwochabend. Diesmal gab es kein langsames Herantasten mehr. Sie hatten sich kaum gesetzt, als er sie auch schon in seine Arme nahm, sie an sich drückte, nach ihrem Mund suchte. Er hatte begonnen, daran zu glauben, dass er gemeint war, wahrhaftig er.

Irgendwann legte er sie sanft (oh ja, er war vorsichtig, sehr, noch immer) nach hinten über, auf den Rücken. Nun, das spürte Gesa an seinen unschlüssiger werdenden Berührungen, war er wieder unsicher. Sie half ihm, indem sie sein rot-schwarz kariertes Hemd ohne weitere Umstände aufknöpfte und es ihm von den Schultern streifte. Den Rest überließ sie ihm. Statt ihm mit ungeschicktem Herumgefingere in die Quere zu kommen, zog sie sich schnell selbst aus, schlüpfte unter die Decke – ja, sie hatte das Bett heute Nachmittag noch bezogen, nur für den Fall der Fälle – und wartete geduldig, bis er so weit war und sich zu ihr legte. Sie presste sich an ihn, schlang die Arme um seinen großen, jungenhaften, ein wenig plumpen Körper, vergrub ihre Nase in seiner Halsbeuge, atmete den Duft seines weichen, hellen Haares ein. Und sie freute sich daran, wie er nach Luft schnappte, als er feststellte, dass sie nichts mehr anhatte, wie über eine gelungene Überraschung.

Gesa fuhr mit dem Zeigefinger unter den breiten Bund seiner Boxershorts und ließ ihn knallen. »Willst du die etwa anbehalten?«

»Nur, wenn ich sie nicht ausziehen darf.«

»Du darfst. Du sollst sogar.«

Er war noch immer schüchtern. Seine täppischen Bewegungen verrieten es.

»Du musst das nicht, nur weil du vielleicht denkst, dass ich das erwarte«, flüsterte er. »Ich werde nichts tun, was du nicht willst …«

Nun endlich schob er seine Hemmungen beiseite, aber an seiner plötzlichen Zielstrebigkeit war zu erkennen, dass es ihn eine bewusste Anstrengung kostete. Er legte sich über sie, rückte ihre Beine so zurecht, wie es für ihn richtig war, und dann drängte er mit einem einzigen, heftigen Ruck in sie hinein, als habe er Angst, im letzten Moment doch wieder den Mut zu verlieren.

»Oh mein Gott …« murmelte er dicht an ihrem Ohr. »Oh mein Gott. Du bist so klein … Das geht nicht gut, das geht nicht gut …«

Gesa tat ihr Bestes, um sich ganz und gar reglos zu machen; nicht einmal zu atmen. Aber vergeblich. Da war nichts mehr aufzuhalten.

Er lag da, zusammengekrümmt, niedergeschlagen, für sie

nicht mehr spürbar. Es kam Gesa unfassbar vor, wie schnell er sich von ihr zurückgezogen hatte; als habe er sich vor Beschämung klein machen wollen. Nur die warme, aus ihr heraussickernde Feuchte erinnerte noch daran, dass er wenige Augenblicke zuvor noch bei ihr gewesen war.

Gesa sagte nichts. Sie sagte nicht, dass es doch gar nicht schlimm sei, so groß die Versuchung auch war, das zu sagen, denn sie wusste, dass es schlimm war, weniger für sie, aber umso mehr für ihn. Sie wusste, dass es nicht helfen würde. Dies war etwas, womit er selbst klarkommen musste.

»*Shit*«, sagte er schließlich und brachte ein schiefes Lächeln zustande. »Ich weiß nicht, was mit mir los ist. Das ist mir ja noch nie passiert.«

»Du warst eben bloß so aufgeregt«, sagte Gesa. »Ich nehme es als Kompliment, okay?«

»Okay, ja, und das kannst du auch, wirklich.« Er begann, sich zu besinnen, auf sie und seine guten Manieren, zog sie an sich, küsste sie.

»Ich wollte es wohl einfach zu gut machen … Das ist ein Problem von mir, ich bin zu perfektionistisch.« Er hob resigniert die Schultern und ließ sie wieder sinken. »Früher hätte ich eine Weile abgewartet und dann ganz locker eine zweite Runde eingelegt, aber das ist jetzt nicht mehr drin. Die Krankheit eben … Ich sollte mich daran gewöhnen. Ist manchmal nur so verdammt schwierig.«

Er griff nach seinen Kleidern, die er ordentlich auf dem Schreibtischstuhl abgelegt hatte. »Ich zieh mich wieder an, ja? Versteh das bitte nicht falsch. Ich kann Temperatur nicht mehr richtig wahrnehmen, Sensibilitätsstörungen nennt sich das. Darum wird mir schnell kalt, ohne dass ich es selbst merke … Verrückt, nicht?«

»Magst du mir etwas über deine Krankheit erzählen?«

»Warum nicht?« Er zuckte die Schultern. »Ich dränge das niemandem auf. Aber wenn es dich interessiert …«

»Wieso glaubst du, es würde mich nicht interessieren?«

»Manche fragen nur aus Höflichkeit, weißt du, eigentlich wollen sie nicht wirklich etwas darüber hören, auf jeden Fall nicht das, was ich ihnen dann erzähle … Sie wollen gerne weiter an das glauben, was sie irgendwo mal gelesen haben, nämlich dass MS schmerzfrei ist und einen auch gar nicht weiter einschränken muss … Neulich hat mir sogar ein Nachbar, dem ich mal ein bisschen was erzählt hatte, ins Gesicht gesagt, dass er gar nicht verstehen kann, wieso ich berufsunfähig bin, weil ich doch an sich noch ganz munter herumspringe, ständig am Auto herumwerkele und den Rasen mähe und so. Ich bin bloß zu faul, das wollte er wohl damit sagen.« Er presste die Lippen zusammen und schaute zur Seite. »Sollte mich nicht weiter stören, was die Leute sagen … Ich weiß.« Er schüttelte den Kopf, wie um sich von der Erinnerung an den kränkenden Vorfall zu befreien. »Also, ich gehöre zu denjenigen, die das ganz große Los gezogen haben – ich habe die primär progrediente Verlaufsform, so heißt das in der Ärztesprache. Die ist seltener und besonders unangenehm. Bei den meisten ist es so, dass sie Schübe haben, jedenfalls am Anfang. Ich hatte nie Schübe, bei mir wird es nur immer schlechter, mal langsamer, mal schneller, aber kontinuierlich. Und was einmal kaputt ist, regeneriert sich auch nicht wieder. Wir sind da in einem ziemlich exklusiven Club – nur bei zehn bis fünfzehn Prozent aller MS-Patienten verläuft die Krankheit so.« Er grinste. »Ich habe ich mich bisher noch ganz gut gehalten. Ich kenne Leute, die sind genauso lange krank wie ich, aber schon viel behinderter.«

»Wie hat das denn angefangen, damals?«, wollte Gesa wissen. Ihr Herz war schwer von seinem falsch-forschen Ton. Es war so leicht zu durchschauen, dass er ihn anschlug, um das dahinter lauernde Grauen in Schach zu halten.

»Ich war müder als sonst und hatte Gehstörungen. Anfangs keine schlimmen, Treppensteigen fiel mir schwerer, und ich bin öfter mal gestolpert. Nichts, weswegen man gleich zum Arzt geht. Aber irgendwann hatte ich das Gefühl, dass meine Beine steifer wurden und ich immer schlechter gehen konnte. Der Hausarzt hat mich dann an den Neurologen überwiesen. Tja, und da bekam ich schließlich die frohe Botschaft.« Er machte eine kurze Pause, als müsse er sich daran erinnern, was der nächste Punkt im Skript seines Vortrags war. »Ich habe danach noch weiter gearbeitet, ein paar Monate, aber es hatte keinen Zweck mehr. Zu viele Ausfälle. Ein halbes Jahr später war ich ausgemustert.«

»Und man kann gar nichts dagegen tun?«

»Heilbar ist es nicht«, sagte er. »Man weiß auch nicht, was die Ursache ist. Es bilden sich Entzündungsherde, an unterschiedlichen Stellen des Nervensystems. Bei meiner Verlaufsform hauptsächlich im Rückenmark. Darum wird nicht nur das Gehen schlechter, sondern auch die Blasen- und Darmfunktion. Nachts muss ich jetzt schon Windeln tragen.« Er wollte und musste jetzt brutal offen sein. »Was Sex betrifft … Wie ich schon sagte. Noch geht es, einigermaßen. Aber wie lange das so bleibt, weiß ich nicht. Und es kann sogar so dumm kommen, dass ich irgendwann Arme und Beine nicht mehr bewegen kann. Keiner kann voraussagen, was als nächstes passiert. Und wann.«

Gesa suchte nach Worten, aber sie fand keine. Nur hohle Phrasen kamen ihr in den Sinn, die üblichen, die er bestimmt schon lange nicht mehr hören konnte.

»Bei dem Verlauf mit Schüben kann man mit Medikamenten ganz gut was machen«, fuhr er eilig fort. Er spürte ihre hilflose Betroffenheit, natürlich. »Aber bei meiner Form wirken diese Medikamente nicht. Da kann man nur versuchen, die einzelnen Symptome zu behandeln. Ansonsten kann ich nichts weiter tun, als abwarten, was da noch so Schönes auf mich zukommt.«

Gesa hatte einen Kloß im Hals. Sie hatte gewusst, dass er krank war, natürlich. Aber nicht, wie krank.

»Ich will dir keine Angst machen«, sagte er und nahm sie wieder in seine Arme. »Ich sage dir nur, wie es ist.«

»Kannst du daran sterben?« Es fiel Gesa schwer, diese Frage zu stellen. Aber sie wollte es jetzt wissen; auch das.

»In zehn Jahren werde ich nicht mehr da sein«, sagte er. »Da mache ich mir nichts vor. Und vielleicht ist das auch besser so. Ich möchte lieber gar nicht mehr da sein, als nur noch im Bett herumzuliegen und nichts mehr zu können … Dann lieber ganz Schluss. Aber bis es soweit ist, will ich das Beste daraus machen.« Er umspannte Gesas Kinn mit seiner großen, starken Hand und drehte ihren Kopf so, dass sie ihm in die Augen sehen musste. »Hey, *meisje*, was ist los mit dir? Sind das Tränen? Das war das Letzte, was ich wollte. Dass du meinetwegen traurig bist.«

Wie sollte sie ihm sagen, dass es etwas anderes war, was sich auf diese Weise ein Ventil suchen musste; nämlich die plötzliche, überwältigende Erkenntnis, dass für sie in diesem Moment die Entscheidung gefallen war, nicht mehr anders zu können, als sich auf diesen Menschen, der sie in den Armen hielt, einzulassen, mit Haut und Haar, und den Weg mit ihm zu gehen, wenn er es denn auch wollte. Und es keine Rolle spielte, dass dieser andere Mensch ihr eben gerade eröffnet hatte, dass er in absehbarer Zeit gelähmt, impotent und inkontinent sein würde.

»Es ist ein bisschen viel auf einmal«, sagte sie. »Entschuldige bitte. Aber ich bin nicht traurig. Jedenfalls nicht jetzt.«

»Ich auch nicht«, sagte Erik und wischte mit dem Zeigefinger sorgsam eine Träne aus ihrem Augenwinkel fort. »Und ich habe auch keine Angst davor, was irgendwann einmal sein wird. Nicht mehr. Jetzt, wo ich dich habe.«

Gegen elf wurde er unruhig und sagte, er werde besser gehen, bei den ersten Treffen wolle er es nicht übertreiben, auch Joke müsse sich erst an die neue Situation gewöhnen. Gesa begleitete ihn nach unten vor die Tür.

»Ach, übrigens«, sagte er, betont beiläufig, bevor er auf sein Scootmobil stieg. »Joke möchte eigentlich gerne, dass ich Kondome benutze, wenn wir ... Du verstehst schon.«

»Damit kommst du aber ganz schön spät raus, findest du nicht?« Gesa grinste.

Er kicherte, aber ihm war nicht wohl in seiner Haut. Nervös wartete er auf ihre Reaktion.

»Sollten wir uns in unserer Konstellation nicht genug vertrauen, um davon auszugehen, dass die anderen Beteiligten keine Geschlechtskrankheiten haben oder es darauf anlegen, hinterrücks schwanger zu werden?« Dabei beließ Gesa es; sie wollte kein Drama daraus machen. »Aber meinetwegen. Ich habe nichts gegen Kondome. Und ich werde sogar davon absehen, zu fragen, ob ihr auch welche benutzt.«

»Ach, weißt du«, sagte er hastig, »ich werde Joke sagen, dass das schon in Ordnung geht.«

Sie umarmten sich ein letztes, langes Mal unter dem leuchtenden Junihimmel, dann fuhr er auf seinem Scootmobil davon, winkend, bis er um die Ecke beim Spar-Laden bog und sie ihn nicht mehr sehen konnte.

Gesa ging zu Bett und behielt das Shirt an, das sie heute Abend getragen hatte. Es roch nach ihm. Vielleicht, dachte sie beim Einschlafen, war es seine Umarmung, die den Ausschlag gegeben hatte. Diese Umarmung, in der so viel Sehnsucht und Dankbarkeit lag, nach und für etwas, von dem er schon lange nicht mehr gehofft hatte, dass es ihm noch gegeben werden würde.

10.

Joke und ich sind gestern Nachmittag bei deinem Haus vorbeigefahren, als wir in Emmen einkaufen waren«, sagte Erik zu Gesa, als sie sich das nächste Mal sahen. »Schön. Gefällt uns beiden gut. Ist es denn jetzt schon deins?«

»So gut wie. Noch ein paar Papiere unterschreiben – Kaufvertrag, Hypothek …« Gesa war nicht bei der Sache. Er merkte es.

»Was ist, *meisje*? Hast du Kummer?«

»Ich will eigentlich gar nicht darüber reden.«

Er war sofort alarmiert. »Ich hoffe, es hat nichts mit mir zu tun?«

»Nein.«

Auf seinem Gesicht malte sich deutlich sichtbar Erleichterung. »Was ist es dann? Du weißt doch, du kannst mir alles sagen.«

»Ich habe vor drei Tagen mit Robert gesprochen«, sagte Gesa.

»Mit ihm gesprochen?«

»Ich habe ihm von dir erzählt, ja.«

Erik sah sie gespannt an. »Und, was hat er gesagt?

Gesa zuckte die Achseln. »Was denkst du?«

Er wartete darauf, dass sie mehr sagte, aber Gesa war nicht danach. Jedes Wort zu Erik über Roberts Verzweiflung wäre ihr Robert gegenüber pietätlos vorgekommen.

Erik drückte Gesa an sich. »Es war schwer, nicht wahr?«

Sie nickte.

»Aber du weißt, dass ich das nicht von dir erwartet hätte, oder? Ich habe ihn nicht verdrängen wollen.«

»Du bist nur der Anlass«, sagte Gesa. »Nicht die Ursache. Und die Entscheidung war ganz allein meine.« Sie lächelte ihn an. »Und, wie fühlst du dich damit?«

»Ich denke, du wirst die richtige Entscheidung getroffen haben. Ich respektiere das.« Nach kurzem Überlegen setzte er hinzu: »Ich hätte ja sowieso nichts dagegen sagen können, wenn du dich anders entschieden hättest.«

»Du beantwortest meine Frage nicht«, sagte Gesa. »Wie fühlst du dich damit?«

Er lachte. »Wir leben doch jetzt in einer polyamoren Beziehung«, spaßte er. »Da muss man seine Eifersucht im Griff haben.«

»Polyamore Beziehung?«, wiederholte sie belustigt. »Müssen wir es denn gleich wieder in irgendeine Ideologie pressen?«

»Was bedeutet ›Ideologie‹?«, wollte er wissen.

»So etwas wie eine Theorie. Die an ein bestimmtes Normensystem gebunden ist und einen Idealzustand beschreibt. Häufig realitätsfern. Wie Monogamie eben auch.«

»Verstehe.«

»Ich wünschte, wir könnten es einfach sein lassen, was es ist. Und unseren eigenen Weg finden.«

»Das werden wir auch.« Erik nickte voller Zuversicht. »Aber das, was du da eben sagtest – das mit der Monogamie … Das ist schon schwierig. Weißt du, Joke war meine allererste Freundin und ich ihr erster Freund.« Ihren Eltern, erzählte er weiter, sei er damals nicht gut genug gewesen. Sie hätten versucht, Joke und ihn auseinanderzubringen, mit allen Mitteln. Als alles nichts half, hätten sie Joke vor die Wahl gestellt: Erik oder sie. Und so sei sie dann eben von zu Hause weg, mit siebzehn, und habe bei ihm vor der Tür gestanden. »Seit zwanzig Jahren sind wir jetzt zusammen. Und – wie soll ich das sagen … Wir haben uns beide Mühe gegeben, aber es war nicht immer einfach … Wir hatten … Probleme … auch schon, bevor ich krank wurde. Und dann haben wir beide … Sachen gemacht, die nicht in Ordnung waren.«

»Ihr seid fremdgegangen, meinst du.«

»Ja … Ich zwei Mal … Es ist eben so passiert, als wir auf Baustellen auswärts arbeiteten.« Er hielt inne und forschte angstvoll in ihrem Gesicht. »Versteh mich nicht falsch … Ich will mich nicht besser machen als ich bin.« Er stockte wieder, dachte nach, rang um jedes Wort. »Aber bei mir ist es doch mehr aus Neugier gewesen. Ich hatte ja noch nie eine andere Frau gehabt außer Joke. Und von meiner Seite war auch kein Gefühl dabei. Während sie …« Er brach ab und griff sich an die Stirn.

»Du musst es nicht sagen, wenn es zu schwer ist.«

»Ich will es aber sagen.« Er sah ihr voll ins Gesicht, und an dem Ausdruck seiner Augen war zu sehen, dass er es jetzt zu Ende bringen musste. »Sie hatte sich in einen anderen verliebt und eine Affäre mit ihm. Über Monate ging das. Während mein Vater an Bauchspeicheldrüsenkrebs starb.« Er verschränkte die Hände im Nacken und starrte zwischen seinen Knien hindurch auf den Boden. »Sie hat es nicht ausgehalten, dass ich keine Zeit für sie hatte … Nicht einmal die paar Monate. Du warst ja nie da, sagte sie. Aber was sollte ich denn machen, mein Vater lag im Sterben. Ich musste doch bei ihm sein. Sie hätte das verstehen müssen!«

Gesa schwieg. Sie begriff. Die übliche Flaute im Bett, hatte sie gedacht, anfangs, als er zu erzählen begonnen hatte; die so oft einherging mit der frustrierenden Erkenntnis, dass es da eben doch noch mehr gab als das, was man mit Anfang, Mitte Zwanzig für das einzig Denkbare und Erstrebenswerte im Leben gehalten hatte. Aber das hier ging weit darüber hinaus. Das hier war der Punkt gewesen, an dem alles zerbrochen war, unwiederbringlich, zumindest für ihn. Das Tragische war, dass er es nicht erkannt hatte, als noch Zeit gewesen wäre, zu gehen.

»Wir hatten damals die Scheidungspapiere schon ausgefüllt«, sagte er, und seine Stimme klang jetzt müde. »Vielleicht hätten wir uns trennen sollen, ich weiß es nicht. Aber wir sind schließlich doch zusammengeblieben. Tja, und bald darauf kamen dann ja auch schon die Kinder … Und ich wurde krank. Und nun sitz ich hier, auf deinem Sofa, und langweile dich mit diesen alten Geschichten.« Er seufzte. »Ich habe noch nie mit jemandem darüber gesprochen. Wem hätte ich das auch erzählen können? Meiner Mutter vielleicht?« Er schüttelte den Kopf. »Wie gesagt, ich habe auch Fehler gemacht. Aber vielleicht verstehst du mich ja ein wenig.«

Sie verstand ihn, weit besser, als er dachte. Es war nicht das erste Mal, dass es einen Mann zu ihr, der so rätselhaft Anderen, trieb, weil er einen Ausweg suchte. Erik war da nicht anders; auch er sah in ihr einen Ausweg aus der Lage, in die er sich vor zwanzig Jahren gebracht hatte, als er sich dazu hatte verleiten lassen, den Retter zu spielen. Aber etwas unterschied ihn von all den anderen, denen nichts weiter einfiel als kurzlebige, armselige Fluchten in Form von heimlichen Bettgeschichten, in die sie sich mit mehr oder weniger schlechtem Gewissen stürzten. Erik wollte diesen billigen, verlogenen Weg nicht gehen. Das war es, was Gesa an ihm bewunderte.

Letzten Endes spielte es keine Rolle, wie er diesen Ausweg nannte. Sollte er doch das Etikett Polyamorie darauf kleben und sich progressiv und überlegen fühlen. Gesa glaubte nicht, dass der Mensch für dieses Konzept geschaffen war (genauso wenig im Übrigen wie für ein beliebiges anderes auch), und sie glaubte auch nicht, dass Erik aus dem Bedürfnis heraus gehandelt hatte, ausgerechnet in dieser von quälender Unsicherheit überschatteten Phase seines Lebens mit polyamoren Experimenten zu beginnen. Er war ein kranker Mensch, der sehr wohl wusste, wie begrenzt seine Kräfte waren. Im Grunde war es wohl doch nichts weiter als eine aus der Not geborene Lösung, die einzige, die ihm in seiner Situation noch offenstand. Seine letzte Chance auf ein wenig Glück innerhalb des eng gesteckten Rahmens, in den die Krankheit ihn gezwungen hatte.

»Woran denkst du?«, fragte Erik sie.

»Ich bin froh, dass du dich entschlossen hast, einen Weg zu gehen, bei dem du niemanden wirst belügen müssen. Daran denke ich.«

Erik nahm ihr Gesicht in beide Hände und küsste sie mit aller Inbrunst.

»Mir ist vor allem wichtig, dass du eines weißt«, sagte er eindringlich. »Ich bin nicht wegen Sex hier. Joke und ich schlafen manchmal nur noch alle zwei, drei Monate miteinander, und das ist okay für mich. Das ist es nicht, was mir fehlt. Es gibt viel Wichtigeres ... Glaubst du mir?«

»Ja.«

»Wirklich?«

»Glaub mir, Typen, die nur wegen Sex zu einer Frau gehen, erkenne ich mittlerweile.«

Seine Augen bekamen einen eigentümlichen Glanz. »Du hast sicher viele Liebhaber gehabt, oder?«

»Das willst du nicht wirklich wissen«, sagte Gesa freundlich.

»Vielleicht hast du Recht ... Ich könnte eifersüchtig werden.«

»Sagtest du nicht vorhin, man müsse seine Eifersucht im Griff haben?«

»Und sagtest du nicht vorhin, Ideologien seien häufig – wie hattest du das ausgedrückt?«

»Realitätsfern? Genau. Siehst du, da bist du auf ein schönes Beispiel gestoßen.«

Er lachte, aber sie sah, dass es in seinem Gesicht arbeitete. Etwas bedrückte ihn. Vielleicht dachte er an die Männer, die es in ihrem Leben gegeben hatte. Männer ohne Handicaps, wie er sie hatte, mit denen er niemals würde konkurrieren können.

»Übrigens, damit du nicht enttäuscht bist – ich kann heute leider nichts mit dir machen«, sagte er gleich darauf ohne Überleitung. Er erzählte, dass er in der letzten Zeit außergewöhnlich viel Schmerzen gehabt habe, im Arm und in den Beinen. Sein Arzt habe deswegen beschlossen, den Medikamentencocktail anzupassen. Darauf müsse sich sein Körper nun erst wieder einstellen; ein bis zwei Wochen könne das dauern. Es sei besser, wenn er sich in dieser Zeit nicht zu sehr anstrenge, hatte ihm der Arzt gesagt.

»Eine Schande, wenn ich dich so sehe«, murmelte er. »Du kannst dir nicht vorstellen, wie es ist, mit achtunddreißig immer vernünftig sein zu müssen ... Dies nicht mehr zu können, jenes nicht mehr zu dürfen ... Und trotzdem immer kränker zu werden. Ah, und du bist so ein *lekker ding* ... Und wenn wir es einfach tun? Scheiß auf den Arzt.«

»Nein«, sagte Gesa und machte sich von ihm los. »Ich hätte zu viel Angst um dich.«

»Hast ja Recht.« Er atmete schwer. »Mein Herz rast jetzt schon wie irre. Tut mir leid.«

»Aber ich will, dass du es mir sagst ... Was du mit mir machen würdest ... Wenn du könntest, wie du willst ...«

Erik starrte ihr in die Augen. Er lächelte nicht. Dies hier war ernst. »*I'd really fuck you*«, sagte er dann. Auf Englisch. Vielleicht hatte er Angst, dass die Worte in seiner Sprache zu ordinär klingen würden, oder lächerlich in ihrer. Nur auf Englisch kamen sie ihm wie von selbst über die Lippen.

Er schien einen Moment lang selbst verblüfft, darüber, dass er es wirklich gewagt hatte, diese Worte zu Gesa zu sagen, und über die erdbebengleiche Wirkung, die von ihnen ausging. Das Dilemma aber war dadurch nicht erträglicher geworden. Er entschied sich, es auf andere Weise zu lösen, auf die kurzentschlossene, zupackende Art, die sie inzwischen von ihm kannte.

»Warte ...« Seine Hand wanderte über ihren Bauch, abwärts, unter ihren Rock. »Darf ich?«

Gesa war sich nicht sicher, ob sie ihn das tun lassen sollte. Es war ihr immer schon schwer gefallen, sich einem anderen Menschen in die Hände zu geben, in einer Weise, die ihm die Gelegenheit gab, ihre intimsten Regungen zu studieren. »Du musst das nicht …« versuchte sie sich herauszuwinden. »Ich bin auch so ganz zufrieden. Wirklich.«

Er ließ nicht locker. »Ich weiß, dass ich nicht muss. Ich will aber gern. Bitte lass mich. Okay?«

»Okay.« Gesa gab ihren Widerstand auf. Er hatte es so gewollt. Nun konnte sie nichts weiter tun, als zu hoffen, dass er es gut machen würde.

Er ging ein wenig zu grob zu Werke, zu hektisch, und griff zu fest zu. Natürlich, auch er war nervös, und er kannte ihren Körper noch nicht. Ihr kam der Gedanke, dass er mit ihr nun genau dasselbe machte, was er mit Joke schon zigmal gemacht hatte. Sie drängte den Gedanken beiseite. Wenn sie kommen wollte, durfte sie nicht daran denken, dass er auch Joke auf diese Art anfasste. Und kommen wollte sie, unbedingt; für ihn.

Ihr Körper (für dessen zuverlässige Unkompliziertheit sie schon immer dankbar gewesen war) begann jetzt allmählich, sich auf ihn einzulassen. Sie konzentrierte sich, auf nichts anderes als die ihr noch unvertraute Berührung, klammerte sich an ihn, hob sich ihm entgegen, flüsterte ihm kleine Kommandos ins Ohr. Er schwitzte in Strömen, vor Anspannung und Anstrengung. Irgendwann war sie qualvoll kurz vor dieser allerletzten Schwelle, und sie warteten, warteten beide, auf den kleinen, erlösenden Schubs, den er ihr noch geben musste, um ihr darüber hinweg zu helfen. Als er dann schließlich kam, der Schubs, geschah es eher wie zufällig. Aber er hatte einen Effekt wie der alles entscheidende Stoß am Billardtisch.

Danach lagen sie sich in den Armen, ausgelassen, erleichtert, glücklich.

»Das war ganz schön mutig von dir«, sagte Gesa kichernd. »Es hätte ziemlich schiefgehen können. Einfach nur daliegen und selbst nichts tun können, das kriege ich nicht besonders gut hin.«

»Kenn ich. Geht mir auch so«, sagte er vergnügt. »Aber ich

konnt's einfach nicht bleiben lassen … Es war zu verlockend. Und es hat sich doch gelohnt, oder? Auf jeden Fall ist jetzt alles wieder im Lot. Ich einmal, du einmal. Wir sind quitt.«

Vom Flur her war ein leises, tapsendes Geräusch zu hören. Sie fuhren auseinander. Da stand Elina auch schon in der Tür.

»Mama?«, sagte sie.

Gesa setzte sich auf und brachte ihre Kleidung in Ordnung.

»Was ist, Süße? Geht es dir nicht gut?«

»Ich musste nur auf Toilette, und da habe ich gehört, dass du noch wach bist. Da wollte ich nur mal eben nach dir schauen.«

Sie kam mit kleinen Schritten zum Sofa herübergetrippelt und lächelte schlaftrunken. »Hallo, Erik.« Sie schmiegte sich kurz an ihn und legte die Arme um seinen Hals, wie immer, wenn sie ihn sah.

»Hallo, Elina.«

»Dein Shirt ist ja ganz nass … Und warum sitzt ihr im Dunkeln?«

»Manchmal lässt es sich im Dunkeln besser reden, weißt du.«

Elina nickte und gähnte. »Bringst du mich bitte wieder ins Bett?«

»Keine Minute zu früh«, sagte Erik, als Gesa zurückkam. »Aber sie mag mich, nicht wahr?«

»Natürlich. Warum auch nicht?«

»Findet sie es nicht komisch, dass ich jetzt hier bin?«

»Nein. Das kann man einem Kind ja erklären.« Sie setzte sich wieder neben ihn. Er ließ kein Auge von ihr.

»Warum schaust du mich so an?«

»Weißt du, was mir aufgefallen ist an dir, gleich von Anfang an? Abgesehen davon natürlich, dass du eine wirklich heiße Schnitte bist.« Er hatte eine unwiderstehlich charmante Art, sich mit diesen machohaften Posen selbst auf den Arm zu nehmen. Was er auch ganz genau wusste.

»Nein. Was denn?«

»Dass du so zufrieden mit deinem Leben wirkst.«

Gesa lachte amüsiert auf. »Es wäre auch vermessen, wenn ausgerechnet ich mit meinem Leben nicht zufrieden wäre. Denn alles daran ist genau so, wie ich es immer haben wollte.«

»Aber du hast nie geheiratet ... Also wolltest du das nicht?«

»Ich habe nie daran geglaubt, dass man Glück auf diese Weise festhalten kann.« »Institutionalisieren«, hatte sie sagen wollen, eigentlich; so hatte Robert es einmal sehr schön ausgedrückt, aber sie biss sich auf die Zunge. Sie wollte nicht mit Fremdwörtern um sich werfen, die er nicht kannte. »Und ich habe den Sinn darin auch nie gesehen. Könnte ich dadurch, dass ich verheiratet bin, irgendetwas gewinnen, was ich nicht sowieso schon habe? Oder mir etwas bewahren, das ich im Begriff bin, zu verlieren?« Sie sah, dass er nicht verstand, was sie meinte. »Nimm dich und mich. Wir sehen uns, weil wir beide es gerne wollen. Aus keinem anderen Grund. Für mich ist das der einzige Weg, mit jemandem zusammen zu sein. Ohne Verpflichtungen, ohne Zwänge. Ich will dein Herz geschenkt. Nur das hat für mich Wert.«

Diese Sprache war anders als alles, was er bisher gehört hatte. Aber er verstand sie.

»Ich habe dir mein Herz ja längst geschenkt«, sagte er, überwältigt, und legte seine große Hand wie ein Dach über ihre. »Und du hast Recht ... Es ist so mit uns beiden. Und ich will, dass es auch so bleibt.« Um seine innere Bewegtheit zu überspielen, fing er wieder an, herumzualbern. »Aber wenn ich könnte, würde ich dir trotzdem einen Heiratsantrag machen.«

Gesa knuffte ihn leicht in die Seite. »Zum Glück wirst du nicht in die Versuchung kommen, sonst könnte ich in die Versuchung kommen, ihn anzunehmen. Glaub ja nicht, dass ich nicht auch schwache Momente habe .... Diese Sehnsucht nach dem Beschützer, den ich nie hatte.«

Der letzte Satz hatte ironisch klingen sollen, gerade, weil er viel wahrer war, als sie es sich selbst jemals eingestanden hatte. Aber er ließ sich davon überhaupt nicht beirren.

»Das möchte ich für dich sein«, sagte er. »Ich liebe dich, für mich bist du meine andere Frau, und ich will für dich da sein. Dafür werde ich alles tun, was ich kann. Ich verspreche es dir.«

Gesa legte ihm den Zeigefinger auf den Mund. »Ich glaube dir«, antwortete sie. »Und ich bin sehr, sehr froh, dass du das sagst. Aber ich will keine Versprechungen.«

»Wenn ich etwas verspreche, halte ich es auch«, sagte er ein wenig gekränkt. »Vertraust du mir nicht?«

»Dir ja. Voll und ganz.«

»Aber?«

»Aber deiner Krankheit nicht.« Gesa sah ihm beschwörend in die Augen. »Gib mir alles, was du willst und kannst. Ich freue mich darüber.« Sie wiederholte nachdrücklich: »Aber versprich mir nichts.«

11.

Ende Juni, in der vorletzten Schulwoche, war es Zeit für den Jahrmarkt, ein weiteres Großereignis, das den ganzen Ort fast eine Woche lang Kopf stehen ließ.

Am Mittwochnachmittag gingen Joke und Gesa mit den Kindern hin. Alles an dieser kümmerlichen Dorfkirmes, die da auf dem zentralen Platz direkt vor Gesas Haus aufgebaut worden war, stand exakt an derselben Stelle wie in den zwei Jahren zuvor auch. Den von der Dorfjugend umlagerten Mittelpunkt bildeten eine Autoscooterbahn, das altmodische, abenteuerlich ausgebesserte Kettenkarussell und die Drehscheibe eines Breakdancer, der auch schon bessere Tage gesehen hatte. Darum herum scharten sich ein paar Gewinnspielbuden, eine lahm im Kreis tuckernde Kindereisenbahn und natürlich der Wagen des *Oliebollengigant*, der auf keiner Veranstaltung im weiteren Umkreis fehlte. Das alles sah für Gesa zwar nicht gerade wie der Inbegriff von Spaß aus, wäre aber noch zu ertragen gewesen. Wenn, ja, wenn nicht jeder, der hier auch nur die allerbescheidensten geschäftlichen Interessen verfolgte, auch dieses Jahr wieder unverdrossen seine eigene Musik vor sich hin gedudelt hätte, aufgedreht natürlich bis zum Anschlag, sodass über dem Ganzen ein kakophoner Soundbrei aus wummernden Technobeats, jaulenden Hardrockgitarren und schmalzenden Schlagermelodien hing, in den sich das Heulen, Bimmeln und Hupen von den Fahrgeschäften mischte. Eine halbe Stunde, hatte Gesa Elina versprochen. Und keine Minute länger.

Sie fuhr eine Runde Autoscooter mit Elina und Rick. Ein paar Dorfrüpel machten sich einen Jux daraus, sie immer wieder mit voller Wucht anzustoßen, und Gesa fuhr schnell an den Rand zurück. Rick kletterte aus dem Wagen und fing an zu heulen. Er stand einfach da, mit geballten Fäusten, ein schmächtiges, weißblondes Kerlchen, fast einen Kopf kleiner als Elina. Sein Mund stand weit offen, und die Tränen schossen in Strömen aus seinen aufgerissenen Augen. Gesa hatte noch nie ein Kind gesehen, das seine Ohnmachtsgefühle so derart herzzerreißend zum Ausdruck brachte.

Gesa ging hinüber zu dem Kassenhäuschen neben der Bahn, in dem eine stark geschminkte Dame mit baumelnden goldenen Ohrhängern Chips verkaufte. »Könnten Sie vielleicht dafür sorgen, dass diese Bengel die kleineren Kinder nicht beim Fahren stören?«

Die Dame zuckte die Schultern. »Da kann ich wenig dran machen. Tut mir leid.«

»Na gut.« Gesa knallte die vier noch verbleibenden Chips auf den Tresen. »Hier, die können Sie wiederhaben. Das war unsere letzte Fahrt.«

Joke stand mit Louisa da und wartete auf Gesa.

»Und, hast du das Geld zurückbekommen?«

»Nein. Aber darum ging es mir auch nicht. Ich wollte der blöden Kuh nur mal meine Meinung sagen.« Sie sah sich suchend nach Rick und Elina um.

Joke wies mit dem Daumen über ihre Schulter. »Beim Entenfischen.«

Gesa spendierte allen dreien eine Runde mit zehn Enten. Rick und Louisa bekamen große Augen, als sie begriffen, dass sie dafür die freie Auswahl unter den zur Verfügung stehenden Preisen hatten. Elina, die sich ohne langes Überlegen ein Pfeil-und-Bogen-Set gegriffen hatte, trat ungeduldig von einem Fuß auf den anderen, bis Rick und Louisa sich endlich für ein Plastikfernglas und ein Make-up-Set entschieden hatten.

Viel mehr gab es für die Kinder nicht zu tun. Für alles andere waren sie entweder schon zu groß oder noch zu klein. Es blieb nur noch die Bude, an der man sich durch das Ziehen an

Schnüren einen Gewinn angeln konnte. Drei Schnüre kosteten drei Euro. Dafür bekam man den kleinsten Preis.

Gesa sah, wie Joke zögerte. »Du brauchst nicht für Elina zu bezahlen«, sagte sie zu ihr. »Ich regele das schon.«

Joke nickte und kramte sechs Euro aus ihrem Portemonnaie zusammen. »Aber jeder nur drei Schnüre«, sagte sie zu Rick und Louisa.

Elina schnitt ein Gesicht. »Darf ich dann auch nur drei, Mama?«

»Auch du darfst nur drei, richtig.«

»Aber die Preise für drei Schnüre sind alle blöd«, beschwerte sich Elina.

Gesa sah sie warnend an. »Du kannst es auch ganz bleiben lassen«, sagte sie, und Elina verstummte ohne ein weiteres Widerwort.

Nach dem Schnüreziehen fragte Joke Gesa, ob sie Lust habe, noch auf einen Kaffee mitzukommen. Die Kinder machten vor Freude einen Luftsprung.

»Erik hatte sich heute nach dem Mittagessen ein bisschen hingelegt, es ging ihm nicht so gut«, sagte Joke. »Aber wenn er auf ist, freut er sich bestimmt, dich zu sehen.« Sie zwinkerte Gesa zu – gutmütig, verschwörerisch? Gesa konnte es nicht deuten – und lächelte ihr ausdrucksloses Lächeln.

Die kaum vier Quadratmeter große Rasenfläche vor dem Haus war wie immer sorgfältig gemäht und die niedrige Buchsbaumhecke akkurat gestutzt. Auf der Fußmatte prangten rote und gelbe Schmetterlinge, neben dem Klingelknopf hing das »Familie Mulder«-Willkommensschild, eine herzförmige Tafel aus Keramik, die von zwei kleinen und zwei großen Hunden mit tapsigen Pfoten und langen Schlappohren gehalten wurde. Joke schloss auf. »Leise sein, vielleicht schläft Papa«, ermahnte sie die Kinder. »Ich gucke eben.« Sie öffnete die Zwischentür zum Flur, spähte hinein, drehte sich um und nickte. »Er ist hinten. Geht mal durch.«

Gesa wartete bei der Tür, bis die Kinder an ihr vorbeigestürmt waren und Funky, der übergewichtige, hochbetagte Mischlingshund, sich ihr genähert, sie einmal kurz beschnüffelt hatte und behäbig wieder davongewatschelt war. Erst dann bewegte sie sich drei, vier Schritte weiter, vorbei an dem Schuhschrank, auf dem sich Krimskrams stapelte (halbleere Nagellackfläschchen, vollgekrümelte Butterbrotdosen, eine einarmige, nackte Puppe), und der mit Jacken, Regenschirmen, Einkaufstaschen und Rucksäcken überladenen Wandgarderobe. Links ging es durch die Küche zum Wohnzimmer, geradeaus zu dem verglasten Anbau, von dem Gesa nie recht wusste, wie man ihn auf Deutsch eigentlich bezeichnet hätte. Er war beheizbar und diente vor allem als Abstellraum. Im Sommer wurde dann so viel Platz darin geschaffen, dass man Campingmöbel aufstellen und zusammensitzen konnte.

Es gab in der niederländischen Sprache Wörter, die es sozusagen lautmalerisch auf den Punkt brachten. Eines davon war ohne Zweifel »*rommel*«. Schund, Krempel, Unrat – all das war »*rommel*«. Das Haus der Mulders war voll davon. Und wenn es einen Raum gab, der die Bedeutung des Wortes anschaulich vor Augen führte, dann war es dieser. Dabei, dachte Gesa, hätte man im Grunde binnen weniger Stunden eine schicke Veranda daraus machen können, wenn man einen Müllcontainer bestellt und all diejenigen Sachen gnadenlos aussortiert hätte, die ganz unzweifelhaft kaputt waren. Aber da wäre es auch schon schwierig geworden. Denn das, was auf ihrer Skala »kaputt« war, war auf der der Mulders immer noch ohne weiteres »reparaturfähig«. Und zwar so lange, bis es durch Eriks Hände gegangen und definitiv für irreparabel befunden worden war, was bei seinem Hang zum Perfektionismus sicher dauern konnte. Ganz zu schweigen davon, dass auch in kaputten Teilen ja doch immer Teile enthalten sein konnten, die sich noch irgendwie sinnvoll weiterverwenden ließen.

Erik saß in einem Gartenstuhl mit grau-blau-weiß gestreifter Auflage und bastelte an einem alten Röhrenfernseher herum. Er hatte sie nicht bemerkt. Gesa trat hinter ihn, legte die Tüte mit den fettigen Ölkugeln, die sie vorhin noch beim *Oliebollengigant* gekauft hatte, auf dem Tisch ab und berührte ihn leicht an der Schulter. Er sah auf, und der unwillige »Siehst-du-nicht-dass-ich-beschäftigt-bin«-Ausdruck auf seinem Gesicht wandelte sich innerhalb von zwei Sekunden in so unverhohlene Freude, dass es Gesa den Atem verschlug.

»Hey *meisje*«, sagte er und machte Anstalten, sich aus seinem Stuhl hochzurappeln. »Zur Abwechslung mal eine schöne Überraschung.«

»Bleib sitzen, bitte.« Gesa setzte sich in den Gartenstuhl neben ihm. »Was machst du da?«

»Ach, ich wollte diesen Fernseher hier aufstellen, meine Schwester braucht ihn nicht mehr, aber irgendwie macht er nicht, was ich will. Muss ich noch mal ein bisschen dran herumfummeln.«

»Und, wie geht es dir?«

»Na ja … Musste mich vorhin ein bisschen ausruhen, jetzt geht es wieder, einigermaßen. Bei Wärme fühle ich mich meistens nicht so gut.« Er sah sich nach den Kindern um. Sie tobten auf dem Trampolin herum und nahmen von nichts anderem Notiz. Er beugte sich zu ihr herüber, küsste sie schnell auf den Mund und legte unter dem Tisch die Hand auf ihr Knie, unterhalb des kurzen Rocks, den sie trug. »Und scharf siehst du wieder aus … Oh Mann …«

Joke kam aus der Küche zu ihnen herüber. »Erik, Kaffee?«

Er nickte. Seine Hand unter dem Tisch hatte er wie ertappt zurückgezogen.

»Und du, Geesje?«

»Lieber Tee, wenn es nicht zu viel Mühe macht.«

Joke nickte und ging zurück in die Küche.

»Sorry«, sagte er schuldbewusst. »Ich habe mich noch nicht an die Situation gewöhnt.«

»Kein Problem«, sagte Gesa und meinte es auch so. »Das können wir uns aufheben, bis wir alleine sind.«

»Ja, können wir das? Mir juckt es in den Fingern …« Er grinste übermütig, aber er war dankbar für ihre Gelassenheit. »Nee, du hast schon Recht. Aber ich werde doch bald mal mit den Kindern sprechen.«

Joke erschien mit einem Tablett und stellte Tassen, Milch, Zucker, Gläser, einen Krug *ranja* und eine Tüte Haribomix für die Kinder auf den Tisch.

»Mein Oxycodon noch, Jo«, sagte Erik zu ihr. Joke machte kehrt und ging wieder in die Küche. Sie brachte ihm die Tablette, die er mit einem hastigen Schluck aus der Colaflasche herunterkippte.

»So, das war das, gleich bin ich wieder richtig gut drauf.«

»Was ist das für Zeug?«, fragte Gesa.

»Schmerzmittel. Ziemlich starkes. Kann man prima high von werden.«

Die Kinder kamen herein und drängten sich um den Tisch. Rick und Louisa schaufelten sich die Weingummitiere, Lakritzdoppeldecker und dragierten Himbeeren mit beiden Händen in den Mund.

»Lasst noch was für euren Gast über«, mahnte Joke.

»Ich mag Süßigkeiten eigentlich gar nicht so gern«, sagte Elina artig. »Aber kann ich bitte noch *ranja* haben?« Sie hielt Joke ihr Glas hin, und Joke füllte es erneut mit dem blassrosa Zuckerwasser, das hier als Limonade angesehen wurde.

»Schon komisch«, sagte Gesa, als die Kinder wieder spielen gegangen waren. »Zu Hause trinkt Elina Wasser und ungezuckerten Tee, ohne zu meckern.« Sie grinste. »Andererseits würde ihr das Meckern auch nichts nützen. Softdrinks gibt's nicht, da lasse ich nicht mit mir reden.«

Joke zuckte die Achseln. »Rick und Louisa brauche ich mit was anderem gar nicht zu kommen. Die trinken nur das. Und warum auch nicht. Dick werden sie schon nicht, im Gegenteil, sind eh so dünn und spiddelig.«

»Wenn dieses Zeug bloß nicht so schlecht für die Zähne wäre«, sagte Gesa. »Wegen der Säure.«

Nichts regte sich in Jokes Gesicht. »Ach, sie putzen ja gut. Und was soll's … Irgendwann kommen die Löcher doch, da kann man sowieso nichts gegen machen.« Sie seufzte. »Aber es ist schon lästig mit den Zähnen … Meine Krone ist kaputt-gegangen, da oben, siehst du?« Sie tippte mit dem Finger an einen Zahn im rechten Oberkiefer. »Eine neue kostet so um die achthundert Euro. Woher sollen wir die nehmen.«

»Und nun?«, fragte Gesa.

»Wir kleben die Krone jetzt jeden Tag wieder fest, mit Se-kundenkleber.«

Gesa starrte sie an. Ihr wurde klar, dass sie Joke noch nie einen Witz hatte machen hören. Und auch das war offensichtlich keiner gewesen.

»Weißt du eigentlich schon, wann du umziehen wirst?«, wechselte Erik das Thema.

»Ende August muss ich raus aus der Wohnung sein«, sagte Gesa.

»Und, wie machst du den Umzug?«

»Muss ich demnächst mal drüber nachdenken.«

»Wir helfen dir natürlich, wenn du das möchtest. Nicht wahr, Jo?« Joke nickte.

»Wirklich?«

»Das versteht sich ja wohl von selbst.«

Gesa verzog zweifelnd das Gesicht. »Aber ist das nicht zu viel für dich? Ich habe da wirklich Skrupel.«

»Brauchst du nicht. Ich kann schon selbst entscheiden, was geht und was nicht, okay?« An seiner Stimme war zu hören, dass sie ihn in seinem männlichen Stolz getroffen hatte. Genau, wie sie befürchtet hatte.

»Aber nur, wenn du mir versprichst, dich nicht zu übernehmen.« Sie würde Lutz fragen, ob er helfen würde, nahm Gesa sich vor. Wenn er dabei war, konnten Lutz und sie die schweren Teile tragen.

»Das versprech ich dir. Abgemacht also.« Erik rieb sich die Hände. »Ich ruf gleich heute Abend meinen Schwager an, der macht bestimmt mit. Der ganze Kram geht auf den Anhänger. Zehn Mal hin und her, geschafft ist es. Und wenn dann noch was zu tun ist an deinem Haus – das mach ich dir alles.«

»Ich kann dir das Gutachten des Sachverständigen geben, wenn es dich interessiert«, sagte Gesa. »Zu tun ist auf jeden Fall eine Menge. Nicht nur Mängel, die behoben werden müssen. Auch Renovieren. Die Tapeten im Wohnzimmer und im Kinderzimmer müssen auf jeden Fall runter. Das wird eine Schweinearbeit.«

»Das kann Joke doch für dich übernehmen, sie macht sowas gern«, sagte Erik. Joke nickte wieder.

»Ich weiß nicht so recht …« Gesa hätte es lieber gehabt, wenn der Vorschlag von Joke selbst gekommen wäre, aber sie hatte schon früher erlebt, dass Erik in Unterhaltungen wie selbstverständlich die Führung übernahm, zumindest, wenn sie dabei war. Beide schienen das ganz normal zu finden. Also sagte sie nichts, nahm sich aber vor, noch einmal mit Erik alleine darüber zu sprechen. Dann aber hatte sie eine Eingebung. »Nein, das kann ich nicht annehmen. Nur, wenn ich dich dafür bezahlen darf«, sagte sie zu Joke direkt gewandt.

»Kommt nicht in Frage«, sagte Erik schroff.

»Und für mich kommt nicht in Frage, dass Joke all das umsonst macht.« Gesa schüttelte den Kopf. »Das wäre Ausnutzen. Nein.« Sie legte die Hand auf Eriks Arm. »Was spricht denn dagegen? Ihr könnt das Geld doch gut brauchen. Für eine neue Krone, zum Beispiel.«

»Ich will nicht, dass es wegen Geld Ärger zwischen uns gibt«, beharrte Erik.

Joke sagte nichts. Ihre Augen gingen zwischen Gesa und Erik hin und her.

»Es wird keinen Ärger geben«, sagte Gesa bestimmt. »Es ist ein Geschäft. Und alles wird korrekt ablaufen. Vertraust du mir nicht?«

»Doch«, sagte er, schon halb umgestimmt. »Trotzdem, es ist ein Risiko.«

»Ich sehe keins. Mach dir keine Sorgen.« Gesa drückte seinen Arm und sah ihm in die Augen. »Es ist von Vorteil, für euch und für mich. Und ich würde mich sehr freuen, wenn Joke das für mich machen könnte.«

»Na gut … Einverstanden.« Es passte ihm nicht, noch nicht, das sah Gesa an seinen zusammengezogenen Augenbrauen, aber sie hatte gewonnen.

Louisa kam hereingestürzt, das Gesicht tränenüberströmt, und warf sich in Jokes Arme. »Mama, Rick ist so gemein zu mir! Er hat mich an den Haaren gezogen und ich darf nicht mit aufs Trampolin, sagt er!«

Beide Kinder weinten oft, viel öfter als Elina. Aber während Rick nur weinte, wenn er die Fassung verlor, setzte Louisa das Weinen ganz gezielt als Mittel ein, um ihren Willen zu bekommen. Auch jetzt, als sie sich schluchzend in die Arme ihrer Mutter kuschelte, schaute sie zu Erik und Gesa herüber, wie um sich zu versichern, dass ihr Auftritt genügend Beachtung fand. Louisa tat nichts ohne Bedacht. Sie war ein hübsches, ihrem Vater auffallend ähnlich sehendes Mädchen mit langem, immer sorgfältig frisiertem blondem Haar und trägen, mandelförmigen Augen.

»Muss ich mit rauskommen?«, fragte Joke.

»Ja, musst du!«, schniefte Louisa und stampfte mit dem Fuß auf. Joke seufzte, stellte ihre Kaffeetasse ab und stand auf.

Erik rückte näher an Gesa heran. »Ich will dir was zeigen«, sagte er und hielt ihr seine Hände mit dem Rücken nach oben hin. »Fällt dir was auf?«

Gesa sah genau hin. »Nein«, sagte sie. »Was sollte mir auffallen?«

»Guck dir die Nägel an.«

Seine Fingernägel waren sauber, rund und gleichmäßig geschnitten, so kurz, dass nur ein schmaler weißer Rand zu sehen war.

»Sehr gepflegt«, lachte Gesa. »Wie der Rest des Mannes auch.«

»Eben.« Er strahlte sie an. »Weißt du, damals, als ich krank wurde und die Diagnose bekam – da war ich anfangs ganz schön depressiv … Bin richtig in ein Loch gefallen … Und da habe ich mit dem Nägelbeißen angefangen. Das mit den Depressionen ging irgendwann wieder, aber die Nägelbeißerei habe ich mir nicht mehr abgewöhnen können.«

Gesa begriff nicht. »Aber deine Nägel sehen doch gut aus.«

»Seit du da bist schon.«

Gegen siebzehn Uhr machten Gesa und Elina sich auf den Heimweg. Erik fragte die Kinder, ob sie auch Lust hätten, die beiden nach Hause zu begleiten.

»Kannst du dann gleich noch eben Milch aus dem Spar holen?«, rief Joke ihm nach.

Die Kinder liefen vorne weg. Erik saß in seinem Scootmobil, Gesa ging neben ihm her.

»Hey, da ist Robin«, sagte Erik.

Robin war der Vater eines Klassenkameraden von Rick und Elina. Er kam direkt auf sie zu. Sie grüßten sich. Als Robin außer Hörweite war, lachte Erik glucksend in sich hinein. Gesa sah ihn fragend an.

»Hast du gesehen, wie der geglotzt hat?«

»Nein. Hat er?«

»Dem sind fast die Augen aus dem Kopf gefallen.«

»Und was gab's zu glotzen?«

»Na, dich. Und mich.«

Erik erzählte ihr, dass Robin ihn vor einigen Tagen vor der Schule angesprochen habe. »Er fing von dir an ... Was du für eine geile Schnecke du bist ... Und ob du eigentlich einen Kerl hast ... Weil man dich ja nie mit einem sieht. Er meinte, man müsste dich eigentlich ja mal so richtig durchnehmen.« In Eriks Augen blitzte der Schabernack. »Und dann hat er mich gefragt: ›Oder hast du das etwa schon übernommen, Erik?‹«

»Und, was hast du gesagt?«

»Na was wohl ... Dass ihn das einen Dreck angeht.«

»Aber geschmeichelt warst du schon, oder?«

»Klar.« Er legte den Arm kurz triumphierend um ihre Hüfte. »Der ist doch nur neidisch, weil er selbst zu gerne ran würde, der *smeerlap*. Tja, Pech, Kumpel, die hier kriegst du nicht. Das ist meine.«

»Aber wie kommt er darauf?«

»Er hat uns ein paar Mal zusammen vor der Schule gesehen.«

»Du meinst, als wir uns unterhalten haben?«

»Na und, das reicht doch schon. Wir sind auf dem Dorf, wer hier miteinander redet, der macht auch andere Sachen, denken jedenfalls viele.« Erik zuckte die Achseln. »Der wird sich jetzt schön das Maul über uns zerreißen. Na, soll er.«

Sie waren vor dem Spar-Laden angekommen. Erik drückte Gesas Hand zum Abschied.

»Es war schön, dich zu sehen, sagte er, auf einmal wieder ganz befangen wie damals vor ihrem allererersten Treffen. »Hast du morgen Abend Zeit für mich?«

Am Donnerstagnachmittag um halb vier bekam Gesa eine Mail von Joke. Sie schrieb, dass es Erik schlecht gehe, er sich hingelegt habe und ihr ausrichten lasse, dass er sie heute Abend leider nicht besuchen könne, er sich aber freuen würde, wenn Gesa kurz bei ihm vorbeikommen wolle. Sie solle sich aber bitte nur nicht dazu verpflichtet fühlen.

»Schau einfach mal nach ihm«, sagte Joke. »Du weißt ja, wo das Schlafzimmer ist. Treppe hoch, gerade durch. Vielleicht schläft er auch schon.«

Gesa blieb kurz auf dem Treppenaufgang stehen und besah sich die dort ausgehängte Familienfotogalerie. Erik, Anfang Zwanzig vielleicht, mit seinen drei Schwestern und seiner Mutter, die neben ihm alle sehr klein und rundlich wirkten, er linkisch, auffallend mager und mit dünnem Oberlippenbärtchen. Das Hochzeitsfoto: Erik im schwarzen Anzug, daneben Joke, natürlich im weißen Hochzeitskleid, mit Brautstrauß, perlenverzierter Hochsteckfrisur und steifem Make-up, das sie zehn Jahre älter aussehen ließ. Rick und Louisa mit fünf weiteren Kindern verschiedenen Alters, wahrscheinlich Eriks Neffen und Nichten.

Im ersten Stock befanden sich das Bad, das Kinderzimmer, das sich Rick und Louisa teilten, das Elternschlafzimmer und ein weiteres, sehr kleines, schlauchartiges Zimmer, in dem nichts weiter als zwei riesige Kleiderschränke untergebracht waren. Gesa klopfte an die Tür des Schlafzimmers.

Erik lag auf der linken, dem Fenster zugewandten Seite des Doppelbetts. Die Jalousien waren halb geschlossen und das Radio lief leise. Gesa setzte sich auf die äußerste Bettkante.

»Hallo, *meisje.*«

»Hallo, Lieber.«

Er griff nach ihrer Hand und machte einen schwachen Versuch, den Kopf zu heben.

»Lass.« Sie berührte ihn an der Schulter. »Schlimm heute?«

Sein Kopf sank auf das Kissen zurück. »Ja. Ganz schlechter Tag. Alles tut weh … Alles. Tabletten darf ich auch keine mehr nehmen, hab meine maximale Dosis für heute schon gehabt. Hab mich gestern Abend ... wohl zu sehr angestrengt. Unser Nachbar hatte gefragt, ob ich ihm helfe, die Reifen von seinem Wohnwagen zu wechseln.« Er lächelte mühsam. »Ich muss wohl doch endlich mal nein sagen lernen.«

Gesa lächelte ebenfalls, aber ihr war beklommen zumute. Sie wusste nicht, was sie sagen oder tun sollte. So saß sie einfach nur da, ohne sich zu rühren (sie wollte keine unvorsichtige Bewegung machen, die ihm vielleicht wehtat), hielt seine Hand und ließ ihre Blicke durch das Zimmer wandern. Weiße, unauffällige Möbel. Ein Fernseher auf dem Schrank gegenüber vom Bett. Ein Foto von seinem Vater im schwarzen Bilderrahmen daneben (unverkennbar, die Ähnlichkeit von Stirn- und Mundpartie). Eine Frisierkommode mit Döschen, Parfumflakons, Haarbürste, Schminkspiegel und pinkfarbenen Kunstorchideen in der Ecke. Auf dem Nachttisch neben Jokes Betthälfte eine mit Ringen, Ketten und Armbändern behangene, graziös die Finger spreizende schwarze Schmuckhand. Ein überdimensionales James Dean-Poster an der Wand. Gesa registrierte das alles, ohne wirklich hinzusehen.

Erik streichelte ihren Handrücken. »Lieb, dass du vorbeigekommen bist. Bin heute leider nicht so unterhaltsam. Aber wie geht es dir denn, alles in Ordnung?«

»Alles bestens.« Er sah bleich und elend aus, und sie hatte das Gefühl, dass er eigentlich lieber geschlafen hätte. »Ich glaube, es ist am besten, wenn ich dich jetzt in Ruhe lasse.«

»Tut mir so leid ... Dass es heute Abend nichts wird. Aber du siehst ja ... Ein andermal ...«

Sie küsste ihn auf die Wange. »Melde dich, wenn es dir besser geht. Und nun schlaf.«

»Ist gut. Sagst du Joke bitte noch ... dass sie mir den Eimer neben das Bett stellen soll ...« Er war schon weggedämmert, kaum, dass sie die Tür erreichte.

»Manchmal muss er spucken«, sagte Joke, als sie Erik den Eimer gebracht hatte. Sie machte Gesa Tee und setzte sich zu ihr, in die Sonne, nach draußen in den Hinterhof. »Nun hast du das also auch mal gesehen. Wie es dann mit ihm ist.« Sie rührte in ihrer Tasse herum und nahm einen Schluck Tee. »Manchmal wird er gereizt, wenn es ganz schlimm ist, und dann pampt er auch die Kinder an. Kann man ja verstehen, aber es ist besser, dass er dann nach oben geht und für sich ist. Ich lasse ihn in Ruhe, wenn er schlecht drauf ist, nur ab und zu gucke ich nach ihm, ob er etwas braucht. Tun kann ich ja doch nichts für ihn.«

Joke sprach so stark *Drents*, dass Gesa Mühe hatte, sie zu verstehen. Die meisten Dialektsprecher passten sich an, wenn sie merkten, dass Gesa nicht mitkam; manche konnten oder wollten es auch nicht. Joke merkte es vielleicht nicht einmal.

»Das ist das Schlimmste«, setzte Joke ihren für sie ungewohnt langen Monolog fort. »Dass man so gar nichts machen kann. Er liegt krank da oben, hat solche Schmerzen, und ich kann ihm nicht helfen. Manchmal ist er ganz am Boden ... Sagt, er will nicht mehr und solche Sachen. Tja, was macht man dann.« Sie blickte still vor sich hin und kräuselte ihre volle, leicht vorstehende Unterlippe. »Ich sag ihm dann immer, dass er so nicht reden darf. Kommt ja doch wieder ein besserer Tag. Und die Kinder und ich sind schließlich auch noch da. Darum, er darf so nicht reden.«

Funky hatte sich aus seinem Körbchen in der Küche hochgequält, kam zu ihnen herüber, legte sich zu Jokes Füßen und sah mit heraushängender Zunge leise japsend zu ihr auf.

»Ja, du Lieber, du Dicker ... Du magst die Wärme auch nicht, was?« Sie zauste ihm liebevoll das Fell. Gesa musste daran denken, was Robert über Joke gesagt hatte, Muttertier, und er hatte Recht gehabt. Joke war ein Muttertier, ein gutes, warmes, langmütiges, und Kinder und Tiere suchten instinktiv

ihre körperliche Nähe. Auch die sonst eher wenig anschmieg-
same Elina. Joke hatte ihr einmal erzählt, dass sie gerne Kin-
dergärtnerin oder Tierarzthelferin geworden wäre, ihre Noten
dafür aber zu schlecht gewesen seien. »Funky ist schon ein
Moppelchen. Aber man darf auch nicht vergessen, dass er drei-
zehneinhalb ist. Das ist unheimlich alt für einen Hund. Und
ich werde dich in deinen letzten paar Jährchen nicht noch mit
Diäten quälen, was, alter Junge?« Ihr schien etwas einzufallen,
denn ihr Gesicht belebte sich. »Habe ich dir eigentlich erzählt,
dass ich vor vier Wochen bei der Ernährungsberaterin war?«

»Nein.«

»Hingegangen bin ich eigentlich, weil ich es leid war, dass
mich jeder fragt, ob ich schwanger bin«, sagte Joke, und ihre
Unterlippe zitterte. »Das tat mir jedes Mal wieder weh, denn
wir hätten ja noch mehr Kinder gehabt, wenn Erik nicht so
krank geworden wäre ... Auf jeden Fall war es gut, dass ich
da war. Neunundachtzig Kilo bei einem Meter einundsiebzig,
nein, das war nicht mehr schön.« Sie schüttelte den Kopf, als
könne sie noch immer nicht glauben, wie das hatte passieren können. »Ich habe jetzt einen Ernährungsplan, und ich
gehe abends immer eine Runde laufen, wenn ich kann, mit
Funky – ja, mein Dickerchen, ich weiß, du hast keine Lust,
aber dir kann das auch gar nichts schaden – und ich habe in
vier Wochen schon drei Kilo abgenommen.« Sie griff sich mit
beiden Händen eine ihrer Speckrollen um den Bauch. »So
dünn wie du werde ich nicht mehr. Aber das hier, das soll
schon noch alles weg.«

Gesa betrachtete Joke, als sehe sie sie zum ersten Mal. Die
hohen Wangenknochen, der breite Mund, die gerade, schmal-
flügelige Nase mit dem glitzernden Steinchen darin. Ihre breit-
schultrige, walkürenhafte Stattlichkeit. Nein, sie war nicht
hässlich. Aber da war etwas, das ihr aus jeder Pore strömte,
sich wie ein grauer Schleier über sie legte und allem, was at-

traktiv an ihr war, das Strahlen nahm. Gesa verspürte eine spontane, heftige Aufwallung von Zuneigung zu Joke, die ihr vom Wesen her noch immer so fremd war wie am ersten Tag, und sie wünschte, dass sie aufhören würde, sich mit ihr, Gesa, zu vergleichen.

»Ich glaube, es würde ziemlich komisch aussehen, wenn du so dünn wärst wie ich«, sagte Gesa zu ihr. Sie mussten beide kichern bei der Vorstellung. »Du bist auch so eine hübsche Frau.«

»Danke, Geesje. Komm mal her.« Joke legte ihre Arme um Gesa, drückte sie fest an sich und hob sie ein kleines Stück vom Boden ab, als wäre sie ein Kind. Gesa spürte ihre großen, weichen Brüste. Sie wurde sonst nicht gerne von Frauen umarmt, aber bei Joke war es ihr nicht unangenehm.

Es wurde Zeit, sich für die Donnerstagschwimmstunde fertig zu machen.

»Soll ich Rick und Louisa heute Abend vielleicht mitnehmen?«, fragte Gesa. »Falls du hier bei Erik bleiben musst.«

Joke schüttelte den Kopf. »Wird schon gehen. Er wird wahrscheinlich jetzt schlafen bis morgen früh. Seine Mutter kommt nachher vorbei, für alle Fälle. Aber trotzdem, lieb von dir.«

12.

Den Ferienbeginn Anfang Juli feierten sie alle zusammen mit einem Grillabend.

Es war ein gnadenlos heißer Tag gewesen. Der Hinterhof der Mulders hatte sich aufgeheizt wie ein Backstein und strahlte Hitze ab, auch jetzt noch, gegen halb sechs, als Gesa und Elina eintrafen. Der Nachmittag würde in einen dieser lauen, sternenhimmelüberspannten Sommerabende übergehen, an denen selbst die Träume wahr werden konnten, von denen man bis dahin selbst noch nicht einmal wusste, dass man sie hatte.

Die Türen der im Schatten liegenden verglasten Veranda standen weit offen. Joke und die Kinder waren gerade beim Tischdecken gewesen. Sie umarmten sich alle zur Begrüßung, lange und mit aufrichtiger Herzlichkeit. Elina half Rick und Louisa, Pappteller, Plastikbesteck, Servietten und Gläser zu verteilen. Gesa räumte die Erdbeertorte, die sie und Elina am Nachmittag gebacken hatten, in den Kühlschrank. Dann brachten Joke und sie Baguette, Grillsaucen, Dips, Kräuterbutter, Schüsselchen mit Rohkost, eine aufgeschnittene Wassermelone und die Getränke aus der Küche nach draußen. Gesa stellte ihren bunten Sommersalat dazu.

»Bindest du mir die mal zu, bitte?« Erik hatte sich soeben eine schwarz-rot-goldene Schürze mit dem deutschen Schriftzug »Größter Grillmeister aller Zeiten« umgehängt. Gesa band ihm eine Schleife im Rücken.

»Fest genug?«

»Fester.«

»So?« Gesa zog mit einem Ruck, so fest, dass er fast gegen sie gefallen wäre. Er nutzte die Gelegenheit, um ihr verstohlen die Hand auf den Hintern zu legen und sie kurz an sich zu drücken.

»Haltung bewahren, Mann!«, wehrte Gesa ihn lachend ab.
Er drückte das Kreuz durch, wölbte den Bauch vor und legte
die rechte Hand an die Schläfe. »Jawohl!«, bellte er auf Deutsch.

»Rühren, weitermachen.« Gesa legte das Gesicht in strenge
Falten und musterte ihn von oben bis unten. »Und Sie nennen
sich also Grillmeister? Na, wir werden sehen, ob Sie diesem
Ruf auch gerecht werden können.«

Er salutierte noch einmal. »Werde mein Bestes tun, um Sie
zu befriedigen, meine Dame!« Gesa war sich nicht sicher, ob er
das in diesem Kontext zweideutige deutsche Verb »befriedigen«
nun mit Absicht gewählt oder einfach nur knapp danebenge-
griffen hatte. Seine leuchtenden Augen jedenfalls verrieten, wie
sehr ihn dieses kleine Spielchen entzückte. Aber es war besser,
es nicht fortzuführen. Nicht jetzt und hier.

Sie neutralisierte ihren Ton. »Hast du eigentlich auch irgendwas anderes als Fleisch da?«

»Wir haben hier auch einen Veggie-Grillmix, speziell für
dich. Unbekannte, angeblich essbare Objekte, sozusagen. Du
siehst, wir haben an dich gedacht.« Er zwinkerte ihr zu. »Aber
keine Ahnung, ob sie auch schmecken. Wir kennen uns da
nicht so aus.«

»Magst du eigentlich kein Fleisch, Geesje?« Louisa stand neben ihr, den Kopf schräg geneigt, rieb die Sohle des rechten
nackten Fußes an der Wade ihres linken Beins und sah sie von
unten mit ihren trägen Mandelaugen an.

»Doch«, sagte Gesa. »Aber mir tun die Tiere leid. Und dann
schmeckt es mir nicht mehr.«

Louisa dachte kurz darüber nach. »Mir tun die Tiere auch
leid«, bekannte sie dann. Ihr großer Mund verzog sich zu einem
strahlenden, zahnlückenprangenden Grinsen. »Aber ich finde
es trotzdem lecker.«

»Und Elina, darf die dann auch kein Fleisch essen?«, wollte
Rick wissen.

»Natürlich darf sie«, sagte Gesa. »Wenn sie möchte. Elina ist ja nicht ich.«

»Ja, möchte ich!«, rief Elina dazwischen.

»Was ist da Oranges in deinem Salat, Geesje?«, fragte Joke.

»Papaya.«

»Ah. Gehört hab ich schon davon, aber noch nie gegessen.« Joke spießte sich ein Stück Papaya aus dem Salat und steckte es vorsichtig in den Mund. »Doch, lecker.« Sie tat sich eine kleine Portion auf ihren Teller, allerdings dann doch lieber ohne Oranges darin. »Sei aber nicht böse, wenn sonst keiner was davon isst. Wir sind hier nicht so für Exotisches.«

Erik lieferte die erste Ladung Gegrilltes ab, Bratwürste, Nackenkoteletts, Satéspieße, Hühnerflügel und einen Gemüseburger für Gesa. »Dann haut mal rein«, sagte er. »Bitte sehr.«

»Isst du nichts?«, fragte Gesa.

Er winkte großspurig ab. »Später. Der größte Grillmeister aller Zeiten denkt an sich selbst zuletzt.«

Joke langte unbekümmert zu; heute Abend, sagte sie, wolle sie Abnehmen mal Abnehmen sein lassen. Rick und Louisa wollten immer mehr und alles auf einmal. Gesa kannte das schon von früheren Mahlzeiten mit den Mulders. Und auch diesmal war das Ende vom Lied das gleiche. Schon nach nicht einmal zwanzig Minuten türmten sich auf Ricks und Louisas Teller einmal angebisssene Würste, halb abgenagte Koteletts und in Ketchup ertränkte Hühnerflügel. Elina, die zwei Bratwürste und einen Satéspieß hübsch nacheinander und fein säuberlich verputzt hatte, sah mit einer Mischung aus Abscheu und Faszination zu, wie die beiden mit den Fingern in der dicken, unappetitlichen Soße herumrührten und sie auf der ganzen Tischplatte verschmierten.

»Mama«, flüsterte sie Gesa in einem unbeobachteten Moment auf Deutsch zu, »findest du nicht auch, dass Rick und Louisa eklig essen?«

»Ja.«

»Warum sagst du nichts?«

»Weil das nicht meine Sache ist.«

»Aber ich dürfte das nicht, oder?«

Elina grinste. Gesa gab ihr einen komplizenhaften Klaps auf den Rücken. »Aber warum sagt Joke denn auch nichts?«, beharrte Elina.

»Ich weiß es nicht.«

Gesa wusste in der Tat nicht, warum Joke nichts sagte. Joke lächelte, lächelte, lächelte, passte auf, dass nichts umkippte, und packte sich alles, was nicht zu unappetitlich aussah, auf den eigenen Teller. Nur ganz und gar Zermanschtes warf sie dem brav unter dem Tisch auf seinen Anteil wartenden Funky zu, der hechelnd nach allem schnappte, was in seine Richtung geflogen kam. Und auch, als Rick und Louisa sich Gurkenscheiben auf die Augen und Paprikaringe um die Nase legten und über sie herfielen, um ihr zwei Cherrytomaten hinter die Gläser ihrer Brille zu stecken, lächelte, lächelte, lächelte sie, geistesabwesend, zückte ihre Kamera, machte ein Selfie und postete es auf Facebook. Gesa musste an einen Kindergeburtstag denken, an den Moment, wenn das Kuchenessen vorbei ist und es dringend Zeit für den nächsten Programmpunkt wird, weil sonst alles außer Rand und Band gerät. Es stimmte, was sie zu Elina gesagt hatte; es ging sie nichts an, wie Kinder, die nicht ihre eigenen waren, erzogen wurden. Aber als Rick anfing, Funky mit Brotkügelchen und Melonenscheiben zu beschießen, hielt Gesa es für geboten, einzuschreiten. Sie spürte Elinas Blicke auf sich.

»Ich denke, dass die Kinder sich langweilen und gerne vom Tisch aufstehen möchten«, sagte sie, diplomatisch, aber so laut, dass Erik, der mit dem Rücken zu ihnen am Grill stand, es auch hören konnte. Er drehte sich halb um und runzelte die Stirn. »Rick, Louisa, lasst den Quatsch«, sagte er barsch. »Der Hund dreht ja gleich durch.«

Er sah Joke und Gesa fragend an. »Noch jemand was essen?«

Beide lehnten dankend ab. Erik ließ sich in seinen Stuhl fallen. Er war schweißüberströmt und sah erschöpft aus. »Eben Päuschen machen. Dann schmeiß ich mir auch noch was auf den Grill.«

Joke brachte ihm eine Dose Bier und seine Tablette.

»Du auch ein Bier? Ist aber kastriertes, ich darf natürlich keinen Alkohol mehr. Wegen der Medikamente. Aber ich bin ja auch ohne Alkohol ein fröhlicher Typ.« Er riss die Dose mit lautem Zischen auf.

Gesa hob ihr Rotweinglas. »Ich bleibe lieber dabei. Bier ist nicht so meins.«

»Du bist eine komische Deutsche«, alberte er schon wieder herum. »Magst kein Bier, keine Bratwurst ... Blond bist du auch nicht ... Übrigens fällt mir gerade etwas ein ... Jetzt kenn ich dich schon über zwei Jahre, aber ich weiß immer noch nicht, warum du eigentlich in die Niederlande gezogen bist.«

»Weil es über euch Niederländer so nette Klischees gibt«, sagte Gesa.

Er kicherte. »Jetzt sag mal, interessiert mich wirklich.«

Sie erzählte ihm, dass sie schon nach ihrem Studium Lust darauf gehabt hatte, aber immer irgendetwas dazwischen gekommen sei, sodass es am Ende doch noch mehr als fünfzehn Jahre gedauert habe.

»Aber warum ausgerechnet hierher?«

Sie zuckte lachend die Achseln. »Kein konkreter Grund. Weder Liebe noch Arbeit. Ich brauchte wohl einfach mal wieder eine Veränderung. Und da habe ich eben gehofft, dass manche der positiven Vorurteile über die Niederländer stimmen.«

»Und, stimmen sie?«, fragte Erik.

»Zumindest in dem Maße, dass ich nicht mehr hier weg will.« Gesa warf ihm eine Kusshand zu.

»Einfach so weggehen ... Ganz allein ...« sagte Joke. »Und

dann auch noch ins Ausland. Nee. Das würd ich ja nie machen.«

Gesa zögerte einen Augenblick; und begnügte sich dann damit, zu sagen, dass es nicht das erste Mal gewesen und sie diese Situation mittlerweile gewohnt sei. »Aber das haben so einige Leute zu mir gesagt. Viele fanden mich mutig. Oder verrückt. Als ob ich in den Jemen auswandern wollte.« Sie setzte hinzu: »Meine Eltern haben auch nicht verstanden, warum ich weg wollte.«

»Übrigens, deine Eltern«, hakte Erik an dieser Stelle ein. »Wann lerne ich die denn mal kennen?«

»Meine Eltern?« Gesa war erstaunt. »Warum willst du die kennen lernen?«

»Na ja … Sind doch jetzt sowas wie meine Schwiegereltern, oder?« Sein gespanntes Gesicht stand im Widerspruch zu seinem blödelnden Ton. Es hatte sie seine andere Frau genannt. Und zu der anderen Frau gehörten wie selbstverständlich auch Eltern.

»Vielleicht kommen sie ja zum Umzug«, sagte Gesa. »Wenn du möchtest, stelle ich dich bei der Gelegenheit gerne vor. Ich bin sicher, sie wären von dir begeistert.«

»Meinst du?«

»Menschen, die ohne materielle Gegenleistung bei meinen Umzügen mithelfen, versierte Handwerker und mit charmantem Akzent Deutsch sprechende Holländer haben bei meinen Eltern von vornherein einen Sympathiebonus, da kannst du ganz unbesorgt sein. Und wenn dann auch noch alles in einer Person zusammenkommt …«

Erik war inzwischen wieder merklich aufgekratzt. Ob es nun an der Tablette lag, die er vor einer Viertelstunde genommen hatte (Gesa hatte einiges über das Euphorisierungspotential von Opioiden gelesen), an ihrem koketten Gerede, das ihm wahrscheinlich zu Kopf stieg wie Sekt auf nüchternen Magen, oder daran, dass er sie dazu hatte überreden können, drei seiner flammend scharf marinierten, mit besonderer Liebe extra für sie gegrillten Hot Chicken Wings zu essen – in jedem Fall machte er Anstalten, Gesa in den aufblasbaren Swimmingpool zu werfen, der neben der Sandkiste aufgestellt war; der Schwimmkurs, so argumentierte er, sei ja nun zu Ende und dies möglicherweise seine vorerst letzte Gelegenheit. Natürlich sollte das Ganze wie Spielerei wirken, aber sie merkte doch, dass er all die ihm verbliebene Kraft daran setzte, um sie von dem Stuhl abzupflücken, an dem sie sich festklammerte. Zum Glück ging ihm ziemlich schnell die Puste aus. Er musste sich setzen und rang nach Atem.

»Nächstes Mal fessel ich dich«, keuchte er.

»Dann besorg dir am besten schon mal Handschellen«, frozzelte Gesa.

»Ach, die hab ich doch längst.« Er griente.

Die Kinder hatten die Szene aufmerksam verfolgt. Elinas Augenbrauen waren hochgezogen, in einer Weise, die man nicht anders als sarkastisch bezeichnen konnte; Rick sah peinlich berührt zu Boden; und Louisa grinste verschlagen. Und dann kam es, triumphierend, aus ihrem Mund. »Papa ist verliebt! Papa ist verliebt!«

In seinem Überschwang trat Erik die Flucht nach vorne an. Er legte einen Arm um Gesa, den anderen um Joke, strahlte sie beide abwechselnd an und verkündete, ja, so sei es, er sei verliebt; verliebt in alle beide.

Die Kinder nahmen seine Eröffnung gleichmütig hin und wandten sich wieder ihrem Spiel zu. Elina versuchte hingebungsvoll, Rick und Louisa den Aufschwung am Reck beizubringen; alles andere interessierte sie nicht mehr.

»Vielleicht sollten wir Rick und Louisa auch zum Turnen anmelden, was meinst du, Jo?«, sagte Erik erleichtert.

»Sicher, wenn sie Lust dazu haben«, sagte Joke. »Kinder, wollt ihr auch so toll Brücke und Handstand lernen wie Elina?«

»Ja!«, schrien Rick und Louisa begeistert.

Joke nickte. »Doch, ich glaube, es wäre schön, wenn sie zusammen mit Elina turnen gehen. Wo Elina doch jetzt die Schule wechselt. Dann können sie sich immer noch sehen und Freunde bleiben.«

Die Kinder durften im Swimmingpool herumplanschen, während Joke in der Küche Sahne schlug, Gesa den Tisch abräumte und Erik den Grill abbaute. Er kam zu ihr herüber, als er fertig war.

»Das ging ja ganz einfach vorhin«, sagte er.

Gesa lächelte ihn an. »Ich sagte doch, Kindern kann man alles erklären. Und so lange sie spüren, dass es ihren Eltern gut geht, haben sie auch keine Angst.«

»Mir ging es noch nie besser«, sagte er und widerstand dem Impuls, sie an sich zu ziehen. »Wenn wir jetzt bloß allein wären ... Nur mal so eine Viertelstunde ... Heute könnte ich alles mit dir machen. Alles, was du willst, *meisje*.«

»Ich will gerne Musik.«

»Musik?«

»Ja. Hier draußen. Geht das?«

»Natürlich.« Es war das Beste, was ihr einfiel, um ihn von dieser noch immer an ihm nagenden Demütigung abzulenken; ihn zu bitten, etwas für sie zu tun. »Kein Problem, ich bringe die Boxen aus dem Wohnzimmer hier rüber und schließe sie an das Laptop an. Das ist im Nullkommanichts erledigt.«

Den letzten Satz fasste Gesa in der Art auf, dass Hilfsangebote nicht erwünscht waren, und ging stattdessen mit Joke die Kinder aus dem Pool holen. Zwanzig Minuten später saßen sie alle bei Erdbeertorte um den Tisch herum.

»Und hier ist die Musik.« Erik deutete auf das Keyboard vor sich. »Schade, dass ich mein Mischpult nicht mehr habe.«

»Er ist früher nämlich auch als DJ aufgetreten«, sagte Joke stolz. »Mobil, auf Feiern und so.«

»Praktisch daran war vor allem, dass ich selbst nicht tanzen musste«, flachste er. »Damit hatte ich noch nie so viel am Hut.«

»Ach, komm«, protestierte Joke. »Wir haben doch immer schön zusammen getanzt.«

»Für den Hochzeitswalzer hat's gereicht.« Er grinste. »Und inzwischen falle ich ja auch schon ganz von selbst um, ohne dass ich noch groß nachhelfen muss. Also, irgendwelche Musikwünsche?«

»Ich will ›Waka Waka‹!«, rief Elina.

»Meinst du das?« Erik tippte mit zwei Fingern auf seiner Tastatur herum. Applaus brandete auf. Das Tröten einer vereinzelten Vuvuzela. Gespannte Stille. Dann dieser merkwürdig hohl hallende Ruf und der tief in den Bauch fahrende, dröhnende Basston vor dem Einsetzen des Beats. Go now, go now. Shakira. This time for Africa.

»Ja!«, schrie Elina, sprang von ihrem Stuhl auf und griff nach Gesas Hand. »Komm, Mama, wir tanzen!«

Meistens konnte Gesa »Waka Waka« nicht ausstehen. Ein typischer, sentimentaler, die Massen aufpeitschender WM-Song eben, billig zusammengeklatscht aus ein paar Versatzstücken, die für das gewisse Quäntchen Lokalkolorit sorgen sollten, vorgetragen von einer weißhäutigen, extremblondierten Popmillionärin, die sich vor einer Schar bunt verkleideter, dauerlächelnder, zu Statisten reduzierter Klischeeafrikaner effektiv in Szene setzte. We're all Africa. Fuck this. Aber heute Abend war sie beschwingt genug, um sich einfach von dem knalligen Soca-Rhythmus mitreißen zu lassen.

Rick und Louisa waren sofort dabei und zerrten Joke auf die Beine. Erik drehte die Lautstärke weiter hoch. Louisa war das alles noch nicht so ganz geheuer, sie hielt sich dicht bei Joke und bewegte sich sehr bedächtig, während Rick und Elina wild herumzappelten und auf der Stelle auf und ab hüpften. Gesa nahm Elinas Hände, ließ sie ein paar Mal wie einen Brummkreisel um sich herum wirbeln, stemmte sie hoch, wiegte sich mit ihr im Takt, schwenkte sie durch die Luft und brachte sie in einem Kopfüberabgang, bei dem sie auf den Händen landete, wieder auf den Boden. Elina quietschte vor Vergnügen.

»Ich auch!«, schrie Rick.

»Und ich!«, rief Louisa und drängelte sich an Gesa heran.

Sie kamen alle an die Reihe, alle drei, zwei Mal. Dann wehrte Gesa prustend ab.

»Ihr seid zu kurz. Und zu schwer.« Sie setzte hinzu: »Und außerdem will ich jetzt mit Joke tanzen.« Einer plötzlichen Regung folgend fasste sie Joke um die Taille und nahm ihre rechte Hand. »Du kannst doch tanzen, oder? Ich mach den Herrn. Los geht's.«

Jokes Augen weiteten sich vor Verdutztheit, aber als Gesa den linken Arm hob, drehte sie sich wie selbstverständlich fügsam einmal um die eigene Achse.

»Und jetzt einfach das Gewicht von einem Bein aufs andere verlagern. Das ist der Grundschritt. Mehr ist nicht dabei. Ja … gut so … Oberkörper ruhig halten. Nur die Beine bewegen. Eins, zwei … prima!«

Gesa holte Joke durch sanften Druck im Rücken näher zu sich heran, führte sie im Zweierschritt vorwärts, rückwärts, seitwärts, schob sie wieder ein Stück von sich weg, marschierte mit ihr im Kreis, legte ihre rechte Hand in Jokes Nacken und Jokes rechte Hand in ihren, löste das so entstandene Joch durch zärtliches Streifen Jokes Schulter und Unterarm entlang wieder auf, drehte sie, linksherum, rechtsherum, mit einem Arm, mit beiden, einmal, fünf Mal hintereinander, wickelte sie ins Körbchen, ließ sie unter ihren gekreuzten Händen hindurchtauchen. Es ging ein bisschen holperig, aber es ging, irgendwie. In den letzten Takten, als der Beat aussetzte, ließ Gesa ihre rechte Hand abwärts zu Jokes Hüfte gleiten, stellte ihr rechtes Knie nach vorne aus und drückte Joke in einer verwegenen Pose zum Abschluss leicht nach hinten darüber.

Die Kinder johlten und klatschten, Erik hob anerkennend beide Daumen, und Gesas und Jokes Gesichter glühten, als sie sich wieder an den Tisch setzten. Joke war noch immer ein wenig außer Atem und lächelte breit. Sie zog Gesa kurz an sich und gab ihr einen herzhaften Kuss auf die Wange.

»Vielleicht solltet ihr beiden zusammen Tanzstunden nehmen«, sagte Erik, als Joke kurz darauf etwas zum Überziehen für die Kinder holen ging.

»Ich bin zu klein für Joke. Da müsste sie schon den Herrenpart übernehmen.« Gesa lachte. »Ansonsten gerne.«

»Aber du hast es wirklich drauf.«

»Ich habe mit Elinas Vater früher viel getanzt.« Gesa fasste sich an den Kopf bei der Erinnerung daran. »Wir hatten wahre Sternstunden. Aber meistens war es Kampf. Er behauptete immer, ich sei zu dominant und könne mich nicht führen lassen. Nicht nur beim Tanzen. Auch sonst.«

»Und, stimmt das, kannst du dich nicht führen lassen?«

»Wenn ich mich in guten Händen weiß, bin ich sehr leicht zu führen.«

»Nun, beim Tanzen kann ich es ja nicht mehr.« Ihm war anzusehen, dass er gerne scherzhaft geklungen hätte. »Aber ich hoffe, sonst fühlst du dich bei mir in guten Händen.«

Sie streichelte die kurzen, feinen Haare in seinem Nacken. »Ich überlasse dir meinen Umzug. Welchen Beweis brauchst du noch?«

Es war inzwischen halb elf und immer noch warm genug, um draußen zu sitzen. Joke hatte eine Kette roter chinesischer Lampions aufgehängt und den Kindern einen Clip im Internet herausgesucht. Da saßen sie, dicht aneinander gedrängt, Elina in der Mitte, ganz konzentriert und still nun, und sahen sich den kleinen Maulwurf an.

Joke, Erik und Gesa hatten sich in die Hollywoodschaukel ihnen gegenüber gesetzt. Joke und Gesa lächelten einander zu.

Joke schmiegte sich eng an Erik und legte den Arm über seinen Bauch. Gesa tat es ihr nach. Ihre Finger streiften sich; keine von ihnen zog die Hand zurück. Erik drückte Joke und Gesa fest an sich. Was Stunden zuvor noch ein unerhörter Grenzüberschritt gewesen war, erschien nun schon wie eine Selbstverständlichkeit. Niemand sprach. Zu hören waren nur das Lachen, Rufen und Wehklagen des kleinen Maulwurfs vor der zarten Untermalung der Hintergrundmusik, das Giggeln der Kinder und das leise Quietschen der vor- und zurückschwingenden Schaukel.

»Vielleicht sollten wir auch nach Emmen ziehen«, sagte Erik nach einer Weile.

Jokes Lächeln blieb unverändert. »Ja, vielleicht.«

Erst kurz vor Mitternacht gingen Gesa und Elina schließlich. Das Kind fiel fast um vor Müdigkeit.

»Ihr müsst aber nicht nach Hause«, sagte Erik, als er Gesa zum Abschied umarmte. »Wir würden uns freuen, wenn ihr über Nacht bleibt. Wir alle.«

Mehr noch als ihn selbst liebte sie in diesem Moment den glücklich verklärten Ausdruck auf seinem Gesicht. Aber es war jetzt genug fürs erste; mehr als genug, für sie alle.

»Ich glaube, es ist mir zu heiß da bei euch unterm Dach«, sagte sie und küsste ihn ein letztes Mal. »Gute Nacht. Euch allen.«

13.

Und, wie ist es, kommst du dann am Samstag vorbei?«, fragte Erik Gesa bei ihrem nächsten Treffen am Mittwoch darauf.

Seit Tagen schon redete er von nichts anderem mehr als dem großen Kipper- und Baumaschinentreffen im knapp eine Fahrstunde entfernten Baggerpark, das am kommenden Wochenende stattfinden würde. Er würde auch dort sein, mit seinem Prachtstück, dem ferngesteuerten Raupenbagger. Natürlich würde Gesa vorbeikommen.

Am Samstagnachmittag gegen zwei machte sie sich auf den Weg. Sie war später dran, als sie vorgehabt hatte; plötzlich hatte sie es gar nicht mehr so eilig gehabt, und nach den ersten Kilometern stellte sie überrascht fest, dass die Vorfreude der letzten Tage einem diffusen Gefühl der Unlust gewichen war.

Angefangen hatten die Symptome – deutlich fühlbares Herzhämmern, unbehaglich trockener Mund und vor allem das widerstrebende Ziehen in der Magengrube – schon vorhin, als sie ihre Zahnbürste, Unterwäsche zum Wechseln, ein T-Shirt und eine Jogginghose eingepackt hatte. Aber trotz allen Grübelns gelang es ihr nicht, den Auslöser zu benennen. Und irgendwann schüttelte sie dann nur noch den Kopf über sich selbst.

Sie stellte den Wagen auf dem Parkgelände neben dem Besucherzentrum ab und ging zur Kasse am Eingang. Sie kaufte eine Tageskarte und ließ sich einen roten Plastikstreifen um das Handgelenk binden. Sie betrat das riesige, anlässlich dieser Veranstaltung aufgebaute Zelt; dort hätten sie ihren Standort, hatte er ihr heute Morgen noch geschrieben. Und da sah sie in der hinteren rechten Ecke auch schon den alten, dunkelblauen VW Golf mit dem Anhänger und davor den knallgelbrot lackierten, von Erik gelenkten Bagger, der dabei war, einen Sandhaufen umzuschichten.

Gesa beobachtete ihn eine Weile. Er schien einen guten Tag zu haben, denn er hielt die Fernbedienung in der rechten Hand und stützte sich nur leicht auf seinen Stock in der linken. Sie holte ihr Handy hervor und schrieb ihm eine Nachricht. »Ich kann dich sehen«, tippte sie.

Er sah auf, sah sich um, sah sie.

»Hey, mein *meisje*.« Er nahm sie in die Arme und drückte sie kurz und fest. »Geesje ist da!«, rief er, halb umgewandt in Richtung des kleinen, blauen Zelts, das hinter dem Anhänger aufgebaut war. Joke und die Kinder kamen herausgekrabbelt. Joke umarmte Gesa. Rick und Louisa zogen ein langes Gesicht.

»Wo ist Elina?«, fragte Rick enttäuscht.

Gesa sagte ihm, dass Elina schon seit einer Woche bei ihrem Vater in Deutschland sei, ansonst aber natürlich liebend gerne mitgekommen wäre.

»Willst du dir mal unser neues Zelt ansehen, Geesje?«, fragte Louisa.

Gesa machte sich klein, watschelte im Entengang durch den Eingang und setzte sich im Inneren des Zelts auf den Boden.

»Super. Habt ihr das neu?«

Beide nickten stolz. »Hier schlafen wir«, verkündete Louisa.

»Und ihr, wo ist euer Zelt?«, fragte sie Erik, als sie wieder im Freien stand.

»Wir haben kein Zelt«, sagte er grinsend. »Wir schlafen im Anhänger.«

Gesa schlug die dunkelgrüne Plane beiseite und spähte ins Innere. »Das ist nicht dein Ernst.«

»Doch. Ist eigentlich ganz bequem. Oder sagen wir, es hätte bequem sein können, wenn die Luftmatratze letzte Nacht nicht die Luft verloren hätte.« Er rieb sich den Nacken und verzog das Gesicht. »Ich muss das jetzt mal eben flicken. Jo, holst du die Schlafsäcke da raus?«

»Das kann ich doch machen«, sagte Gesa.

Erik zerrte die Luftmatratze aus dem Anhänger. »Wenn es eines gibt, was ich hasse, dann ist es Löcher flicken«, sagte er mit gerunzelter Stirn und leuchtete mit der Taschenlampe den Boden ab. »Ah, da haben wir's.« Er hielt einen langen, verbogenen Nagel hoch. »Die nächste Nacht wird gemütlicher.«

Das Flicken der Luftmatratze zog sich über zwei Stunden hin, denn zwischendurch kamen immer wieder Schaulustige, denen er den Bagger erklärte und vorführte. Die Leute unterhielten sich gerne mit ihm. Er war freundlich, brachte sie zum Lachen und wusste, wovon er redete. Kleinere Kinder ließ er ein paar Runden mit dem Bagger fahren und Sand schaufeln. Joke und Gesa tranken unterdessen eine Tasse Kaffee.

»Erik kann gut mit Menschen«, sagte Gesa.

Joke nickte. »Aber wenn er wen nicht mag, dann merkt man das auch. Sehr deutlich.« Ihre Stimme klang bewundernd. »Mit Erik braucht man sich keine Sorgen machen, der hat vor niemandem Angst und kann alles regeln.« Sie erzählte, dass Rick und Louisa zweieinhalb Jahre gebraucht hatten, um ihr Schwimmdiplom zu bekommen. »Sie waren vorher in einer anderen Schwimmschule, und da lief es überhaupt nicht. Der Schwimmlehrer war schlecht … Dem konnten sie nichts recht machen. Und nach einem Jahr waren sie immer noch nicht so weit, dass sie ihr Diplom machen konnten.« Sie schüttelte den Kopf, noch jetzt gekränkt über das Unrecht, das man ihren Kindern getan hatte. »Wir wollten wechseln, aber die wollten uns nicht weg lassen. Wir hätten noch das ganze Quartal weiterzahlen müssen. Na, da hat Erik aber mal ein paar klare Worte mit dem Leiter geredet. Und danach ging das dann auf einmal doch.« Sie tauchte einen Keks in den Kaffee. »Wie lange ist Elina denn jetzt eigentlich weg?«

»Drei Wochen.«

»Oh, das ist lang. Könnt ich mir nicht vorstellen, so lange ohne meine Kinder.«

»Elinas Vater hat das Anrecht auf die Hälfte der Ferienzeit. So ist das nun mal.«

»Du vermisst sie doch bestimmt, oder?«

»Natürlich.« Gesa war ein wenig verblüfft über das »oder« am Ende von Jokes Frage. »Aber ich muss auch sagen, dass ich es genieße, mal etwas Zeit für mich allein zu haben.«

»Aber ihr telefoniert doch sicher jeden Tag?«

Gesa schüttelte den Kopf. »Wenn sie bei ihrem Vater ist, lasse ich sie in Ruhe. Ich glaube, es ist leichter für sie, wenn ich da nicht zwischenfunke.«

Joke nickte. »Hörst du eigentlich noch mal was von Robert?«, wollte sie dann unvermittelt wissen.

Wieder war Gesa leicht irritiert. Nicht über die Frage an sich; sondern darüber, dass Joke mit einem Male so viele Fragen stellte. Sie stellte sonst nie welche.

»Mehr, als mir lieb ist«, sagte sie. »Der gibt noch lange nicht auf.«

»Ich hoffe, er belästigt dich nicht.« Erik hatte sich zu ihnen gesetzt und ihre letzten Worte gehört.

Gesa versicherte ihm, dass das nicht der Fall sei und Robert lediglich Briefe schreibe, viele Briefe, auf die sie nicht antworte.

»Wenn der mal nicht irgendwann noch bei dir vor der Tür steht«, sagte Erik.

»Robert? Nein.« An diese Möglichkeit hatte Gesa noch nie gedacht.

»Aber wenn doch – sag Bescheid. Dann komme ich vorbei und regele das.«

Gesa musste daran denken, was Joke vorhin über Erik gesagt hatte, und hielt ein Lächeln zurück. »Ist gut.«

Es war mittlerweile sechs Uhr geworden. Die Besucher waren weg und alle hatten sie Hunger. Sie bedienten sich an dem großen Buffet, das auf der Wiese vor dem Zelt aufgebaut war. Danach holte Erik seinen Bagger aus der Halle, einen trotzigen

Zwerg unter all den großen Maschinen, und ließ ihn draußen Parade fahren, hielt ein Schwätzchen mit alten Kumpels, stieg in das eine oder andere Führerhaus. Gegen neun schlenderten sie zurück in das nun leere Zelt. Joke ging mit den Kindern ins Besucherzentrum, um sie bettfertig zu machen.

Erik sah jetzt doch niedergeschlagen aus. »Das ist nicht so einfach für mich«, sagte er. »All die Kollegen von früher … Und die schönen Maschinen. Tja. Vorbei.« Er lächelte sie an, und seine Miene hellte sich wieder auf. »Aber schön, dass du da bist. Du bleibst doch über Nacht, oder?«

»Und wo, meinst du, soll ich schlafen?«, fragte Gesa.

»Mit uns im Anhänger natürlich.«

Der Anhänger war vielleicht einen Meter vierzig breit, schätzte Gesa. »Wenn ich bleibe, dann schlafe ich lieber im Zelt mit den Kindern«, sagte sie.

Erik grinste. »Und du glaubst, die lassen dich schlafen? Jo, Gesa will bei Rick und Louisa im Zelt übernachten!«, rief er Joke zu, die gerade zurückkam.

Joke lächelte nachsichtig über diese Idee. »Schlaf lieber bei uns im Anhänger, Geesje.«

Gesa zögerte immer noch. Erik nahm ihre Hand. »Bleib«, sagte er eindringlich. »Wir freuen uns.«

Allmählich breitete sich die Dämmerung im Zelt aus. Von der auf der Wiese aufgebauten Bühne her wehten verschwommene Klangfetzen zu ihnen herüber. Dort begann jetzt eine Live-Band zu spielen. Joke zündete zwei Windlichter an. Erik ließ sein neuestes Modell, einen kleinen, rot blinkenden Helikopter, eine letzte Tour unter dem Dach fliegen. Rick und Louisa tollten wie mit Federn aufgezogen in ihren Schlafanzügen herum, wurden um kurz nach zehn dann aber von Joke überraschend resolut am Kragen gepackt und unter Protestgeheul in ihr Zelt verfrachtet.

»Drin bleiben! Wir wollen euch nicht mehr sehen!«, rief Erik und ließ seine Stimme tief und drohend klingen. Das Geheul verstummte. »Mal sehen, wie lange«, sagte Joke.

Sie saßen da und horchten. Zwei Minuten vergingen. Dann steckte Louisa den Kopf aus dem Zelt.

»Mama … Ich hab Durst.«

Die nächste Viertelstunde ging es so weiter. Sie wollten neu zugedeckt werden. Ihnen war zu heiß. Da war ein komisches Geräusch. Schließlich stand Gesa auf.

»Ich komme jetzt zu euch ins Zelt«, sagte sie. »Dann gehen wir alle drei schlafen. Okay?«

Rick und Louisa stimmten wieder ein Geheul an, diesmal vor Entzücken. Erik zwinkerte ihr zu. »Wir sehen dich später.«

Gesa tat ihr Bestes. Sie las Rick und Louisa vor, bestimmt zwanzig Minuten lang. Sie ließ die beiden ein Lager für sie bauen. Sie kämmte Louisa noch einmal die Haare und ließ sich von Rick seine neue Taschenlampe in aller Ausführlichkeit erklären. Die Kinder waren müde, gar keine Frage, aber jetzt erst recht wie die Stehaufmännchen. Gesa sah ein, dass es keinen Zweck hatte, als die beiden sich kurz darauf auch noch in die Haare kriegten, weil Rick nicht damit aufhörte, seine Füße unter Louisas Decke zu stecken.

Erik verlor die Geduld. »Rick und Louisa, es ist wirklich Schluss jetzt. Ich will nichts mehr hören. Wenn das nicht klappt, dürft ihr nächstes Jahr eben nicht mehr mit.«

Das Machtwort wirkte. Aus dem Zelt kamen noch einige beleidigte Schniefer, dann kehrte schlagartig Ruhe ein.

Erik, Joke und Gesa blieben noch eine Zeitlang draußen sitzen. Gegen halb zwölf rieb sich Erik wieder seinen schmerzenden Nacken und sagte, es sei Zeit für ihn, seine letzte Pille zu nehmen und in der Falle zu verschwinden.

Sie stiegen nacheinander in den Anhänger, Erik als erster.

»Wirklich verdammt eng hier«, sagte er und griente von einem Ohr zum anderen. »Da hilft nur eins. Rückt ganz dicht an mich ran, schöne Frauen. Dann wird der Abstand zur Wand größer.«

Sie kicherten, alle drei, rutschten hin und her, drehten sich in verschiedene Positionen, wussten nicht, wohin mit den Händen. Endlich aber lagen sie dann doch, halbwegs bequem unter einer Decke, Erik in der Mitte auf dem Rücken, Joke und Gesa auf der Seite, mit den Köpfen auf seiner rechten und linken Schulter.

»Und nun?«, fragte Erik keck. »Gehen wir jetzt brav schlafen?«

Ihre genierte Überdrehtheit legte sich erst ganz allmählich. Sie redeten nach und nach weniger, dann war ihnen gar nicht mehr danach zumute. Nur die gedämpft von draußen zu ihnen hereindringenden Musikbrocken waren nun noch zu hören. Erik hielt Joke und Gesa fest im Arm. Hin und wieder drehte er den Kopf, nach rechts und links, küsste Joke, küsste Gesa, auf das Ohr, auf die Stirn, ein wenig befangen und sehr gewissenhaft darauf achtend, bei keiner von ihnen länger zu verweilen als bei der anderen.

Gesa betrachtete Jokes lächelndes, ihr gegenüber auf Eriks Schulter liegendes Gesicht. Im schwachen Schein der Taschenlampe, die Erik zu ihren Füßen an der Decke des Anhängers angebracht hatte, für den Fall, dass jemand nachts im Dunkeln den Weg nach draußen finden musste, wirkten Jokes Züge konturierter, viel weniger kindlich. Gesa hatte sie noch nie ohne ihre Brille gesehen, und sie bemerkte, dass Jokes sonst so kieselsteinrunde, hellblaue Augen schmaler erschienen und ganz leicht schräg standen.

Gesa spürte das vorsichtige Streicheln von Eriks Hand an ihrem Unterarm, und sie wusste, dass er auf der anderen Seite nun auch Joke streichelte, ebenso vorsichtig und an derselben Stelle. Nur an seinem ganz leicht beschleunigten Atmen war zu spüren, dass er alle Beherrschung aufwenden musste, um seine Hand da zu belassen, wo sie war.

Gesa lag still in seinem Arm. Es drängte sie zu ihm, mit dem ganzen Körper, wie immer, wenn er sie berührte. Aber ihr wurde auf einmal klar, dass sie sich auch fragte, was Joke wohl sagen würde, wenn sie ihr nun einfach über das (inzwischen wieder) blonde Haar strich, das sie immer an weiße, leicht zerschmelzende Schokolade erinnerte, sich zu ihr hinüberbeugte und ihre Lippen auf ihre legte.

Vielleicht wartete Joke nur darauf.

Und nun wusste Gesa auch, was sie heute Nachmittag auf der Hinfahrt so verstört hatte. Nicht, dass sie an eine Frau in dieser Weise dachte, zum ersten Mal in ihrem Leben überhaupt. Nein; sie war nicht im Geringsten erschrocken darüber, nicht einmal überrascht, als hätte sich lediglich eine Erwartung bestätigt, die sie schon lange gehabt hatte, ohne sich darüber im Klaren zu sein.

Nein; es war die Vorahnung gewesen, dass es in ihrer Hand liegen würde, was in dieser Nacht, in der alles geschehen konnte, letztendlich geschehen würde. Das begriff sie jetzt. Sie warteten, Joke und Erik, beide; auf das, was sie, Gesa, tun würde.

Es schien so naheliegend, diesen letzten Schritt auch noch zu gehen; sie waren und fühlten sich einander ja schon so nah. Eine Berührung, ein Wort, und die letzte Grenze zwischen ihnen wäre überschritten. Die Verlockung, es einfach zu tun, war groß. Aber in Gesas Kopf erhob sich eine warnende Stimme, zu laut, um ignoriert zu werden.

Sie waren Gesa schon untergekommen, diese einschlägigen Anzeigen, in denen Paare nach der attraktiven, aufgeschlossenen Sie für schöne Stunden zu dritt suchten, wie es typischerweise formuliert wurde. Wäre sie nur das gewesen, eine willige Gespielin, die man zu sich einladen und danach verabschieden konnte, ein für allemal oder bis zum nächsten Treffen, je nachdem, ob sie gefallen hatte oder nicht, hätte es jetzt kein Zögern mehr gegeben.

Aber sie war eben keine per Anzeige gefundene Sexgefährtin. Sie war Teil der Gemeinschaft, zu der Erik, Joke und sie sich zusammengeschlossen hatten. Und sie begriff in diesem Moment, dass sie sich auf nichts einlassen würde, was das fragile, sich gerade erst herausbildende Gleichgewicht dieser Gemeinschaft aufs Spiel setzen würde.

Sie gab beiden, Erik und Joke, einen Kuss auf die Wange.

»Ich schlaf dann mal«, sagte sie und drehte sich auf die andere Seite. »Einer muss ja den Anfang machen.«

Am nächsten Morgen wurden sie durch die Kinder geweckt.

Es war eine unruhige Nacht gewesen. Gesa war sich nicht sicher, ob sie überhaupt geschlafen hatte. Den größten Teil der Nacht, so kam es ihr vor, hatte sie damit verbracht, ihre Position in der drangvollen Enge so unmerklich zu verändern, dass es die beiden anderen nicht störte. Der einzige Indikator dafür, dass sie trotz allem geschlafen haben musste, war der Traum, aus dem sie am nächsten Morgen hochschreckte. Er entfiel ihr sofort, aber es war einer von der wahnwitzig-wirren Art gewesen, die Schimären hervorbrachten, die im wachen Zustand völlig außerhalb jeglichen Vorstellungsvermögens gelegen hätten.

Erik griff nach seinem Handy. »Halb sieben. *Oh my God.*«

Rick und Louisa stürmten in den Anhänger und fingen an, auf der Luftmatratze herumzuspringen.

»Mama, wir müssen pissen!«, jammerte Louisa.

»Ganz nötig«, erklärte Rick nachdrücklich.

Joke tastete schlaftrunken nach ihrer Brille und schälte sich aus ihrem Schlafsack.

»Wir müssen sowieso bald aufstehen«, sagte sie zu Erik. »Ich geh die Kinder gleich anziehen und danach mit ihnen Brötchen holen.«

Die Plane schloss sich hinter Joke. Gesa, die auf der rechten Seite lag, drehte sich halb zu Erik um.

»Süß, dein verwuscheltes Haar.«

»Und deins erst.« Er legte den Arm fest um ihre Hüfte.

»Unser erster Morgen zusammen …«

Er nickte. »Das war eine Nacht«, sagte er in ihr Ohr. »Ich hab nicht viel geschlafen. Mir war zu heiß … in jeder Hinsicht.« Er küsste sie in den Nacken. »Meinst du, es war richtig?«

»Was war richtig?«

»Nichts zu machen.«

»Ja.«

Er klang komisch verzweifelt. »Da liege ich die ganze Nacht zwischen zwei hübschen Frauen, und dann lasse ich mir die Gelegenheit am Ende doch entgehen.«

»Es war ganz richtig, glaub mir.« Sie setzte hinzu: »Es ist ja nicht so, dass ich nicht auch darüber nachgedacht hätte.«

Er lachte. »Haben wir wohl alle.« Er zögerte einen Augenblick. »Ich glaube, Joke hätte es sehr gerne gehabt.«

»Ach ja?«

»Sie war ganz schön zugange bei mir, gestern Nacht …«

Er machte eine Pause, um darüber nachzudenken, wie er den nächsten Satz formulieren sollte. Das nahm ihn sekundenlang so in Anspruch, dass er den Ausdruck auf Gesas Gesicht nicht bemerkte.

»Weißt du, einmal, vor ein paar Jahren … da haben wir einen Freund von mir … mit nach Hause genommen.«

Gesa hatte nichts gesagt und sich wieder in der Gewalt. »Und?«, fragte sie nun, pflichtschuldig. »Wie war das?«

»Aufregend.« Er grinste. Er habe sich im Wesentlichen aufs Zugucken beschränkt, fügte er dann hinzu. Ein bisschen mitgemacht auch.

»Keine Eifersucht?«

Er schüttelte den Kopf. »Es war schön zu sehen, dass Joke es so genossen hat.«

»Aber letzte Nacht hat dich ja offensichtlich etwas zurückgehalten.«

»Damals, das war eine einmalige Sache. Aber das mit uns …
Das ist was anderes.«

Sie nickte. Es war beruhigend, dass er es mit wenigen Worten
so einfach aussprach.

»Wir wollen auf keinen Fall, dass du denkst, wir hätten dich
nur deshalb gebeten, über Nacht zu bleiben«, beeilte er sich
noch zu sagen.

Gesa hasste es, wenn die eine Hälfte eines Paares für die andere mitsprach. Aber wiederum sagte sie nichts. In diesem Fall
kam es nur darauf an, was die eine Hälfte – er – zu sagen hatte.

»Bitte denk jetzt bloß nicht, dass ich enttäuscht bin …« Er
rückte noch näher an sie heran, so nah, wie es überhaupt ging.
»Für mich war es schon wunderbar, zwischen den zwei Frauen,
die ich liebe, aufzuwachen. Obwohl, ich frage mich schon, was
andere Männer an meiner Stelle gemacht hätten …«

Seine Hand wanderte von ihrer Hüfte abwärts. Gesa hielt
den Atem an. Aber seine Hand machte Halt, gerade rechtzeitig
noch.

»Nicht, dass du denkst, ich will nicht. Du fühlst es ja – wie
sehr … Aber es wäre nicht richtig, jetzt …« flüsterte er.

»Nein. Es wäre nicht richtig.« Mit Worten hätte sie ihm nicht
sagen können, wie froh sie war, dass sie beide sich in diesem
entscheidenden Punkt einig waren. Und so umarmte sie ihn
nur, noch einmal, sehr lang und mit aller Kraft.

14.

Noch ein bisschen … Gleich hab ich's …«

Joke stand vor der Umkleidekabine und versuchte, den Knopf der Jeans in Größe 40, die sie sich zum Anprobieren geholt hatte, zuzubekommen. Sie schaffte es. Aber das erbarmungslos nach oben quellende Fett an Bauch und Hüften hing wie ein wabbelnder Kranz über den noch einige Zentimeter zu engen Hosenbund.

Joke schüttelte den Kopf. »*Darn.*«

Der Knopf sprang mit einem Plopp aus dem Knopfloch. Joke atmete die angehaltene Luft hörbar aus und ließ ihren eingezogenen Bauch wieder sein natürliches Volumen einnehmen. Sie grinste und schlug mit der rechten Faust in die geöffnete Handfläche der Linken. »Na, noch ein paar Wochen, dann wird es schon gehen.«

Sie hatte inzwischen schon über zehn Kilo abgenommen. Heute, beim Shopping mit Gesa, hatte sie sich belohnen wollen, mit einer neuen Jeans in Größe 40. Gesa bewunderte die Unbekümmertheit, mit der Joke ihren Rückschlag wegsteckte. Sie nahm sich vor, später noch einmal in das Geschäft zurückzukommen, die Jeans in Größe 40 zu kaufen und sie Joke zu schenken. In ein paar Wochen, wenn es soweit war.

Vorerst gingen sie weiter zusammen laufen, jeden Abend, wenn es nicht mehr ganz so heiß war. Joke hatte ihre feste, etwa vier Kilometer lange Route, die am Ortsausgang begann und an Feldern, Kuhställen und Pferdekoppeln vorbei wieder an der Hauptstraße entlang zurück verlief.

Beim ersten Mal hatte Gesa sich in Laufschuhen und -hosen bei Mulders eingefunden. Aber das, was Joke »Laufen« genannt hatte, stellte sich als eher gemächliches Dahinzuckeln heraus, dessen Tempo von Funkys Tagesform bestimmt wurde. Gesa war das an sich ganz recht. Wenn ihr nach ernsthaftem Laufen war, ging sie am liebsten alleine, ohne den Zwang, sich nach den Leistungsmaßstäben anderer richten und sich unterhalten zu müssen, wenn sie mit dem Atmen genug zu tun hatte.

Joke war außergewöhnlich gesprächig während dieser Runden. Es war zu merken, dass sie das längere, zusammenhängende Reden nicht gewohnt war. Zu merken war aber auch, dass sie reden wollte. Vielleicht hatte sie noch nie die Gelegenheit dazu gehabt.

In unbeholfen tastenden Sätzen erzählte sie Gesa von früher. Ausführlich und liebevoll von all den Haustieren, die sie gehabt hatte. Sehr kurz von dem knapp verfehlten Schulabschluss und den darauf folgenden Jobs in Bekleidungsgeschäften, in der Fleischerei und am Fließband. Mit Schaudern von ihrem allerersten Freund, den sie nachts im Dunkeln in einer Diskothek kennen gelernt hatte, dem mit den roten Haaren, erst bei ihrem ersten Treffen habe sie das gesehen, gegraut habe es sie, aber da sei es ja schon zu spät gewesen. Nur ein paar Monate habe es gedauert, es sei eigentlich gar nichts Richtiges gewesen, und auch alles Sexuelle habe an sich nur stattgefunden, weil er sie im Grunde vergewaltigt habe, na gut, vielleicht nicht direkt vergewaltigt, aber doch immer so gedrängt, dass sie nicht habe nein sagen können. Und immer wieder natürlich (mit andächtiger Stimme wie ein kleines Mädchen, das mit gefalteten Händen sein Abendgebet aufsagt) von Erik, ihrem James Dean, wie sie ein paar Mal hinzusetzte, der sie gerettet habe, zuerst vor dem gruseligen rothaarigen Freund und dann vor ihren Eltern, die gedroht hatten, sie, Joke, vor die Tür zu setzen, wenn sie sich nicht von ihm trennte. Seitdem seien sie immer zusammen gewesen; sie könnten gar nicht mehr ohne einander.

Ihre Familie, erfuhr Gesa, erkenne ihn nach wie vor nicht an. Seit sie verheiratet seien, trauten sie sich zwar nicht mehr, offen etwas gegen ihn zu sagen, aber man merke es eben doch.

Sie verachteten ihn, weil er damals nur die technische Berufsschule besucht habe. Und dabei habe er, solange er noch eben konnte, fleißiger und härter gearbeitet als ihr Schwager, der Mann ihrer Schwester, jemals in seinem ganzen Leben arbeiten würde. Nichts kriege der auf die Reihe, habe zwar irgendein komisches Studium gemacht, angefangen zumindest, aber geworden sei davon auch nichts, und eigentlich lasse er sich von ihrer Schwester aushalten, die ganz gut verdiene, der faule Sack. Aber trotzdem, ihre Eltern bevorzugten offen die Familie ihrer Schwester, auch ihren Neffen; er bekomme immer viel schönere Geschenke als Rick und Louisa, und Louisa beachteten sie ohnehin überhaupt nicht, sie werde höchstens geduldet.

»Erik kann machen, was er will«, sagte sie. »Es ist alles falsch. Und dabei war er so gut zu mir, immer. Er war auch der Einzige, dem ich das mit meinem Großonkel damals erzählen konnte.«

So war es gekommen, dass auf einer dieser Runden nun auch Gesa das mit dem Großonkel damals zu hören bekam. Joke erzählte ihr die Geschichte mit wenigen, dürren Sätzen.

Angefangen habe es, als sie sechs Jahre alt war. Der Großonkel, der in derselben Straße nur drei Häuser weiter wohnte, habe ihr damals gesagt, sie sei ein so reizendes, süßes Mädchen, so ein kleines Engelchen, dass er gar nicht anders könne, als sie zu küssen und zu streicheln, überall, und sie solle nur auch recht nett zu ihm sein, ihn wiederküssen und -streicheln, da sei gar nichts bei, er wolle ihr doch nur zeigen, wie besonders lieb er sie habe.

»Ich hatte lange keine Ahnung, dass es nicht in Ordnung war, was er mit mir machte.« Jokes Unterlippe zitterte leicht. »Ich hab mitgemacht, blieb mir ja auch nichts anderes übrig. Ein paar Mal hab ich zu meiner Mutter gesagt, ich will da nicht mehr hin, aber sie hat dann immer gefragt warum, und dann wusste ich nicht mehr, was ich sagen sollte. Später, mit acht, neun Jahren, hab ich ein paar Mal versucht, mich zu wehren, aber er hat dann gesagt, dass keiner mir glauben würde. Und lieb haben«, setzte sie hinzu, »würde mich auch keiner mehr.«

Erst mit zehn Jahren, fuhr Joke fort, habe sie allen Mut zusammengenommen und ihrer Mutter gesagt, dass der Großonkel merkwürdige Dinge mit ihr tue, die ihr nicht gefielen, und das auch nur, weil der Großonkel begonnen hatte, sich an ihre kleine, mittlerweile fünfjährige Schwester heranzumachen. »Meine Mutter ist böse geworden«, sagte sie düster. »Richtig böse. Ich soll mich nicht so anstellen, hat sie geschimpft, und keinen Ärger machen. Er hat mich doch so gern, sagte sie, und er ist doch der Bruder vom Opa! Ich hab da bloß was falsch verstanden, meinte sie.«

Danach sei nicht weiter darüber gesprochen worden, und sie, Joke, habe sich damit abgefunden, dass sie es eben ertragen müsse. Zum Glück sei es nicht mehr lange gegangen. Noch bevor er sich von ihr ab- und ihrer kleinen Schwester zuwenden konnte, war der Großonkel vom Schlag getroffen worden. Damit hatte alles sein Ende gefunden.

Gesa wusste nicht, wie man seine Erschütterung angesichts einer solchen Ungeheuerlichkeit adäquat zum Ausdruck brachte. Sie wollte das, was Joke ihr anvertraut hatte, nicht mit einem dieser billigen, nichtssagenden Wörter abtun, furchtbar, entsetzlich, grauenhaft, was es da eben alles so gab, diesen Wörtern, die man auch in Zusammenhang mit dem Wetter oder einer Erkältung schon tausend Mal benutzt hatte. Auch empathische Umarmungen waren ihr schon immer schwergefallen. Sie hatte das Gefühl, sich dabei ungeschickt anzustellen, und gerade in diesem Fall hätte eine Umarmung den Eindruck erweckt, dass sie sich vorstellen konnte, wie Joke sich damals gefühlt hatte. Gerne hätte sie einen konkreten Lösungsvorschlag gemacht, dabei fühlte sie sich immer am wohlsten, aber auch diese Option schied hier aus. Um aber trotzdem Anteilnahme zu zeigen, fragte sie Joke, ob sie denn später einmal Hilfe in Anspruch genommen habe.

»Hilfe?« Joke sah sie verständnislos an.

»Hast du mal mit jemandem gesprochen, meine ich. Mit einem Psychologen zum Beispiel.«

Joke schüttelte den Kopf. Ein Psychologe, nein, daran habe sie nie gedacht. Mit Erik habe sie darüber gesprochen, wie gesagt, und er sei sehr lieb und verständnisvoll gewesen, aber weiter habe sie nicht daran rühren sollen, wozu auch, es sei ja alles schon so lange her und der Großonkel tot. Und irgendwann habe sie dann ja auch ihre eigene Familie gehabt; alles sei zum Glück gut ausgegangen, bisher jedenfalls.

»Erik und ich haben schon so viel zusammen durchgestanden«, sagte sie, und ihre Stimme bebte. »Und diese Krankheit, das schaffen wir auch noch.«

Gesa legte ihre Hand auf Jokes Oberarm. »Es ist gut, dass er dich hat und weiß, dass du bei ihm bleiben wirst.«

Joke nickte heftig. »Und ich gehe auch nicht weg von ihm, nie.«

»Wir schaffen das schon«, sagte Gesa. »Zusammen. Auch, wenn es irgendwann doch mal schwieriger werden sollte.«

Joke nickte noch einmal, sehr ernsthaft. »Es ist gut, zu wissen, dass ich dann eine Freundin habe, auf die ich mich verlassen kann.«

Es war Mittwochabend und ihre letzte Zusammenkunft vor dem Urlaub. Am Freitagmorgen würden sie alle wegfahren, die Mulders auf den Campingplatz und Gesa und Elina nach England.

»Mit wem fährst du noch mal?«, fragte Joke.

»Mit Lutz«, sagte Gesa. »Wir fahren schon seit fünfzehn Jahren einmal im Jahr zusammen in Urlaub.«

»Aber ihr habt nichts miteinander?«

»Nein. Wir sind gute Freunde.«

Jokes Lächeln verriet nicht, ob sie Gesa das glaubte oder nicht. »Und wir sind nun schon das siebte Jahr auf diesem Campingplatz. Mit der ganzen Familie. Erik freut sich schon sehr darauf. Wir haben immer feine Urlaube dort gehabt.«

Sie umarmten sich zum Abschied.

»Na dann«, sagte Joke und grinste. »Grüß mir unseren Mann, wenn er dich heute Abend besuchen kommt.«

Auch für Gesa und Erik war es der letzte Abend vor dem Urlaub.

Er war erst gegen kurz vor halb zehn gekommen, als die Wärme etwas nachgelassen hatte. »Ich sagte vorhin noch zu Joke, sehen möchte ich sie ja schon gerne, aber auf alles andere habe ich überhaupt keine Lust heute«, sagte Erik eine halbe Stunde später, als sie schweißgebadet nebeneinander lagen. »Sie meinte, ach was, mach es dir mal nett mit ihr, das kommt schon noch von selbst, wenn du erstmal da bist.«

»Hatte sie ja Recht mit.«

»In der Tat … Ehrlich gesagt hatte ich gar nicht erwartet, dass es überhaupt gehen würde. Diese verdammte Hitze macht mich fertig.«

»Aber es ging ja. Gut sogar.«

Er grinste. »Na, kann schon noch besser. Ich arbeite dran.« Ihre Körper hatten die wenigen (drei, vier) Gelegenheiten genutzt, die sich ihnen geboten hatten, um sich so weit zu synchronisieren, dass sie einen kleinsten gemeinsamen Nenner gefunden hatten. Aber es war immer noch zu viel Luftanhalten dabei. Gesa war damit nicht unzufrieden. Aber sie verstand, warum er es war.

Es war dunkel geworden. Die Straßenlaterne schien durch die halb offen stehende Balkontür. Ein gelegentlich vorbeifahrendes Moped; eine gemurmelte Unterhaltung unten auf der Straße; ein betrunkenes Grölen aus Richtung des Parks, wo die

Jugendlichen an Sommerabenden immer herumhingen; das waren die einzigen Laute, die die Stille durchbrachen.

Erik griff nach der Decke, die er über sie beide gezogen hatte, und streifte sie Gesa bis knapp unter den Bogen ihrer Hüfte hinunter.

»Du hast einen so schönen Körper«, sagte er. »Hast du etwas dagegen, wenn ich dich anschaue?«

»Nein, warum sollte ich.«

»Weißt du, was bei dir so anders ist als bei den Frauen, die ich kennen gelernt habe? Du zierst dich überhaupt nicht.«

»Oh, das kannst du haben, falls du es vermisst.«

Er lachte. »Ach nee, muss nicht.«

»Aber du …« sagte Gesa und legte ihre Hand auf seine Seite der Decke, die er trotz der Wärme bis fast an die Schultern hochgezogen hatte. »Du zierst dich dafür umso mehr.«

Er hielt die Decke unwillkürlich fest. »Stimmt. Ich werde nicht gerne angeschaut. Ich finde mich selbst total unattraktiv. Weiß und schwammig und – ach, ich weiß auch nicht, irgendwie aus der Form geraten. Als wäre das gar nicht mehr mein Körper.« Er schüttelte den Kopf, schien noch mehr sagen zu wollen, ging dann aber schnell zu etwas anderem über. »Aber Joke hat sich prima rausgemacht, nicht wahr?«

Gesa nickte. »Ja, in der Tat.«

»Es ist nicht nur das Abnehmen. Sie hat auch aufgehört, Antidepressiva zu nehmen. Und sie macht Pläne … Guckt sich jetzt nach einer besseren gebrauchten Nähmaschine um, damit sie auch mal kleine Aufträge gegen Geld machen kann.« Er küsste Gesa auf den Mund, überschwänglich, drei, vier Mal hintereinander. »Du hast einen guten Einfluss auf sie. Auf uns alle. Und vor allem auf mein Deutsch.«

Seit er erfahren hatte, dass Gesas Eltern zu Besuch kommen würden, sprach er tatsächlich fast nur noch Deutsch mit ihr, wenn sie alleine waren. Das hatte er vorher auch schon oft getan, weil es ihm, wie er sagte, leichter fiel als das Hochnie-derländische; aber jetzt fragte er nach jedem Satz auch noch immer nach, ob er alles richtig gesagt habe.

»Wenn du so weitermachst, ist dein Deutsch bald besser als mein Niederländisch«, sagte Gesa. Er wollte es sich nicht an-merken lassen, aber sie sah doch, wie stolz er über ihr Lob war.

»Wie lange hast du Deutsch in der Schule gehabt?«, wollte sie wissen.

»Ich hab kein Deutsch in der Schule gehabt. Was ich kann, hab ich mir selbst beigebracht. Wir waren ein paar Mal auf Baustellen in Deutschland. Da hab ich so einiges aufgeschnappt. Und natürlich ganz viel aus den ›Werner‹-Fil-men.« Er grinste. »Was guckst du? Hättest du nicht gedacht, was?« Joke, setzte er hinzu, habe einige Jahre Deutsch in der Schule gelernt. Er zuckte die Achseln. »Da ist wohl nicht viel von hängengeblieben. Wann immer Gelegenheit war, hat sie doch wieder mich reden lassen. Obwohl sie es ja eigentlich viel besser als ich können müsste.« Er unterbrach sich wie ertappt. »Das geht jetzt nicht gegen Joke, bitte missversteh mich nicht. Aber manchmal hatte ich es schon satt, mir von ihren Eltern anhören zu müssen, dass ich nicht gebildet genug für sie war.«

Gesa hörte die Erbitterung in seiner Stimme, die er zu neu-tralisieren versuchte.

»Es kommt nicht auf Bildung an«, sagte sie. »Sondern einzig darauf, ob jemand dazulernen will. Und ich weiß ganz genau, dass du das willst.« Darum war er jetzt hier, bei ihr, ergänzte sie. Nur in Gedanken. Sie sagte es nicht. Es reichte, wenn sie es wusste.

»Ich hab nie darüber nachgedacht … Aber es stimmt schon, ich habe immer gern was Neues gelernt«, sagte er. »Sogar Deutsch. Verrückt. Hätte nicht gedacht, dass ich damit mal irgendetwas anfangen könnte.«

Es war schon nach elf. Gesa fragte ihn, ob er nicht bald gehen müsse.

»Es ist unser Abschiedsabend. Da kann ich so lange bleiben, wie ich will.« Er küsste sie wieder.

Sie setzten sich nach draußen, auf den Balkon. Er war plötzlich sehr still geworden, als grübele er über irgendetwas nach.

»Ich bin ein bisschen eifersüchtig«, sagte er dann.

»Auf Lutz? Das habe ich dir doch erklärt.«

»Nein.« Er schüttelte den Kopf. »Nicht eifersüchtig ... Ich beneide ihn, natürlich, weil er mit dir in Urlaub fahren darf und nicht ich ...« Er grinste. »Aber eigentlich musste ich gerade daran denken, dass ich auch gerne mal nach England gefahren wäre. Ich wäre eigentlich überall gerne mal hingefahren. Tja. Dazu wird es nicht mehr kommen. Hätte ich früher machen müssen, als noch Gelegenheit dazu war. Aber damals hab ich immer nur gearbeitet ... Mir gesagt, das kannst du später noch machen. Und jetzt ist es aus und vorbei damit.«

»Wo würdest du hinfahren, wenn du könntest?«, fragte Gesa.

»Paris«, sagte er ohne Zögern. »Ich würde zu gerne noch mal den Eiffelturm sehen. Wie wohl jeder, der sonst nichts über Paris weiß.«

»Wenn du möchtest«, sagte Gesa, »fahren wir da hin.«

Er sah sie verdutzt an. »Wie meinst du das?«

»Wie ich es gesagt habe. Wir fahren da hin.«

Er seufzte. »Klingt gut. Aber wir haben überhaupt kein Geld für so was.«

»Ich schenke dir die Reise.«

»Aber ich könnte niemals ... ohne Joke ...«

»Joke kommt natürlich mit.«

»Aber wie ... Ich meine, ich bin ja nun mal ... stark eingeschränkt. Wie soll das denn gehen?«

»Man kann alles arrangieren. Auch in Paris gibt es stark eingeschränkte Menschen.«

»Wir schauen mal, okay?« Gesa sah, wie Freude, Ungläubigkeit und Zweifel auf seinem Gesicht miteinander kämpften. »Ich würde zu gerne, klar, aber das ist eine große Sache. Ich weiß nicht, ob ich das annehmen kann.«

»Tu es.« Sie nahm seine beiden Hände. »Mir zuliebe.«

»Es wäre natürlich ein Traum«, sagte er, und sie merkte, wie sehr er von ihrer Idee bereits begeistert war, trotz der Zurückhaltung, die er sich auferlegte. »Nicht nur für mich, auch für Joke. Sie war noch nie im Ausland, weißt du. Außer ein paar Mal zum Tanken in Deutschland, das zählt nicht.«

Gesa lächelte. »Das Einzige, was ihr tun müsst, ist, eine Betreuung für Rick und Louisa zu finden. Alles andere überlass einfach mir.«

Kurz nach Mitternacht machte Erik sich auf den Nachhauseweg. Sie verabschiedeten sich unten vor der Haustür.

»Ich muss dich noch eine Sache fragen«, sagte Gesa zögernd.

»Und was ist das, *meisje?*«

»Muss ich mich noch um irgendetwas kümmern? Was den Umzug angeht, meine ich.«

Er drückte sie fest an sich. »Das Einzige, was du tun musst, ist, deine Sachen zusammenpacken.« Er küsste sie, noch einmal. »Wie sagtest du vorhin? Alles andere überlass einfach mir.«

15.

Es stimmte, was Gesa Joke gesagt hatte: Lutz und sie waren Freunde. Gute Freunde. Wobei sie das »nur« davor ganz bewusst weggelassen hatte.

Lutz war Geschichts- und Englischlehrer und ein ehemaliger Kollege von Gesa. Damals, vor nun schon über sechzehn Jahren, hatte er Gesa ein wenig unter die Fittiche genommen, als sie mit Ende zwanzig neu an die Schule kam. So hatte es angefangen.

Sie waren zusammen ganze Nächte um die Häuser gezogen, hatten Wochenendtrips unternommen, nach Kopenhagen, Berlin, Antwerpen, sich am Argentinischen Tango versucht, einander beim Aufbauen von Möbeln, Umtopfen von Pflanzen und Vorbereiten von Partys geholfen. Ein einziges Mal, nach einem feuchtfröhlichen Abend bei Lutz zu Hause, waren sie tatsächlich zusammen im Bett gelandet, und das eigentlich auch nur, weil sie sich so gut verstanden, dass sie sich quasi verpflichtet fühlten, es auch auf dieser Ebene einmal miteinander zu probieren, wie um sicher zu gehen, dass sie den Wald vor lauter Bäumen nicht sahen. Aber was dann dort passierte, war so wenig der Rede wert gewesen, dass sie beschlossen hatten, mit Humor darüber hinweg zu gehen.

Ihrer Freundschaft hatte dieser dumme Ausrutscher keinen Abbruch getan, ebenso wenig wie Gesas zweimaliger Standortwechsel, ihre Verhältnisse mit zwei anderen Männern und ihre Schwangerschaft. Lutz, der Gesas Hang zu Unstetigkeit und extravaganten Ideen als willkommene Bereicherung seines eher statischen, vergleichsweise ereignislos dahinplätschernden Daseins ansah, machte alles bereitwillig mit. Er fuhr erst eine Stunde in ihre Heimatstadt, um sie zu besuchen, später dann zwei Stunden über die Grenze in die andere Richtung, verfolgte das nervenaufreibende Auf und Ab ihrer Beziehung zu Robert als geduldiger Zuhörer, stand ihr während des kurzen, in einem hässlichen Kleinkrieg endenden Intermezzos mit Elinas Vater moralisch unterstützend zur Seite und integrierte auch ihr Kind mit größter Selbstverständlichkeit in sein beschauliches Junggesellenleben.

Auf der Fähre nach Harwich erzählte Gesa ihm von Erik.

Lutz stieß einen Pfiff aus. »Erik? Moment mal, etwa der Vater von Rick und Louisa? Der Multiple Sklerose hat?«

Gesa nickte.

»Ist ja ein Ding … Und das soll funktionieren?«, fragte er ungläubig, als sie fertig war.

»Bisher funktioniert es ganz gut.«

Lutz schnaubte kurz und ein bisschen verächtlich, wie immer, wenn etwas sein Vorstellungsvermögen überstieg. Er war ein wortkarger Mensch, auf die höflich-zurückhaltende Art, das wohl krasseste Gegenteil des Wichtigtuers, das man sich vorstellen konnte. Er hatte einfach keine besondere Lust zu reden, schon gar nicht über sich selbst, und wenn es überhaupt etwas gab, das ihm die Zunge löste, waren es Flugzeugmodelle, die er in akribischer Kleinarbeit baute, eins nach dem anderen, und stolz in Glasvitrinen aufstellte. Oder die Meilensteine des Zombiefilms, die er alle gesehen hatte. Oder Bob Dylan, dem er seit zwei Jahrzehnten treu zu jedem Konzert in ganz Norddeutschland hinterherreiste. Alles Zwischenmenschliche aber war für ihn unbekanntes Terrain, auf das er kaum je einen Fuß setzte, und wenn doch, dann eher versehentlich. Als habe es ihn infolge einer völlig unerwarteten Panne an einen Ort verschlagen, von dessen Existenz er bis dahin nicht einmal gewusst hatte.

Das Einzige, was Lutz noch fragte, war, ob Elina Bescheid wisse und wie sie damit umgehe.

»Für mich wär das ja nichts … Aber gut, Hauptsache, du

kommst dabei nicht unter die Räder.« Er schüttelte den Kopf. »Mann, du schaffst es aber auch immer wieder, in Sachen reinzugeraten.«

»Während du es bisher irgendwie geschafft hast, in gar keine Sachen hineinzugeraten«, neckte Gesa ihn.

»Stimmt.« Sie grinsten beide.

»Hilfst du mir beim Umzug?«, fragte Gesa. »Ein starker Mann mehr dabei wäre gut.«

»Klar«, sagte Lutz.

Gesa und Lutz waren seit jeher die idealen Reisegefährten gewesen. Sie waren beide Frühaufsteher, brauchten keinen großen Luxus, verspürten einen eher mäßigen Drang nach hektischem Sightseeing, dafür aber ein umso größeres Bedürfnis danach, die Dinge einfach einmal schleifen lassen zu können. Zudem ließ es sich mit niemandem so gut schweigen wie mit Lutz.

Auch die Woche im Bed and Breakfast in Clacton-on-Sea, einem Seebad der weniger feinen Kategorie, verlief in unaufgeregter Harmonie. Aktivitäten wie Muscheln suchen, Sandburgen bauen und Flohmarktbummel füllten die Tage aus und machten den Kopf angenehm leer. In ihrer Dreiergemeinschaft kam jeder zu seinem Recht, ohne dass es für die anderen ein Opfer bedeutet hätte. Elina durfte sich die Ohrläppchen durchstechen lassen, nach Herzenslust einen ganzen Nachmittag auf dem Spielplatz im Schlosspark von Colchester herumtoben und nach Münzen im Goldfischteich angeln. Lutz bekam seinen Tag im Royal Air Force Museum in London. Und Gesa war schon mehr als zufrieden damit, einmal nicht für alle Belange Elinas allein zuständig zu sein.

Ihre Gedanken waren eigentlich immer bei Erik. Er schrieb ihr vom Campingplatz, jeden Tag mehrmals, einige wenige Zeilen, in denen sie ihre eigene sehnsuchtsvolle Stimmung widergespiegelt fand. Genau wie sie wartete er auf ihr Wiedersehen; sonst nichts.

Am vierten Tag fand sie abends eine Nachricht von ihm vor, die verstört klang. Seine Mutter habe ihn heute Nachmittag vor dem Wohnwagen erwischt, als er Fotos von ihr, Gesa, auf dem Handy angesehen habe. Sie sei auf ihn losgefahren: Also stimme es doch, was ihr da über drei Ecken zu Ohren gekommen war; er sei scharf auf dieses deutsche Flittchen.

Am nächsten Morgen erzählte sie Lutz davon.

»Und, wie hat er reagiert?«, wollte er wissen.

Gesa seufzte. »Alles abgestritten, natürlich. Er hat gesagt, ich hätte ihn gebeten, die Fotos von mir zu machen, für eine Bewerbung oder so.«

Lutz klopfte die Asche von seiner Zigarette. »Ist wohl auch das Schlaueste in dieser Situation.« Er inhalierte und blies den Rauch mit schief verzogenem Mund an ihr vorbei. »Mit Verständnis von Seiten seines Umfelds könnt ihr wohl kaum rechnen. Das war dir aber doch von vornherein klar, oder?«

Gesa nickte. »Trotzdem. Vielleicht hätte er ihr doch besser sagen sollen, was Sache ist.«

»Hätte auch nichts gebracht. Für die meisten ist euer Modell wohl einfach zu weit abseits der Norm.« Er dachte einen Moment lang nach. »Ich stell mir gerade vor, wie meine Mutter reagiert hätte.«

Gesa kicherte. »Wie reagiert sie eigentlich darauf, dass du mit fünfzig immer noch Dauersingle bist? Denn abseits der Norm ist das ja nun auch.«

Lutz zuckte die Schultern. »Hat sie noch nie was zu gesagt.«

»Dir gegenüber vielleicht nicht. Aber ich bin sicher, sie macht sich so ihre Gedanken.«

»Meinst du?«

»Wer weiß, was sie sich da so alles ausmalt.«

»Mag sein.« Lutz runzelte die Stirn. »Aber letztendlich ist es doch egal, was andere sagen. Das darf einem dann eben nichts ausmachen.«

»Mir macht es auch nichts aus. Aber ihm.«

Lutz ließ den bis auf den Filter heruntergerauchten Zigarettenstummel fallen und trat ihn aus. »Tja. Abwarten, wie es weitergeht, würde ich sagen. Mehr kannst du da wohl nicht machen.«

»Hast du denn auch gemerkt, wie sehr ich dich vermisst habe?«

Am Vorabend, gleich am Tag nach ihrer Rückkehr, waren Gesa und Elina drüben bei den Mulders gewesen. Es hatte ausgelassene Stimmung geherrscht. Sie alle hatten sich gefreut, wieder zusammen zu sein, die Kinder und die Erwachsenen. Gesa hatte ihre Mitbringsel verteilt. Joke hatte die noch vor dem Urlaub besorgte, mittlerweile passende Jeans in Größe 40 bekommen, Louisa silberne Delfinohrstecker, Rick ein Paar Shorts im Camouflage-Look und Erik ein khakifarbenes T-Shirt, auf dem das Wort »Infidel« in arabischer und englischer Sprache zu lesen war.

Heute Abend war er zu ihr gekommen. Jetzt war das Wiedersehen da. Ihr Wiedersehen.

»Gehört an deiner Stimme. Gesehen in deinen Augen. Gespürt an deiner Umarmung.« Gesa lächelte ihn an. »Also ja. Ich hab es gemerkt.«

»Ich hätt es nicht mehr länger ausgehalten ohne dich«, murmelte er.

Später fragte er sie, ob ihre Pflanzen die Hitze gut überstanden hätten. Sie seien einmal zwischendurch vom Campingplatz nach Hause gekommen, für ein paar Stunden, weil Joke Lebensmittel von der Tafel hatte holen wollen. Da sei er eben zu ihrer Wohnung herübergegangen, um den Pflanzen Wasser zu geben. Gesa dankte ihm dafür.

»Hab ich gern gemacht«, sagte er. »Ich weiß doch, wie viel dir an deinen Pflanzen liegt. Und außerdem riecht es so schön nach dir in der Wohnung.« Er zögerte kurz und senkte ein wenig die Stimme, als wolle er ihr ein Geheimnis verraten. »Weißt du, es war nett auf dem Campingplatz … wie immer eben … Ich habe sie ja auch alle gerne um mich, aber man hat wirklich keine Sekunde für sich. Ständig ist irgendwas, immerzu Durcheinander, Streitereien oder Geheul. Manchmal hätte ich sie alle am liebsten abgeschaltet, nur mal für eine Stunde oder so.« Sein Ton war schuldbewusst, wie immer, wenn er es wagte, etwas zu sagen, das wie Kritik an seinem Leben und den Menschen darin hätte klingen können. »Das ist es, was mir am meisten gefehlt hat. Diese Ruhe bei dir. Ich hoffe, du verstehst mich nicht falsch.«

Gesa sagte, dass sie ihn sehr gut verstehe. »Habt ihr diese Sache noch einmal angesprochen, deine Mutter und du?«

Er schüttelte den Kopf. »Es tut mir leid«, sagte er gequält. »Ich hätte die Wahrheit sagen sollen.«

Gesa legte ihm die Hand auf die Schulter. »Das war schon in Ordnung so.«

»Nein. War es nicht.« Er zog die Augenbrauen zusammen. »Ich habe mich gefühlt, als ob ich dich verraten hätte.«

»Du musst sie verstehen«, sagte Gesa. »Sie denkt natürlich, dass Joke nichts davon weiß und dich verlässt, wenn sie es rauskriegt. Das wäre für sie eine Katastrophe. Lass ihr Zeit. Sie wird ja sehen, dass es nicht so kommen muss.« Sie setzte hinzu: »Den meisten Menschen macht es nun einmal Angst, zu sehen, dass andere Dinge anders machen als sie. Es nimmt ihnen die Sicherheit, dass sie alles richtig gemacht haben.«

Erik nickte. »Wissen deine Eltern eigentlich von uns?«

»Meine Mutter ja. Mit meinem Vater rede ich nicht über Privates.«

»Und, was denkt sie über uns?«

Gesa lächelte. »Dass du das Beste bist, was mir passieren konnte.«

»Wirklich?« Er sah sie ungläubig an. »Ist sie so …«

»Unkonventionell?« Gesa schob das ihm fehlende Wort schnell nach. »Meine Mutter ist durch und durch konventionell. Aber sie will mich glücklich sehen.«

»Dann haben wir etwas gemeinsam, sie und ich«, sagte Erik mit einem ganz leichten Zittern in der Stimme. »Ich will dich auch glücklich sehen.«

»Eben. Das weiß sie. Und das ist alles, was für sie zählt.«

Gegen halb zwölf machte er sich auf den Nachhauseweg.

»Morgen ist ein großer Tag für dich, *meisje*. Du bekommst die Schlüssel vom Haus …«

»Und du einen davon. Also ein großer Tag für uns beide.«

»Danke übrigens nochmal für das T-Shirt«, sagte er, als er es sich über den Kopf zog.

»Es gefällt dir also? Ich hatte gehofft, dass du es genauso witzig finden würdest wie ich. Über so was kann nicht jeder lachen.«

Er grinste und kratzte sich am Kopf. »Ich bin sicher, dass ich es noch witziger finden würde, wenn ich wüsste, was ›Infidel‹ eigentlich heißt.«

Gesa sagte es ihm, etwas überrascht, dass er erst jetzt fragte. Und ja; er lachte.

»Cool. Muss ich Joke erzählen, die wusste es auch nicht.«

»Dann mal gute Nacht, Ungläubiger.«

»Ich glaub an uns.« Er küsste sie. »Wir sehen uns morgen. Ich komme dann mit dem Anhänger vorbei.«

16.

Mareike kam am Freitag vor dem Umzug. Elina warf sich in ihre Arme.

»Hallo, Elina. Na, wie war die erste Woche in der neuen Schule?«

»Gut.« Elina trat aufgeregt von einem Fuß auf den anderen.

»Und ist deine Lehrerin nett?«

»Ja, ja.« Elina griff ungeduldig nach Mareikes Hand, als wolle sie sagen, genug von diesem Kinderkram, jetzt ist Zeit für wichtigere Dinge. »Willst du mal sehen, wie leer mein Zimmer schon ist?«

»Klar.« Mareike ließ sich von ihr mitziehen. »Ihr habt ja wirklich schon einiges weggeschafft«, sagte sie, als sie wieder zu Gesa in die Küche kam.

Gesa nickte. »Erik und ich sind in der letzten Woche fünf Mal mit dem Anhänger nach Emmen gefahren und haben Sachen ins Haus gebracht. Kartons und all die kleineren Teile.«

»Ist denn schon alles verpackt?«

»Das ganze Geschirr steht noch in den Schränken. Damit könnten wir weitermachen. Und die Kartons dann gleich in den Anhänger stellen, der ist vorm Haus geparkt. Erik kommt heute gegen fünf vorbei, wir fahren dann noch einmal nach Emmen.«

Mareike und Elina machten sich daran, Gläser in Zeitungspapier zu wickeln, während Gesa Pfannkuchen fürs Mittagessen briet. Danach arbeiteten sie zu dritt weiter wie ein perfekt ineinandergreifendes Uhrwerk. Gegen vier waren alle gepackten Kartons in den Anhänger geräumt. Sie waren gerade beim Teetrinken, als es an der Tür klingelte. Es war Joke.

»Joke, das ist Mareike«, sagte Gesa. »Mareike – Joke. Wir machen gerade Pause. Magst du vielleicht auch eine Tasse Tee?«

»Hab leider nicht so viel Zeit.« Joke machte eine bedauernde Handbewegung. »Die Kinder sind bei Eriks Mutter. Ich muss gleich rüber, sie abholen … Erik hat sein Telefon zu Hause liegen lassen, und ich soll dir von ihm sagen, dass er fünf Uhr nicht schafft, weil sein Neffe heute Nachmittag ein Moped bekommen hat. Da ist er jetzt gerade, hat eben von dort aus angerufen. Er will noch ein bisschen an dem Ding herumbasteln und kommt dann später zu dir. Kann aber noch dauern.« Sie sah sich prüfend um. »Ich soll gucken, ob was zu helfen ist, hat Erik gesagt. Ist noch was da für den Anhänger?«

Gesa überlegte kurz. »Die Pflanzen. Die können noch mit. Aber wir schaffen das auch allein.«

Joke wollte nichts davon hören. »*No problemo*. Wo ich nun schon mal da bin.«

Mit Hilfe der Sackkarre, die Joke mitgebracht hatte, waren Gesas Pflanzen, auch die drei großen, schweren Zimmerpalmen, rasch im Anhänger verstaut.

»Danke dir«, sagte Gesa. Joke lächelte und küsste sie auf die Wange zum Abschied.

»Aber dick kann man sie nun wirklich nicht mehr nennen«, sagte Mareike. »Sie ist nicht unattraktiv. Nur ihre Zähne sind schlecht. Daran sollte sie dringend etwas machen.«

Vorerst gab es nichts weiter zu tun. Sie sahen sich zu dritt »Ice Age 2« an. Danach war es halb sieben.

Sie aßen Abendbrot. Viertel nach sieben. Gesa versuchte, Erik anzurufen. Nur die Mailbox war dran.

»Mann.« Gesa runzelte die Stirn. »Was macht der denn so lange?«

Um zehn vor acht rief sie ihn wieder an. Dieses Mal sprach sie ihm auf die Mailbox.

»Was hast du gesagt?« Mareike sah beunruhigt aus. »Ich hab es zwar nicht verstanden, aber es klang überhaupt nicht nett.«

»Ich hab ihm gesagt, dass es jetzt zu spät ist, um noch nach

Emmen zu fahren. Und ich bloß hoffe, dass meine Pflanzen die Nacht im Anhänger überstehen.«

Mareike starrte sie verdutzt an. »Hast du da nicht ein bisschen überreagiert?«

»Überreagiert?«

»Deinen Pflanzen wird schon nichts passieren. Es ist Ende August, da gibt es doch keine Nachtfröste.«

»Ich hoffe es. Vor allem für ihn.«

»Sollen wir die Pflanzen sonst wieder rausholen?«

»Darum geht es doch gar nicht!«

»Verstehe.« Mareike stand auf. »Komm, wir bringen jetzt erstmal Elina ins Bett. Und dann reden wir darüber, worum es hier eigentlich geht.«

Sie hatten sich auf das Sofa im Wohnzimmer gesetzt, in dem nur noch die kahlen Möbel standen.

»Gleich neun Uhr. Und keine Nachricht, nichts.«

»Er wird sich schon noch melden. Bleib mal ruhig.«

»Verstehst du, ich verlasse mich auf ihn, und er muss ganz plötzlich unbedingt zu seinem Neffen, weil der ein Moped kriegt.« Gesa biss auf ihrer Lippe herum. »Ich verstehe ja, dass seine Familie zuerst kommt. Ich bin auch bereit, zurückzustecken. Aber ich hätte doch gerne gehabt, dass er jetzt, an diesen paar Tagen, wo ich umziehe und ihn einmal brauche, wirklich brauche, nur für mich da ist.«

»Verständlich«, sagte Mareike. »Aber ehrlich gesagt war klar, dass so etwas irgendwann kommen musste. Er kann es nun mal nicht immer allen recht machen.«

Es war zwanzig nach neun. Gesas Handy surrte zweimal.

»Und, was schreibt er?«, fragte Mareike.

»Er ist nach Emmen zum Haus gefahren«, sagte Gesa und griff sich fassungslos an den Kopf. »Er hat alles alleine aus dem Anhänger geräumt. Auch die Pflanzen. Diese schweren Dinger.« Sie ließ das Telefon sinken. »Dieser Wahnsinnige. Warum macht er das? Um den Supermann zu spielen? Damit ich ein schlechtes Gewissen habe? Verdammt. Ich ruf da jetzt an.«

»Ist das eine gute Idee?«, fragte Mareike. »Du bist ziemlich aufgebracht.«

»Ich wüsste zumindest gerne, wann er morgen früh hier sein wird.« Gesa tippte wie rasend die Nummer ein. »Und ob überhaupt.«

Joke war am Apparat. »Erik ist schon oben, im Bett … Der ist total platt.« Ihre Stimme klang vorwurfsvoll.

Gesa zwang sich zur Ruhe. »Es war seine Idee, heute Abend noch nach Emmen zu fahren und die Sachen ganz allein auszuladen. Er hat mir nichts davon gesagt, sonst hätte ich ihn nicht gelassen. Ich möchte, dass du das weißt.«

»Ist gut, Geesje.«

»Es tut mir leid. Sag ihm das bitte.«

»Mach ich. Er kommt dann morgen früh zu dir rüber.«

Mareike wartete, bis Gesa aufgehört hatte, im Raum auf- und abzugehen und sich wieder neben sie aufs Sofa gesetzt hatte.

»Du solltest ihm das morgen früh aber noch einmal selbst sagen. Dass es dir leid tut, meine ich.«

»Natürlich werde ich das.« Gesa wusste, dass sie einer Hysterie nahe war, und atmete tief durch. »Aber trotzdem war es eine Scheißaktion von ihm … Vielleicht sollte ich ihm morgen sagen, dass ich auf seine Hilfe doch lieber verzichte.«

»Damit würdest du alles kaputtmachen. Das weißt du. Willst du das?«

»Nein.«

»Ich würde vorschlagen, du beruhigst dich jetzt erst einmal, und ihr bringt diesen Umzug hinter euch. Und dann redet ihr mal darüber.« Mareike betonte die Wörter einzeln, sodass sie wie Hammerschläge klangen. »Eure Dreierbeziehung wird nur Bestand haben, wenn es euch gelingt, feste Vereinbarungen zu treffen, die für alle gelten. Zum Beispiel so eine wie: Wenn er mit dir verabredet ist, ist er mit dir verabredet. Und alle anderen haben dann eben zu warten, wenn sie etwas von ihm wollen. Auch Familienmitglieder. Und er muss den Mut haben, das durchzusetzen.«

»Ich weiß nicht, ob er das hinkriegt«, sagte Gesa kleinlaut.

»Das wird man dann sehen. Aber wie auch immer, das ist seine Sache. Die du ihm nicht abnehmen kannst.«

»Ich hab Angst … Davor, dass am Ende ich es bin, die immer ganz zuletzt kommt und auf alle Rücksicht nehmen muss.«

»Du wirst damit leben müssen, dass die Bedürfnisse von Joke und den Kindern immer an erster Stelle stehen werden«, stellte Mareike unerbittlich fest. »Denn für sie ist er verantwortlich, das ist noch mal was ganz anderes. Gleichberechtigt wirst du nie sein. Aber ein Teil von ihm steht auch dir zu, und den musst du für dich beanspruchen. Willst du, dass er dich nur sehen darf, wenn Joke ihm die Erlaubnis dazu gibt?« Mareike schüttelte den Kopf. »Nein. Wenn es den beiden ernst ist mit ihrem polyamoren Konzept, müsst ihr eine klare Regelung finden. Ansonsten sind das alles nur schöne Worte. Du könntest zum Beispiel vorschlagen, dass er einen bestimmten Abend in der Woche grundsätzlich mit dir verbringt, einschließlich Übernachtung, das wäre doch ein Anfang. Und ganz sicher nicht zu viel verlangt.«

Gesa seufzte. »Eigentlich finde ich, dass dieser Vorschlag eher von ihm kommen sollte.«

»Warum denn? Du solltest ihm schon mitteilen, was du willst, und zwar klar und deutlich. Verhalt dich bloß nicht wie eine heimliche Geliebte, die nichts zu fordern hat. Wenn ihm an dir liegt, wird er schon alles daran setzen, um auch auf deine Bedürfnisse einzugehen. Signalisier ihm, dass du Verständnis für seine Situation hast, seine Bemühungen anerkennst und nichts von ihm verlangst, was ihn in Loyalitätskonflikte bringt.

Und – lass ihm Zeit.« Der letzte Satz klang beschwörend. »Ich weiß, dass es schwer ist. Und dass du nicht die Geduldigste bist. Aber lass ihm Zeit. Es wird sich lohnen, glaub mir.«

17.

Lutz traf am nächsten Morgen gegen neun ein.

»Na, und, kann's losgehen?«, fragte er händereibend.

»Wir warten noch auf Erik und seinen Schwager«, sagte Gesa. »Sie müssten jeden Moment hier sein. Aber natürlich, wir können schon anfangen.«

Sie waren gerade dabei, das Wohnzimmersofa zu dritt in den Anhänger zu bugsieren, der wieder vor dem Haus stand, als Eriks dunkelblauer Golf neben ihnen hielt.

Gesa fragte sich, ob Erik eine ebenso schlechte Nacht gehabt hatte wie sie. Anzumerken war ihm nichts; nur ihrem Blick wich er aus. Mareike und Lutz, denen er zum ersten Mal begegnete, schüttelte er mit seiner gewohnten Umgänglichkeit die Hand und stellte ihnen allen Henk vor, den Mann seiner mittleren Schwester, der früher mit ihm auf dem Bau gearbeitet hatte. Henk war einen Kopf kleiner als Erik und von muskulöser Kompaktheit. Gesa fielen seine kleinen, grauen Augen auf, die aus dem sonnenverbrannten Gesicht mit dem harten, schmallippigen Mund sehr hell hervorstachen. »Du bist Deutsche?«, fragte er sie, auf Deutsch, und musterte sie von Kopf bis Fuß, ganz unverhohlen, ohne zu lächeln und mit dieser Art misstrauischer Neugier, die dem auf diese Art Gemusterten das Gefühl gibt, einer anderen, fremdartigen Spezies anzugehören.

Erik machte Anstalten, in den Anhänger zu klettern. »Ich verstaue das Sofa mal eben richtig.«

»Ich helfe dir«, sagte Gesa schnell.

»Und wir anderen gehen am besten schon mal nach oben und holen das nächste Teil«, sagte Mareike und nickte Gesa verstohlen zu.

Gesa stieg zu Erik in den Anhänger. Gemeinsam schoben sie das Sofa an die lange Seite. Ein letzter Ruck; da stand es.

»Magst du dich einen Moment setzen?«, fragte Gesa.

Er zögerte, setzte sich, sah sie abwartend an.

»Es tut mir leid«, sagte sie.

Er sagte nichts. Er saß nur steif und sehr aufrecht da.

»Mach es mir nicht so schwer.« Gesa nahm seine Hand. »Es tut mir leid.«

Er nickte, langsam, und drückte ihre Hand. »Mir auch.«

»Ich kann immer noch nicht fassen, dass du allein nach Emmen gefahren bist. Das wäre doch nicht nötig gewesen.«

»In deiner Nachricht klang es aber so, als ob es unbedingt nötig war.« Er war noch immer verletzt, weil sie sein Wort in Zweifel gezogen hatte. »Ich gebe zu, ich war sauer, als ich das las. Ich meine, ich hab doch wirklich mein Möglichstes getan, die ganze Woche schon, damit alles läuft, oder etwa nicht? Und dann ist das immer noch nicht genug, und du machst mir die Hölle heiß wegen deiner Pflanzen.«

»Es ging mir doch gar nicht um die Pflanzen.«

»Worum dann?«

»Ich war gekränkt, weil ich das Gefühl hatte, dass du meintest, mich warten lassen zu können.«

Sein Erstaunen war nicht gespielt. »Mir war nicht klar, dass ich dich habe warten lassen. Ich habe wohl einfach nicht gedacht, dass das alles so ein großes Drama war.«

»War es ja auch nicht. Ein Anruf, als du zurückkamst, und alles wäre gut gewesen.«

»Okay.« Er nickte. »Beim nächsten Mal werde ich dran denken.«

»Nimmst du mich jetzt in die Arme, bitte?«

Er tat es, und in diesem Moment schien es, als würden sie einander nie wieder loslassen können oder wollen.

»Ich kenne dich so wenig«, sagte er mit belegter Stimme. »Eigentlich noch gar nicht. Vier Monate, was ist das schon. Gar nichts. Aber hey, das war immerhin schon mal unser erster Streit.«

»Und, wie war es für dich?«

Er lächelte. »Vielversprechend.«

Erik übernahm mit größter Selbstverständlichkeit das Kommando. Er hatte den Überblick über alles und wusste genau, was wann wie in den Anhänger musste, um den vorhandenen Platz optimal zu nutzen. Schnell hatte sich eine effiziente Arbeitsteilung etabliert. Erik selbst konzentrierte sich auf das Auseinandernehmen. Henk und Lutz schleppten die wirklich schweren Stücke, allein oder zu zweit, wobei Henk, nachdem er einen bewundernden Blick Gesas aufgefangen hatte, sich mächtig in die Brust warf und seinen Eifer noch verdoppelte. Gesa kümmerte sich um alles, was alleine getragen werden konnte, Kartons, Tüten, Lampen, während Mareike und Elina sich daran gemacht hatten, die Schränke auf dem Dachboden auszuräumen und den Inhalt einzupacken. Gegen halb eins waren sie schon zweimal nach Emmen gefahren und hatten den Anhänger und Lutz' geräumigen Kombi entladen.

»Mittagspause, würde ich sagen«, sagte Erik und wischte sich den Schweiß von der Stirn. »Um zwei geht es weiter. Noch zwei Touren, dann haben wir's.«

Er und Henk aßen bei ihren Frauen zu Hause Mittag. Gesa packte alles auf den Tisch, was der Kühlschrank noch hergab.

»Esst alles auf. Was weg ist, müssen wir nicht mehr mitnehmen.«

»Deine letzte Mahlzeit in dieser Wohnung, was?«, sagte Lutz.

Gesa nickte. »Heute Abend essen wir dann schon im nächsten Chaos.«

»Erik hat alles gut im Griff, muss ich sagen. Wenn wir so weitermachen, sind wir in drei Stunden fertig. Netter Kerl übrigens.«

Lutz ging zum Rauchen auf den Balkon. Mareike und Gesa machten den Abwasch.

»Und?« Gesa sah Mareike fragend an.

»Ich kann mich Lutz nur anschließen. Ein netter Kerl ist er. Und er betet dich an. Sieh nur zu, dass du bald eine Struktur da reinkriegst.«

»Mareike, was heißt ›anbeten‹?«, fragte Elina.

»Dass er deine Mama sehr, sehr gerne hat.«

»Ach so.« Elina nickte. »Na, das weiß ich.«

»Also ist es so offensichtlich, dass wir …?«

»Ja, ist es.« Mareike sprach leiser, sodass Elina sie nicht hörte. »Henk beobachtet euch ziemlich scharf. Ich weiß nicht, ob es in Eriks Sinn ist, wenn er was merkt. Also, pass ein bisschen auf.«

Vor der letzten Fahrt nach Emmen fragte Erik Gesa, ob noch etwas im Keller sei, das jetzt mit müsse.

»Da steht nur noch Roberts Rennrad drin … Und das will ich nicht mitnehmen. Ich hatte da so eine Idee, dass du und Joke das Rad für mich verkaufen könntet. Das Geld könnt ihr behalten.«

Erik sah skeptisch aus. »Bist du sicher?«

»Natürlich.«

»Und wenn er das Rad doch noch zurückhaben will?«

»Er hatte lange genug Zeit, mich das wissen zu lassen.«

»Wir verkaufen das Rad für dich, kein Problem. Aber das Geld kriegst du.«

»Es ist nicht mein Geld. Also behaltet es.«

Anderthalb Stunden später, um kurz vor fünf, war es vorbei. Jetzt saßen sie alle auf dem Boden vor Gesas Haus, auf der gepflasterten Auffahrt neben dem Carport, schweißverschmiert und ein wenig benommen nach der stundenlangen Anstrengung, um sich einen Moment auszuruhen.

Erik hatte noch die Waschmaschine im Hauswirtschaftsraum anschließen wollen. Aber nachdem er sich in für Gesa unverständlichem Dialekt mit Henk beraten hatte, war er zu dem Schluss gekommen, dass das so ohne weiteres nicht ging.

»Wir basteln dir noch einen Anschluss«, sagte er. »Keine Sorge.«

Henk besah sich das Carportdach. »Das muss auch mal repariert werden. Sieht ziemlich leck aus.«

»Können wir ihr auch machen, was, Henk?«

Henk nickte. »Klar.«

Lutz und Mareike verabschiedeten sich bald darauf; beide hatten am Abend noch etwas anderes vor.

»Tja, wir werden dann auch mal«, sagte Erik. Es war ein misslicher Moment. Henk stand dabei; seine stechenden grauen Augen hafteten lauernd an ihnen.

»Vielen, vielen Dank euch beiden«, sagte Gesa. Sie drückte Henk zweihundert Euro in die Hand. »Für die Mühe.«

Henk starrte sie perplex an. »Na, das ist doch nicht nötig ...«

»Und ob.« Gesa neigte den Kopf ganz leicht und lächelte ihn von schräg unten an.

»Ja dann ... Vielen Dank.« Henk warf einen Seitenblick auf Erik und steckte das Geld ein. »Und wenn nochmal was ist ... Jederzeit gerne.«

Gesa reichte Erik die Hand. »Dir geb ich kein Geld. Das ist unter Freunden nicht üblich.«

Es fiel ihm schwer, zu gehen; Gesa sah es. Sie beschloss, der Sache ein Ende zu machen.

»Nun haut mal ab«, sagte sie. »Ich komm schon zurecht. Schöne Grüße an Joke.«

»Schade, dass Mareike und Lutz nicht bleiben konnten.«

»Einerseits ja. Aber andererseits ...« Gesa schaute sich um und stieß einen Seufzer aus. »Wo hätten wir sie denn unterbringen sollen?« Sie ließ sich auf einen der im Wohnzimmer herumstehenden Gartenstühle fallen. »Was für ein Durcheinander. Wo sollen wir bloß anfangen?«

Elina kam zu ihr herüber und tätschelte ihr tröstend die Schulter.

»Immer mit der Ruhe, Mama«, sagte sie mit der ganzen Autorität kindlicher Weisheit. »Das wird schon.«

Die nächsten zwei Stunden verbrachten sie damit, die im Flur herumzustehenden Kartons ins Wohnzimmer zu schaffen und sie dort an der Wand aufzustapeln, um Durchgänge zu schaffen.

»Wo schlafen wir denn heute Nacht?«, fragte Elina.

»Wir könnten zusammen auf dem aufblasbaren Bett schlafen, das wir neulich gekauft haben. Sozusagen zur Feier unseres Einzugs.«

»Au ja.«

Sie packten das Bett aus. Gesa betätigte den Schalter zum Aufblasen. Die eingebaute elektrische Luftpumpe heulte los.

»Ich glaube, es hat an der Tür geklingelt«, sagte Elina.

»An der Tür?« Gesa drehte den Schalter um. Das Heulen erstarb.

Elina hatte Recht gehabt; es klingelte noch einmal. Sie rannte zur Tür. Gesa folgte ihr widerwillig. Sie hoffte, dass es keiner der neuen Nachbarn war, der meinte, heute Abend noch Konversation machen zu müssen.

Elina machte auf. Dort stand Erik.

»Hallo«, sagte er. »Ich musste doch noch einmal zurückkommen, um zu sehen, ob mit euch beiden alles in Ordnung ist.«

Gesa hatte gedacht, dass nichts je wieder dem unwirklichen Gefühl des Glücks gleichkommen würde, das sie damals beim allerersten Schrei Elinas empfand, noch bevor sie ihre Tochter überhaupt zum ersten Mal zu Gesicht bekommen hatte. Aber sie hatte sich geirrt. Der Anblick des Mannes, der da jetzt strahlend vor ihrer Tür stand, ließ alles um sie herum für Sekunden stillstehen.

Elina war auf ihn zugestürzt, und er hatte sie auf den Arm genommen.

»Ich hab auch etwas mitgebracht … Geschenk von uns zum Einzug. Für deine rauchenden Gäste. Und zur Stärkung.«

Er überreichte ihr einen gläsernen Aschenbecher mit darin eingelassenen roten Rosen und eine Tupperdose mit Apfelkuchen. »Ganz frisch. Haben Joke und die Kinder heute Nachmittag gebacken.«

Gesa stand noch immer da, ohne sich zu rühren.

»Ist Elina die einzige, die sich freut mich zu sehen?«, scherzte er. »Darf ich nun reinkommen oder nicht?«

»Muss ich dich etwa hereinbitten?« Gesa trat auf ihn zu und umarmte ihn. »Es ist doch jetzt auch dein Haus … Übrigens kommst du gerade recht, wir waren dabei, das aufblasbare Bett aufzupumpen. Aber irgendwie klappt es nicht so.«

Erik besah sich das Bett. »In welche Richtung hattest du den Schalter gedreht? Kein Wunder, dass es nicht ging.« Er grinste. »Das ist die Stellung zum Luftablassen.«

Sie schafften das Bett gemeinsam in den ersten Stock und bliesen es in Elinas Zimmer auf. Gemeinsam wünschten sie ihr eine gute Nacht.

»Du, Erik«, sagte Elina schläfrig und griff nach seiner Hand. »Kannst du die Lampe aus dem Gästeklo unten hier in meinem Zimmer aufhängen? Da sind so schöne Schmetterlinge drauf … Mama sagte, ich soll dich fragen.«

»Klar mach ich das«, sagte Erik. »Gleich als allererstes, wenn ich das nächste Mal bei euch bin.« Er beugte sich über sie und gab ihr einen Gutenachtkuss. »Schlaf schön.«

Gesa führte ihn bei der Hand in ihr Schlafzimmer nebenan. Zusammen sanken sie auf das Sofa, das in der alten Wohnung im Gästezimmer gestanden hatte.

»Den ganzen Tag hab ich darauf gewartet«, sagte er irgendwann. »Das heimliche Geknutsche im Fahrstuhl hat alles nur noch schlimmer gemacht.« Er stützte sich auf den Ellbogen und sah sie neugierig an. »Mareike und Lutz wissen Bescheid, oder?«

Gesa nickte. »Natürlich.«

»Sind nett, deine Freunde. Mareike hat Joke und mich nach Hamburg eingeladen. Und Lutz meinte, er würde gerne mal meine Modelle angucken kommen.«

»Meine Freunde sind nett, und vor allem froh, dass es mir mit dir so gut geht.«

»Tja.« Sein Gesicht verdüsterte sich. »Mir hat Henk vorhin auf dem Rückweg erstmal eine Moralpredigt gehalten. Mich daran erinnert, dass ich verheiratet bin, und daran, was man dann alles zu tun und zu lassen hat. Ich hätte wirklich nicht gedacht, dass der was mitkriegen würde.«

Gesa dachte an das, was Mareike ihr gesagt hatte. »Oh doch, der hatte seine Augen überall.«

»Ich verstehe das nicht.« Seine Stimme klang verärgert. »Was geht ihn das überhaupt an. Ich sag doch auch nichts dazu, dass er ständig anderen Frauen hinterherguckt. Ach, zur Hölle mit ihm. Hab schon gesehen, wie er dich angeglotzt hat. Übrigens hast du ihm viel zu viel Geld gegeben. Die Hälfte hätte auch gereicht.«

»Du darfst nicht vergessen, dass ich Ausländerin bin«, sagte Gesa. »Alles, was ich tue oder nicht tue, wird ganz anders bewertet. Da gebe ich lieber zu viel als zu wenig.«

»Und dann bist du auch noch Deutsche«, neckte Erik sie. »Ich wusste es ja schon immer, man soll seine Feinde lieben.«

Wie immer brachte er die wichtigsten Dinge zur Sprache, kurz bevor er ging.

»Als ich mich vorhin zu dir auf den Weg machte, hat Joke mich gefragt, ob ich heute Nacht bei dir bleiben würde«, sagte er. »Ich glaube, sie hatte Angst, dass ich nicht wiederkomme.« Er musste sich räuspern, bevor er weitersprach. »Wenn du das auch möchtest, würde ich sehr gerne bald mal bei dir übernachten. Ich werde mit Joke sprechen. Aber ich muss ihr noch ein bisschen Zeit lassen.«

»Verstehe ich.« Gesa war in diesem Moment so glücklich, dass sie niemanden hätte unglücklich sehen wollen, am allerwenigsten Joke. »Aber wir könnten demnächst ein Bett aussuchen gehen, in dem du gut liegen kannst. Wir beide zusammen, meine ich.«

»Was? Aussuchen oder liegen?«

»Beides.«

»Das machen wir«, sagte er. »Und dann … kann ich auch bei dir bleiben.«

18.

Gesas Eltern trafen zwei Tage später am Dienstagnachmittag ein.

Etwas verloren standen sie im Wohnzimmer herum. Das Eindringen in die Privatsphäre eines anderen Menschen (und sei es die der eigenen Tochter) flößte ihnen Hemmungen ein, denen Gesa begegnete, indem sie sie ganz formell zu einer Hausbesichtigung einlud.

Gesas Mutter vergaß ihre Zurückhaltung wie erhofft sofort; sie wurde einfach von dem Strom ihrer Einfälle mitgerissen. Sie habe da neulich etwas in einem ihrer Kataloge gesehen, so hübsche Handtuchhalter in Teekannenform, die ganz hervorragend zu dem leicht nostalgischen Charme der Küche passten. Das Wohnzimmer sei ein Traum, abgesehen von den Wänden, die man zum Beispiel in Cremeweiß und Karamellbraun streichen könne. Elinas Zimmer brauche eigentlich nur noch eine schöne Gardine; ansonsten könne man aus dem vorhandenen Material schon etwas machen, und ob ihr denn die Hubschraubertapete gefalle? Nein? Das habe sie sich gedacht. Das Schlafzimmer sei auf den ersten Blick gewöhnungsbedürftig, aber auf den zweiten doch eigentlich sehr apart mit seinen grau-schwarzen Wänden und dem hellgrauen Laminatboden in Holzoptik. Ein Kleiderschrank aus weißem Holz und ein paar Farbtupfer in leuchtendem Türkis etwa, das könne sehr edel werden. Das Gästezimmer oben im zweiten Stock schließlich sei anheimelnd und freundlich, allenfalls über einen neuen Fußboden könne man nachdenken, dieser PVC-Belag im Alu-Imitat-Look sei ja schon sehr funktionell.

Gesas Vater hatte seinen Rundgang ebenfalls beendet. Er wartete, bis Gesa und ihre Mutter ihre angeregte Diskussion über Farben, Dekorationsobjekte und Möbel beendet und eine entsprechende To-do-Liste erstellt hatten. Dann wollte er wissen, ob Gesa schon jemanden gefunden habe, der sich um die im Gutachten aufgeführten Mängel kümmern werde.

»Das macht alles Erik«, sagte Gesa.

»Aha. Erik. Und der kann das, dieser Erik?«

Gesa nickte. »Fast alles. Und wenn er etwas nicht selbst kann, kennt er jemanden.«

»Können wir denn jetzt irgendetwas tun?«, fragte Gesas Mutter. »Dein ganzes Geschirr ist ja schon in den Küchenschränken, wie ich gesehen habe.«

Gesa erzählte, dass Erik und Joke gestern Nachmittag hier gewesen seien und Joke ihr beim Einräumen geholfen habe. Bei der Gelegenheit habe Erik auch gleich die Hecken und Büsche im Garten beschnitten und den Rasen gemäht.

Kurz darauf fiel Eriks Name zum dritten Mal, als nämlich beschlossen wurde, am folgenden Morgen nach einer Sitzgarnitur für das Wohnzimmer zu suchen und Gesa erwähnte, dass Erik genau das, was ihr vorschwebte, heute Morgen in einer Werbebeilage gesehen habe, sie also wisse, wo man mit der Suche beginnen könne. Dies veranlasste Gesas Vater dazu, seine tiefsitzende Scheu vor Fragen, die er als indiskret empfand, zu überwinden.

»Meine Güte, dieser Erik scheint ja alles zu wissen und zu können. Wer, bitte, ist denn das nun?«

»Ein Freund«, sagte Gesa. »Ein sehr, sehr guter Freund.«

Am nächsten Morgen setzte Gesa Elina schon um acht Uhr in der Schule ab, hetzte zu ihrem Autohaus, lieferte den Wagen zur Inspektion ab und ließ sich von da aus zur Arbeit bringen, wo sie gerade noch rechtzeitig zu ihrer ersten Stunde um halb neun eintraf. Um kurz nach elf holten ihre Eltern sie an der Schule ab. Gemeinsam fuhren sie zu dem Möbelgeschäft, um die Sitzgarnitur, die Erik in dem Werbeprospekt gesehen hatte, in Augenschein zu nehmen.

Er hatte Recht gehabt; die Sitzgarnitur war genau das, was sie gesucht hatte. Gesa kaufte sie ohne langes Überlegen. An der Kasse stand eine lange Schlange, und es dauerte, bis die Verfügbarkeit geklärt war. Als Gesa endlich bezahlt hatte, war es schon zwanzig vor zwölf.

Sie ließ sich von ihren Eltern zum etwa drei Kilometer entfernten Autohaus bringen. Auf dem Weg dorthin besprachen sie das weitere Vorgehen. Elina musste um zwölf von der Schule abgeholt werden. Gesa bat ihre Eltern, das zu übernehmen, nannte ihnen Namen und Adresse der Schule und beschrieb ihnen den Weg. Sie würde den Wagen in Empfang nehmen und umgehend nachkommen. Treffen würden sie sich bei Gesa zu Hause.

Der Wagen war entgegen der Vereinbarung erst zehn nach zwölf fertig. Es war zwanzig nach zwölf und Gesa noch einen knappen Kilometer von ihrem Haus entfernt, als Erik anrief.

»Die Schule hat sich bei mir gemeldet«, sagte er. »Elina ist nicht abgeholt worden. Dich konnten sie nicht erreichen, darum haben sie mir Bescheid gesagt. Ich habe mich sofort auf den Weg gemacht.«

»Nicht abgeholt worden? Aber meine Eltern hätten doch rechtzeitig da sein müssen.«

»Mach dir keine Sorgen, Elina wartet bei der Schule, und ich bin gleich da. Kommst du auch?«

Als Gesa den Wagen vor der Schule parkte, sah sie Erik vor dem Eingang mit der Lehrerin sprechen. Elina stand neben ihm; sie hielt seine Hand. Gesa ging zu den dreien hinüber.

»Na?« Erik grinste. »Was ist denn da schiefgelaufen?«

»Keine Ahnung.« Gesa zuckte die Schultern und entschuldigte sich bei der Lehrerin; sie habe das Klingeln ihres Handys vorhin wohl überhört.

»Kein Problem. Genau darum bitten wir die Eltern ja, eine Person anzugeben, die wir im Notfall kontaktieren können.«

Die Lehrerin lächelte. »Und Sie haben eine verlässliche Kontaktperson, wie ich sehe.«

Gesa gab ihm einen Kuss auf die Wange. »Danke. Ich hoffe, es hat dir nicht zu viele Umstände gemacht.«

»War doch selbstverständlich.« Er legte ihr ganz eben den Arm um die Hüfte. »Elina ist doch jetzt mein drittes Kind, irgendwie.«

»Guck mal, da sind Oma und Opa!«, rief Elina.

Gesas Eltern näherten sich zu Fuß dem Schulhof. Elina lief auf sie zu.

»Willst du sie begrüßen?«, fragte Gesa.

»Klar. Wenn du nichts dagegen hast.«

»Hab ich nicht.« Gesa zögerte kurz, bevor sie hinzusetzte: »Mein Vater ist ein bisschen komisch gegenüber Leuten, die er nicht kennt. Mach dir nichts draus, bitte.«

Elina war bei Gesas Mutter angelangt. Gesas Vater war in etwa zehn Meter Entfernung stehengeblieben.

Gesa trat auf ihre Mutter zu. »Was war denn los?«

»Wir haben vor der falschen Schule gewartet«, sagte ihre Mutter verlegen. »Zu dumm. Aber gleich da drüben ist ja noch eine … Irgendwann haben wir uns gewundert und jemanden gefragt, da haben sie uns dann hierhergeschickt. Ich hoffe, das ist nicht so schlimm.«

»Nein«, sagte Gesa. »Erik war zum Glück zur Stelle.«

»Ach, Sie sind Erik?« Ihre Mutter strahlte ihn an und gab ihm die Hand. »Ich habe schon viel Gutes von Ihnen gehört. Sehr angenehm, Sie kennenzulernen.«

»Ich finde es auch angenehm. Aber du kannst gerne ›du‹ sagen.«

Gesas Mutter strahlte weiter. »Danke, dass Sie Gesa so viel geholfen haben.«

»Oh, ich bin noch lange nicht fertig damit«, sagte Erik vergnügt. »Morgen geht es gleich weiter.«

»Ach, Sie kommen morgen Nachmittag auch dazu?«

»Natürlich.«

»Sehr schön.« Gesas Mutter drückte ihm noch einmal die Hand. »Dann sehen wir uns also morgen Nachmittag.« Sie wandte sich Gesa zu. »Wir könnten mit Elina noch eine Kleinigkeit essen gehen, ist dir das recht?«

Gesas Vater hatte sich nicht vom Fleck gerührt und die Szene beobachtet. Gesas Mutter und Elina bewegten sich in seine Richtung. Kurz, bevor sie ihn erreicht hatten, wandte er sich um und schritt vorneweg in Richtung Stadtzentrum. Elina und Gesas Mutter drehten sich noch einmal um und winkten.

»Eigentlich ist er nur unsicher«, sagte Gesa. »Es ist ihm peinlich, dass er einen Fehler gemacht hat.«

»Schon gut«, sagte Erik begütigend. »Dafür ist deine Mutter ja sehr nett zu mir gewesen. Was macht sie beruflich?«

»Sie war Lehrerin. Mein Vater Wirtschaftsprüfer.« Gesa lächelte. »Sie sind beide ziemlich deutsch, auf ihre Art. Sehr korrekt, aber extrem unlocker. Darum mögen sie ja auch die Holländer so.«

»Verstehe.« Er grinste und zog sie an sich. »Fahren wir nochmal kurz du dir?«

Am Donnerstagnachmittag fanden sie sich alle bei Gesas Wohnung ein, die am Tag darauf leer und besenrein übergeben werden musste. Erik war wieder mit dem Anhänger gekommen. Joke, Rick und Louisa waren auch dabei. Sie wollten alle helfen. Es gab noch viel zu tun.

Gesas Mutter redete fröhlich auf Deutsch mit den Kindern und gab ihnen die Aufgabe, zusammen das Wohnzimmer zu fegen. Joke und sie machten sich unterdessen daran, die Küche zu putzen.

Gesas Vater, Gesa und Erik gingen nach oben auf den Dachboden. Es lag immer noch Zeug herum, das in den Anhänger geladen oder ausrangiert werden musste. Vor allem aber standen dort die zwei großen Schränke, die sie am vergangenen Samstag nicht mehr hatten mitnehmen wollen.

Gesa war beim Müllcontainer gewesen, um altes Bettzeug und das kaputte Bügelbrett wegzuwerfen. Als sie zurückkam, waren ihr Vater und Erik dabei, den kleineren der Schränke zusammen die Treppe herunterzutragen.

»Warum hast du nicht gewartet?«, sagte Gesa vorwurfsvoll auf Niederländisch zu Erik, als sie unten ankamen und den Schrank absetzten.

»Wieso?« Er tat unschuldig. »Ging doch.«

»Ich übernehme das jetzt.« Gesa drängte ihn zur Seite.

»Okay.« Erik wandte sich zu ihrem Vater. »Ich gehe dann wieder nach oben und nehme den anderen Schrank auseinander, wenn du das gut findest.«

Gesa und ihr Vater schleppten den Schrank zum Anhänger und wuchteten ihn hinein. »Lass ihn nichts Schweres tragen«, sagte Gesa zu ihm. »Er spielt gerne den Starken. Aber er soll das nicht.«

Ihr Vater fragte, was genau denn eigentlich mit ihm sei. Sie erzählte es ihm.

»Da hat der junge Mann ja wirklich die Arschkarte gezogen«, sagte er.

Endlich war alles verstaut und die Wohnung in akzeptablem Zustand. Joke und die Kinder verabschiedeten sich vor dem Haus. Gesas Mutter beugte sich herunter, nahm Ricks und Louisas Hand und dankte ihnen für ihre Mithilfe. Danach fuhren Gesa, Elina, ihre Eltern und Erik nach Emmen.

Sie standen vor dem Haus und sahen zu, wie Erik den Anhänger rückwärts auf die Auffahrt in das Carport setzte. Gesas Vater beobachtete das Manöver genau. Erik brauchte nur einen einzigen Anlauf; es sah aus, als sei überhaupt nichts dabei. Gesa spürte Stolz in sich aufsteigen.

Sie registrierte zufrieden, dass ihr Vater Erik nun keinen Handschlag mehr tun ließ. Er und Gesa trugen alles zusammen ins Haus.

»Mögt ihr vielleicht etwas trinken?«, fragte Gesas Mutter, als sie danach verschnauften.

Gesa folgte ihrer Mutter in die Küche und holte Gläser aus dem Schrank. »Weiß er eigentlich Bescheid?«

»Natürlich. Er ist ja nicht blind.«

»Also sieht man es doch?«

Ihre Mutter lächelte. »Dass Erik dich mag? Ja sicher.«

Unvermittelt umarmte sie Gesa.

»Ich muss zugeben, dass ich nie so recht verstanden habe, warum du hierher gezogen bist«, sagte sie. Ihre Augen waren ein wenig feucht geworden. »Ins Ausland, weg von uns, so ganz allein. Aber es scheint dich ja glücklich zu machen. Ich bin froh, dass du ein Zuhause gefunden hast. Und jemanden, der sich endlich auch mal um dich kümmert.«

Gesa drückte den weichen, runden Körper ihrer Mutter. »Mir geht es gut hier. Mach dir keine Sorgen.«

Als sie wieder vors Haus traten, waren Gesas Vater und Erik ins Gespräch vertieft. Erik erzählte in kaum stockendem deutschem Singsang mit dick heraussstechendem »l« und drollig verwischten Zischlauten von den Baustellen, auf denen er in Deutschland gearbeitet hatte.

Er wagte es nicht, Gesa zum Abschied zu umarmen. »Wir sehen uns morgen um zehn«, sagte er nur zu ihr.

Gesas Vater gab ihm die Hand und schüttelte sie kräftig. »Vielen Dank für Ihre wertvolle Mithilfe.«

Erik lächelte. »War mir ein Vergnügen.«

»Ein sehr sympathischer junger Mann«, sagte Gesas Vater, als Erik weg war. »Mit dem würde ich mich gerne mal länger unterhalten. Was ist denn morgen früh um zehn?«

»Meine Wohnungsübergabe. Erik kommt mit.«

Gesas Vater überlegte kurz. »Sag ihm doch bitte, ich würde ihn und seine Frau gerne zum Abendessen im Hotel einladen. Aber ohne die Kinder, bitte.«

»Ohne die Kinder?« Gesa sah ihn irritiert an.

»Die werden für einen Abend ja wohl mal bei jemand anderem bleiben können.«

»Sicher können sie das. Aber warum sollten sie?«

»Nach allem, was ich an diesem Nachmittag von diesen Kindern gesehen habe, bin ich der Meinung, dass sie nicht in ein Restaurant der gehobenen Klasse gehören«, sagte ihr Vater kühl. »Da geht doch alle Gemütlichkeit beim Essen verloren.«

Gesa sah sich nach ihrer Mutter um. »Und, meinst du das auch?«

»Er hat doch Recht«, sagte sie in entschuldigendem Ton. »Es sind ja liebe Kinder, aber sehr unruhig. Die können doch gar nicht so lange stillsitzen. Mit Elina ist das natürlich etwas völlig anderes, weil sie so gut erzogen ist.«

Gesa schüttelte den Kopf. »Ich fürchte, dann wird nichts daraus.«

Ihr Vater zuckte die Schultern und wandte sich zum Gehen. »Dann eben nicht.«

»Genau«, sagte Gesa. »Dann eben nicht.«

19.

Drei Wochen nach dem Einzug passierte das, womit nicht etwa Gesa, wohl aber Erik gerechnet hatte. Robert stand vor der Tür.

Zufällig war es Gesas freier Morgen, der nun immer auf den Freitag fiel. Das hatte Robert nicht wissen können. Er war also einfach aufs Geratewohl gekommen. Wenn sie nicht zu Hause gewesen wäre, hätte er sich wohl auf die Auffahrt gesetzt und auf sie gewartet, wenn nötig, den ganzen Tag. Das war eine sehr unschöne Vorstellung.

Roberts mehrmaliges wütendes Klopfen an das Fenster der zur Straße hin gelegenen Küche hatte sie aus der Arbeit aufgeschreckt. Einen Moment lang hatte sie nur dagestanden, überlegt; auch kurz mit dem Gedanken gespielt, die Tür einfach nicht zu öffnen. Aber natürlich war ihr das albern vorgekommen.

Er lächelte nicht, als sie sich gegenüberstanden. »Musstest du erst darüber nachdenken, ob du mir aufmachst?«

»Nein«, log Gesa.

»Ich war mir nicht so sicher, ob du aufmachen würdest. Nachdem du ja all meine Briefe schon nicht beantwortet hast …«

»Ich habe sie so lange beantwortet, wie es Sinn machte.«

Er runzelte die Stirn. »Was soll das heißen?«

»Irgendwann gab es nichts mehr zu sagen, was nicht schon zigmal gesagt worden wäre.«

»Für dich ist vielleicht alles gesagt. Du hattest ja auch länger Zeit, dich auf die neue Situation einzustellen.«

Natürlich; für ihn musste das so wirken. »Ich habe nichts davon geplant«, sagte Gesa.

Er nickte nur müde. Sie fragte, ob er nicht hereinkommen wolle, und bat ihn in die Küche.

Er setzte sich nicht. »Du hast eine Kaffeemaschine gekauft«, sagte er. »Seit wann trinkst du Kaffee? Oder hast du die für ihn gekauft?«

»Für alle Gäste, die Kaffee mögen«, sagte Gesa.

»Ist er nicht da?«, fragte Robert.

»Wie kommst du darauf, dass er hier sein sollte?«

»Ich dachte, er hätte sein dickes, trampeliges Muttertier inzwischen schon für dich verlassen.«

»Siehst du«, sagte Gesa. »Genau darum habe ich irgendwann aufgehört, deine Briefe zu beantworten. Wozu kommunizieren, wenn du gar nicht hören willst, was ich sage.«

»Oh, ich habe schon gehört, was du sagst. Ihr habt jetzt diese neumodische Menage à trois, zu der es in gängigen Wörterbüchern heißt, dass alle Beteiligten durch rein sexuelle Begierden motiviert sind. Warum lächelst du?«

»Weil du so daneben liegst.« Gesa legte ihm die Hand auf den Arm. »Ich würde dir ja gerne erklären, wie es wirklich ist, aber ich glaube nicht, dass du das überhaupt wissen willst.«

»Wenn du jetzt denkst, dass ich gekommen bin, um dich zu fragen, was er hat, das ich nicht habe, irrst du dich«, sagte er schneidend. »Das hättest du wohl gerne, was.«

Gesa ging nicht darauf ein. »Warum bist du dann gekommen?«

»Ich will eigentlich nur mein Fahrrad abholen.«

»Das Fahrrad? Das habe ich verkauft.«

»Wie bitte?« Er starrte sie an. »Wie kommst du dazu, ohne meine Erlaubnis?«

»Du hast nie geschrieben, dass du es wiederhaben wolltest. Und da du es in den letzten zwei Jahren nie auch nur ein einziges Mal benutzt hast, war ich davon ausgegangen, ich könne es verkaufen.«

»Ich finde das unerhört.« Gesa sah besorgt, dass er in Rage geriet; da hatte sie ihm nun den Anlass gegeben, auf den er gewartet hatte. »Gut, dann zahl mir das Geld aus.«

»Nein«, sagte Gesa. »Das Geld behalte ich. Diese fünfhundert Euro behalte ich, für die Mühe, die es gemacht hat, das Fahrrad zu verkaufen, für all die Jahre, die du umsonst bei uns gewohnt und alles mitgenutzt hast, mein Auto, meine Computer, meine Waschmaschine. Ich denke, das ist nur recht und billig.«

»Fängst du jetzt wieder mit deinen Listen an? Das hätte ich nicht von dir erwartet.«

»Schön.« Gesas Entschlossenheit schwand. »Dann kriegst du eben das Geld, und damit ist die Angelegenheit erledigt. Zufrieden?«

Sie hatte ihm so vollkommen den Wind aus den Segeln genommen, dass er sekundenlang perplex war.

»Zufrieden …« sagte er dann leise. »Das meinst du doch wohl nicht ernst, oder?«

Er ließ den Kopf hängen und schaute zu Boden.

»Willst du nicht zu mir zurückkommen?«, fragte er mit brüchiger Stimme.

Gesa schüttelte den Kopf. »Nein.«

»Warum nicht?«

»Es ist zu spät.« Oft hatte sie diese vier fatalen Worte in Büchern gelesen oder in Filmen gehört, und jedes Mal hatte sie sich gefragt, wie man sich da nur so absolut sicher sein konnte. Jetzt wusste sie es. Man war sich sicher, wenn es vorbei war. Unwiderruflich vorbei.

»Ich verstehe das nicht … Noch im Mai warst du doch bei mir, wir haben jeden Tag miteinander geschlafen. Jeden Tag. Wie kann das sein? Wie konntest du so plötzlich aufhören, mich zu lieben?«

»Das ist es nicht.«

»Was dann?«

»Ich habe lange daran geglaubt, dass sich noch etwas ändern könnte. Aber jetzt nicht mehr.«

»Das ist nur wieder deine verdammte Ungeduld. Du willst immer alles sofort. Sonst würdest du uns noch eine Chance geben.« Er machte eine Pause, dann setzte er hinzu: »Ich habe nachgedacht ... Ich wäre jetzt dazu bereit. Für ein Kind, meine ich.«

Gesa sah ihn nur an. »Jetzt? Nach all den Jahren? Wo ich vierundvierzig bin?«

»Ich habe eben so lange gebraucht, um mir meiner Sache sicher zu sein«, sagte er trotzig. »Es kann immer noch funktionieren. Wir können es doch probieren.«

»Dir ist wohl jedes Mittel recht, was?«

»Was heißt hier Mittel?« Das hatte ihn getroffen. »Ich mache dir ein ernstzunehmendes Angebot, über das du nachdenken solltest.«

»Jahrelang hätte ich mir genau das von dir gewünscht. Und jetzt, wo ich dich verlassen habe, wirfst du diesen Köder aus, weil du denkst, danach werde ich schon schnappen. Das ist kein ernstzunehmendes Angebot, das ist erbärmlich.«

»Vielleicht war mir einfach nicht klar, wie dringend du ein Kind wolltest«, sagte er starrköpfig. »Vielleicht hättest du das mir gegenüber klarer zum Ausdruck bringen müssen.«

Gesa musste daran denken, wie sie vor zweieinhalb Jahren, an ihrem zweiundvierzigsten Geburtstag, ein allerletztes Mal versucht hatte, Robert dazu zu bewegen, ihr den Wunsch nach einem zweiten Kind zu erfüllen. »Kannst du es dir denn überhaupt gar nicht vorstellen?«, hatte sie irgendwann geschluchzt, auf dem Küchenfußboden hockend, wo sie vor seiner durch nichts zu erweichenden Ablehnung in die Knie gegangen war. Auch dieser letzte, verzweifelte Appell war vergeblich gewesen. In seiner Not hatte er sich sogar dazu verstiegen, sie zu fragen (nein, vielmehr anzubetteln), ob sie sich in dieser Angelegenheit denn nicht an Lutz wenden könne, der ihr doch auch sonst immer so gerne zu Diensten stehe.

»Ich denke, ich habe es klar genug zum Ausdruck gebracht«, sagte sie spröde. »Aber vielleicht wolltest du auch das einfach nicht hören.«

»Und was ist mit Elina?« Robert spielte seinen letzten Trumpf aus. »Willst du sie mir jetzt einfach wegnehmen? Ich habe sie immer als mein Kind betrachtet, wie du weißt.«

»Ich weiß, dass du an ihr hängst.« Gesa seufzte. »Es tut mir leid. Aber ich sehe nicht, wie du weiterhin Kontakt mit ihr haben könntest.«

»Das tut weh«, sagte Robert bitter. »Wirklich weh. Aber das musst du mit deinem Gewissen vereinbaren.«

»Du hattest deine Chance«, sagte Gesa.

»Du liebst mich nicht«, sagte Robert. »Ich sehe das jetzt. Vielleicht hast du mich auch nie geliebt. Vielleicht hast du mich immer nur ausgenutzt. Ich bin immer nur der Besucher geblieben. Und dann, nach dem Umzug, als du mich nicht mehr brauchtest, musstest du dir natürlich einen Mann von hier suchen, der es dir leichter macht, Teil deiner neuen Zielkultur zu werden.« Er schlug sich an die Stirn. »Wie konnte ich nur so blind sein. Wo es doch so absehbar war.«

Gesa, die ihm gegenüber an der Spüle stand, machte eine Bewegung, als ob sie die Küche verlassen wollte, besann sich aber anders.

»Ich habe niemanden gesucht«, sagte sie. »Du kennst mich. Du weißt, dass das, was du dir da einredest, nicht stimmt.« Nach einigen Sekunden Zögern setzte sie hinzu: »Vielleicht wäre es besser, wenn du jetzt gehst und wir uns vorerst nicht mehr sehen.«

Er lachte böse auf. »Besser für wen?«

»Für alle. Auch für dich.«

Robert rückte einen der Küchenstühle zurecht und setzte sich. »Wenn du nichts dagegen hast, warte ich hier, bis Elina aus der Schule kommt.«

»Ich hole Elina erst um drei ab. Ich muss heute Nachmittag arbeiten, darum ist sie bis dahin im Hort.«

»Fein. Ich könnte sie doch von der Schule abholen und den Nachmittag mit ihr verbringen. Hat sie nicht Freitagnachmittag schulfrei?«

»Robert, ich möchte das nicht.« Gesa spürte, dass ihr Gesicht sich hässlich verzerrte. »Lass Elina aus dem Spiel.«

»Ich will mit ihr reden. Mich von ihr verabschieden. Das kannst du mir doch nun nicht auch noch verwehren, oder?«

Gesa ging wortlos aus der Küche. Ihr Handy lag im Flur auf der Kommode. Sie griff danach und tippte hastig eine Nachricht an Erik ein.

»Ach, hast du deinen Ritter in der schimmernden Rüstung zu Hilfe gerufen«, sagte Robert gehässig, als Erik zwanzig Minuten später eintraf. »Ein Schwert hat er nicht, aber immerhin ja einen Stock.«

»Robert«, sagte Erik auf Deutsch. »Ich glaube, Gesa möchte, dass du gehst.«

»Ich werde gehen«, sagte Robert. »Wenn ich mit Elina gesprochen habe.«

»Was versprichst du dir davon?«, warf Gesa ein.

»Warum hast du solche Angst davor, dass ich mit ihr spreche? Weil du befürchtest, sie könnte dich umstimmen?«

»Elina wird mich nicht umstimmen. Wir hatten zehn Jahre lang Zeit, um unsere Probleme zu lösen. Meine Entscheidung ist gefallen. Bitte geh jetzt.«

»Und wenn nicht?« Robert blieb sitzen. »Wird dein neuer Favorit mich aus deinem Haus werfen? Weißt du«, sagte er, jetzt direkt zu Erik gewandt, »als sie mir erzählt hat, dass sie jetzt mit dir zusammen ist, habe ich gedacht, es ist so absolut logisch. Ein Mann, der nicht weglaufen kann. Der ihr das Haus repariert und keine Ansprüche stellt. Und ihr vor allem nicht zu nahe kommt. Pragmatisch, ja, das war sie schon immer. Man könnte auch sagen: berechnend.«

Erik blieb ganz ruhig. »Ich verstehe, dass du traurig bist. Und ich glaube, dass du das, was du jetzt sagst, gar nicht so meinst und es dir irgendwann leidtun wird. Denkst du nicht?«

»Mag sein.« Robert stand langsam auf. »Ich habe dich immer sympathisch gefunden«, fuhr er fort. »Und deshalb warne ich dich. Sie wird dich verlassen, wenn du deinen Zweck erfüllt hast und zu nichts mehr nütze bist. So, wie sie es mit mir gemacht hat.«

Er schwankte leicht, als ob er einen Schlag auf den Kopf bekommen hätte, und musste sich am Türrahmen festhalten. Er schien sich nicht erinnern zu können, wie er hierher, in dieses Haus, gekommen war; und wie er jemals wieder herausfinden sollte. Schließlich kam er wieder zur Besinnung und machte einen Schritt in Richtung Flur.

»Ich hätte nicht gedacht, dass du uns aufgibst«, sagte er zu Gesa. »Ich dachte, du wärst stark genug.«

»Deine Bankverbindung. Die brauche ich noch.« Gesa hätte gerne etwas anderes erwidert, etwas Abgeklärtes, der Situation Angemessenes, statt Zuflucht hinter peinlichen Formalitäten dieser Art zu suchen. Aber Robert schien sie nicht einmal gehört zu haben.

»Soll ich dich zum Bahnhof fahren?«, fragte Erik ihn.

»Nein danke«, sagte Robert. Er drehte sich noch einmal zu Gesa um. »Bitte grüß Elina von mir. Und sag ihr, dass ich sie lieb habe. Willst du das tun?«

Robert drückte den Türgriff herunter, trat ins Freie; dann ging er, zögerlich, unsicher einen Fuß vor den anderen setzend, ein Bild des Jammers und der Vernichtung.

Gesa riss ihren Blick von ihm los und wandte sich Erik zu. »Es war gut, dass du gekommen bist. Du siehst ja, in welchem Zustand er ist. Aber vor dir wollte er sich keine Blöße geben.«

»Mach dir keine Vorwürfe«, sagte Erik. »Er kommt schon wieder auf die Füße.«

»Hoffentlich.«

»Ich verrat dir mal was.« Sein Gesichtsausdruck war schwer zu deuten; nicht schadenfroh, aber doch durchdrungen von einem gewissen, kaum zu unterdrückenden Triumph. »Immer, wenn ich euch beide früher zusammen gesehen habe, dachte ich: Er wird sie verlieren. Einfach so, es war ein Gefühl, das ich hatte. Nicht an mich«, fügte er hinzu. »Das habe ich nie gedacht. Aber an jemand anderen. Weil du einfach zu gut für ihn warst.« Er zog Gesa fest an sich. »Mach dir keine Vorwürfe«, wiederholte er. »Ich glaube, du hast dein Bestes getan. Und er, er sollte dankbar sein. Dafür, dass er dich so lange haben durfte.«

20.

Am Sonntag darauf kam Erik abends zu ihr.

Sie hatten sich in den vergangenen zwei Wochen nicht viel gesehen. Ihm war es nicht gut gegangen. Oft war ihm schwindelig, er schwitzte stark und fühlte sich unsicher auf den Beinen. Genaueres hatte er Gesa nicht sagen können oder wollen.

Sein schlechtes Befinden hatte ihn allerdings nicht davon abbringen können, sein Versprechen zu halten und Gesas Waschmaschine anzuschließen. Er hatte lange im Baumarkt herumgesucht, bis er all die Teile gefunden hatte, die er brauchte, und dann noch mindestens drei Stunden bei ihr zu Hause herumgewerkelt, bis er ganz und gar zufrieden war. Gesa hatte ihm angeboten, einen Installateur zu bestellen. Aber davon hatte er nichts wissen wollen.

Heute Abend schien es Erik wieder besser zu gehen. Sein Gesicht war weniger sorgenvoll, seine Bewegungen sicherer und sein Lächeln gewohnt spitzbübisch. Er war mutig genug gewesen, um sie zu einem spielerischen Kampf auf dem Sofa herauszufordern, und stark genug, um diesen oben im Schlafzimmer mit einem Sieg über die Schwäche seines Körpers zu Ende zu bringen.

»Was meinst du, wie oft ich mir in den letzten zwei Wochen gewünscht hatte, dass es mir doch nur ein kleines bisschen besser gehen möge«, sagte er grinsend.

»Vielleicht waren es nur die Nachwirkungen vom Umzug«, sagte Gesa. »Du hast dich so ins Zeug gelegt. Das alles war doch sehr, sehr anstrengend.«

»Ja, vielleicht«, sagte er kurz, und sie wusste, dass er nicht weiter darüber sprechen wollte. »Wann wird dein Bett denn nun endlich geliefert?«, fragte er sie stattdessen.

»Nächsten Donnerstag. Irgendwann am Nachmittag. Willst du mir beim Aufbauen helfen?«

»Na klar.«

»Und hast du schon mit Joke gesprochen? Du weißt schon, wegen Übernachten.«

»Noch nicht … Aber ich bin sicher, sie wird einverstanden sein. Weißt du, bei ihr hat sich auch etwas ergeben.«

»Etwas ergeben?«

»Sie hat heute Abend auch ein Date. Mit Robin.«

»Mit Robin? Dem Robin?«

Er nickte. »Sie hatte ja seit einiger Zeit schon immer mal wieder ein bisschen im Internet geguckt … Aber da sind zu viele Freaks unterwegs, war nichts Passendes dabei. Mit einem hatte sie sich sogar verabredet, der hat sie aber versetzt. Ist einfach nicht gekommen. Und einem anderen, den sie ganz nett fand, ging es offensichtlich nur um die eine Sache, das war ihr dann doch zu heftig. Tja, und nun eben Robin. Der behauptet, dass er schon länger in sie verliebt ist.« Er zuckte die Achseln. »Na ja, weißt ja, wie ich über ihn denke. Ich hoffe bloß, dass er nett zu ihr sein wird. Mit uns beiden ist alles so wunderbar, *meisje*. Das würde ich ihr auch wünschen. Sie hat es verdient.«

Anfang der nächsten Woche begann Joke mit dem Renovieren in Gesas Wohnzimmer. Sie brachte einen Tapeziertisch mit. Alles, was sie sonst noch brauchten, Kleister, Tapetenrollen, Spachtel, Teppichschneider, hatten sie in der Woche zuvor gemeinsam im Baumarkt besorgt.

Am Donnerstagmorgen kam Joke schon gegen zehn Uhr zu Gesa.

»Ich kann über Mittag bleiben«, sagte sie. »Erik holt die Kinder von der Schule ab und geht mit ihnen zu seiner Mutter essen. Da kann ich mal richtig was schaffen heute. Er sagt, du sollst ihm Bescheid sagen, wenn die Möbel da sind.«

Gesa ging mit Joke in die Cafeteria ein paar Straßen weiter und lud sie zum Lunch ein. Während des Essens erzählte Joke ihr von Robin. Vor ein paar Wochen habe er sie gefragt, ob sie Lust habe, mal mit ihm zum Einkaufen nach Meppen zu fahren. So habe es angefangen. Das Date am Sonntag sei sehr nett gewesen. Sie ließen es langsam angehen, sagte Joke; nur ein paar Küsschen, mehr sei da noch nicht gewesen.

Ihr vor ihr auf dem Tisch liegendes Smartphone gab ein quietschendes Babylachen von sich.

»Von Robin.« Sie las die Nachricht, die er ihr geschickt hatte, und hielt Gesa das Display vor die Nase. Seh ich dich heute Abend, stand dort in einer rosa Sprechblase, mit einem Herzchen dahinter. Jokes Finger glitten mit rasender Flinkheit über die Tasten.

»So, muss ich heute Abend auch nicht allein zu Hause sitzen, wenn Erik zu dir kommt.« Sie lächelte zufrieden. »Jetzt bin ich mal an der Reihe, ein bisschen Spaß zu haben. In der letzten Zeit war er ja beinahe mehr bei dir als bei uns.«

Gesa stand auf und fragte Joke, ob sie auch noch Apfelkuchen und Kaffee wolle.

»Erik war ja total eifersüchtig, weil ich mit Robin nach Meppen gefahren bin«, fing Joke wieder an, als Gesa mit dem Tablett zurückgekommen war. »Hab ich wohl gemerkt. Er geht ja auch so gern mit mir einkaufen. Aber er braucht sich keine Sorgen zu machen.« Sie hielt kurz inne und dachte mit gerunzelter Stirn nach. »Ich lieb nur ihn. Das hab ich Robin auch gesagt.«

»Und das ist okay für ihn?«

Joke nickte. »Klar. Man kann doch trotzdem nette Abende miteinander verbringen. Tut ihr ja auch, Erik und du.«

Gesa hielt ihre Kaffeetasse umspannt und warf einen Seitenblick auf die große Uhr an der Wand. »Und Robins Frau?«

»Ach, die ist doch weg. Wusstest du das nicht?« Joke schnaubte; ihre Nasenflügel blähten sich verächtlich. »Vor einem halben Jahr durchgebrannt mit einem anderen. Hat ihn mit drei Kindern sitzenlassen.«

Wieder quietschte das Smartphone dazwischen.

»Erik. Kinder sind in der Schule, er ist wieder zu Hause.«

Es war Gesa nicht neu, dass Joke an ihrem Smartphone hing wie ein Junkie an der Nadel. Es war immer in ihrer Reichweite; ihr gesamtes Leben schien darin enthalten zu sein, komprimiert und flachgepresst, sodass es in ein wenige Zoll breites und langes Gehäuse passte. Es hatte unbedingten Vorrang, immer und überall. Ein Laut, und die Realität wurde beiseitegelegt, im buchstäblichen wie im konkreten Sinne.

Wie Pingpong ging es in den nächsten dreieinhalb Stunden zwischen Joke und Erik hin und her: Erik hatte seine Tabletten verlegt; einer der Neonsalmler war verendet (angehängt hatte er ein Foto des kläglich mit seinem weißen Bauch nach oben treibenden Fisches); der Eintopf fürs Abendessen musste aus der Tiefkühltruhe (aber welcher Eintopf und aus welcher Tiefkühltruhe nur); ein Milchkarton war ausgelaufen. Normalerweise nahm Gesa kaum Notiz von dem Joke auf Schritt und Tritt umgebenden virtuellen Geplapper, an dem sie ihre Umgebung ganz unbefangen teilhaben ließ, ob diese darauf nun Wert legte oder nicht. Aber heute Nachmittag ertappte sie sich dabei, dass sie anfing, auf die Geräusche von Jokes Telefon förmlich zu warten, mit einem flauen Gefühl im Magen, so wie man auf das nächste unangenehme Ziepen in einer undichten Zahnfüllung wartet. Leugnen war zwecklos; es reizte sie auf, dass Erik und seine Frau offensichtlich keinen Schritt machten, keinen Handschlag taten, keinen Gedanken fassten, ohne darüber in Echtzeit kommunizieren zu müssen.

Sie fragte sich, was dahintersteckte, und stellte bestürzt fest, dass es ein Gefühl des Ausgeschlossenseins war, das da dumpf bohrte, wie es ein Kind verspürt, das am Zaun steht, sehnsüchtig zum Spielplatz hinüberblickt und weiß, dass es nicht mitspielen kann. Als hätte sie ihre Gedanken gelesen, fragte Joke sie in diesem Moment, warum sie eigentlich kein Smartphone habe, das wäre doch gut, dann könne sie auch mit Erik chatten. Gesa fiel nichts Besseres ein, als zu antworten, dass sie nicht das Bedürfnis habe, Eriks kostbare Zeit mit den banalen Details ihres Alltags in Anspruch zu nehmen, und das in einem Ton, der deutlich bissiger ausfiel als beabsichtigt.

Kurz vor drei gab Joke Gesa das nächste Update.

»Er holt die Kinder von der Schule ab, ich kann also noch bleiben. Nun will er auch noch den Rasen mähen. Wenn ihm das mal nicht zu viel wird.« Joke schüttelte den Kopf, wie über einen unartigen Lausbub, auf den man viel zu stolz ist, um ihn ernsthaft zu tadeln. »Aber so ist er nun mal, mein Mann. Und außerdem ist der Rasen wirklich mal wieder dran.«

Um halb fünf, nach einer weiteren Nachricht, hatte sie es mit einem Mal sehr eilig.

»Ist es okay, wenn ich die Sachen hier so einfach stehenlasse?«, fragte sie ein wenig schuldbewusst. »Erik kann nicht mehr, ich muss jetzt mal schnell nach Hause.«

Gesa sagte, es sei schon in Ordnung, sie werde alles wegräumen, und überreichte Joke ihren Wochenlohn. Sie registrierte, wie erleichtert sie war, dass Joke ging. Es war anstrengend, stundenlang allein mit einem Menschen zu sein, ohne das Gefühl zu haben, dass die mit ihm geteilte Schnittmenge sich langsam, aber sicher vergrößerte.

»Danke, Geesje.« Joke ließ ihren Blick prüfend an der fertig tapezierten Wand von der Wohnzimmertür zur Terrasse entlang wandern. »Sieht doch schon ganz prima aus, oder?«

»Ja. Prima.«

»Nächste Woche komm ich wieder.«

»Ist gut.«

Joke umarmte sie zum Abschied und lächelte. »Lange bleibt

Erik heute Abend aber nicht. So erledigt, wie der nach diesem Tag sein wird.«

»Können wir uns bitte mal unterhalten?« Gesa erwartete Erik im Wohnzimmer, an den Rahmen der Küchentür gelehnt, mit aggressiv verschränkten Armen.

»Klar.« Er stellte seinen Werkzeugkasten ab. »Was ist denn los? Du siehst so sauer aus.« Er war sofort verunsichert. »Hab ich was falsch gemacht?«

»Es ist jetzt zwanzig nach acht. Die Möbel wurden vor fast drei Stunden geliefert, wie du weißt.«

»Ja und?«

»Ich hatte ehrlich gesagt gehofft, dass du etwas früher hier sein würdest.«

»Was soll das?« Er ging in die Defensive. »Vorhin hast du mir noch geschrieben, dass ich mich nicht zu beeilen brauche. Okay, denk ich, kann ich also noch in Ruhe essen. Und dann kriege ich um zehn vor acht plötzlich diese Mail, dass der Tisch schon halb aufgebaut ist. Ich bin losgerast wie ein Wahnsinniger, obwohl ich Kopfschmerzen hatte und mich gern noch ein bisschen ausgeruht hätte.«

Sein Gesicht war blass und angespannt. Gesa begann ihre Heftigkeit zu bereuen. Aber noch war sie zu enttäuscht von dem langen Warten auf ihn, zu frustriert von dem Gefühl, am Ende doch wieder alles alleine machen zu müssen, um jetzt schon einzulenken.

»Aber wann hattest du denn vor, hier zu sein? Um neun, um halb zehn? Guck mal, wie es hier aussieht.« Sie machte eine wild fuchtelnde Handbewegung in Richtung Küche, in der sich offene Kartons, zerfetzte Plastikhüllen und in Kügelchen zerbröckelnde Schaumstoffplatten übereinander türmten. »Seit Monaten lebe ich im Chaos. Ich will, dass das jetzt endlich mal aufhört.«

»Und da kannst du nicht noch eine Stunde länger warten?«
Es war das erste Mal, dass sie ihn wütend sah. Wütend auf
sie. »Ich habe mich heute um die Kinder gekümmert, damit
Joke hier bei dir tapezieren kann und es schneller vorangeht
mit deinem Wohnzimmer. Du kannst dir das vielleicht nicht
vorstellen, aber das ist für mich sehr anstrengend. Was soll ich
denn noch machen?«

»Vielleicht mal das Rasenmähen lassen, an dem Tag, wenn
du mir versprochen hast, mir beim Möbelaufbauen zu helfen?«

»Ich dachte, ich schaff das noch. Wo es heute doch gerade
trocken war …«

»Ich verstehe das ja. Aber …«

»Nichts verstehst du«, unterbrach er. Seine Stimme klang
hell, empört, kurz vorm Überschlagen. »Du hast ja keine
Ahnung, wie das ist, wenn man sein Bestes tut und alle einem immer nur noch mehr Druck machen.« Er packte seinen
Werkzeugkasten. »Mir wird das jetzt alles zu dumm hier. Ich
gehe.«

»Bitte geh nicht.« Gesa nahm verzweifelt seine Arme und
legte sie um sich. »Das ist nicht fair. Meinst du, ich will, dass
du herkommst, wenn es dir nicht gut geht?« Sie fühlte das Ste-
chen von aufsteigenden Tränen in ihren Augen. »Aber du musst
schon mit mir reden. Ich will von dir hören, wie es dir geht,
was du kannst und was nicht. Nicht von Joke, die mir dann so
ganz nebenbei im Weggehen steckt, dass du heute Abend nicht
lange bleiben wirst, weil du ja so kaputt bist von diesem Tag.«

»Das hat sie gesagt?«

»Es klang für mich so, als habe sie das zu entscheiden.« Gesa
sank auf einen der neuen Küchenstühle. »Ehrlich gesagt glaube
ich, dass sie eifersüchtig ist.«

»Ist sie nicht.«

»Sie hat sich heute aber so verhalten.«

»Dazu hat sie doch überhaupt keinen Grund. Sie hat ja sogar

selbst wieder ein Date mit Robin heute Abend.« Er schüttelte abwehrend den Kopf. »Nein. Das bildest du dir nur ein.«

Sie hätte nicht davon anfangen sollen; es war zwecklos und belastete ihn nur. Gesa strich mit dem Finger über die glänzende Platte des Tisches. »Guck mal«, sagte sie. »Habe ich ihn ordentlich aufgebaut?«

Erik trat einen Schritt näher, besah sich die Schrauben, mit denen die Tischbeine befestigt waren, und setzte den Schraubenschlüssel an. »Kann alles noch fester.« Er kniete sich hin und drehte die Schrauben nach. »Jetzt ist es gut.« Er zog den anderen Stuhl zu sich heran und setzte sich. »Und jetzt? Was ist mit dem Bett? Machen wir das nun oder nicht?«

Gesa ging hinter ihm und sah, wie schwer es ihm fiel, die Treppe zum ersten Stock hochzukommen. Er zog sich mit beiden Händen am Geländer entlang.

»Hätte ich gewusst, wie es dir geht, niemals hätte ich dich hierherkommen lassen«, sagte Gesa leise. »Ich hoffe, das weißt du.«

Er lachte trocken auf. »Weiß ich. Darum hab ich es dir ja auch nicht gesagt.«

Das Bett bestand nur aus drei Teilen, die ineinandergesetzt werden mussten. Es war eine Sache von zehn Minuten.

Sie erinnerten sich beide daran, wie sie das Bett ausgesucht hatten und jeder in dem Einrichtungsgeschäft sie für ein ganz gewöhnliches, frisch verliebtes Paar gehalten hatte, das Möbel für seine gemeinsame Wohnung kaufte. Sie hatten sich übermütig ein bisschen hin- und hergerollt und sich ausgemalt, wie sie in diesem Bett zum ersten Mal zusammen einschlafen und aufwachen würden. Es war zum Sinnbild geworden, dieses gemeinsame Bett, für das Bisschen mehr Normalität, nach der sie sich in letzter Zeit immer öfter gesehnt hatten. Nun stand es da, noch mitten im Raum, abweisend in seiner nackten Wuchtigkeit. Sie setzten sich still nebeneinander auf die Bettkante. Er sah jetzt sehr leidend aus.

»Möchtest du dich hinlegen? Kann ich irgendetwas tun?«

»Einen Moment hinlegen … Vielleicht geht es gleich wieder etwas besser. Und ein Eimer … Diese Kopfschmerzen … Kann sein, dass ich mich übergeben muss.«

»Was ist mit den Tabletten, die Joke neulich für dich hier gelassen hat? Helfen die?«

»Das sind die falschen …« Er drückte ihre Hand. Seine Finger fühlten sich feucht und kalt an. »Tut mir leid … Dass dieser Abend jetzt so läuft.«

»Das ist doch ganz unwichtig«, sagte Gesa. »Beim nächsten Mal steht das Bett an der richtigen Stelle … Schön bezogen … Und die ganze Pappe ist weg … Dann wird alles so sein, wie wir es uns vorgestellt haben.«

Er nickte und schloss die Augen. Eine Dreiviertelstunde verging. Er lag da, stöhnte unterdrückt, quälte sich.

»Was machen wir mit dir?« Gesa hatte jetzt Angst. »Du solltest zu Hause sein, in deinem Bett. Soll ich dich fahren?«

»Aber was ist mit Elina? Du kannst sie doch nicht alleine lassen.« Er rappelte sich hoch. »Nein. Ich fahre selbst. Schaff ich schon.« Er nestelte nach seinem Telefon. »Eben Joke Bescheid sagen. Tja, das war dann ihr Date. Noch eine Frau, der ich den Abend versaut habe.«

Gesa stützte ihn auf der Treppe; irgendwie schafften sie es nach unten. Sie begleitete ihn bis zum Auto. Er versprach, sich zu melden, sobald er zu Hause war.

Gesa setzte sich auf das Sofa im Wohnzimmer und starrte auf das Display ihres Handys, bis seine Nachricht kam. Sie machte das Licht aus, ging nach oben und rollte sich dicht neben Elina zusammen. Aber nicht einmal das ruhige Atmen ihrer Tochter half ihr an diesem Abend, Schlaf zu finden.

21.

Nein, er ist noch nicht wieder der Alte«, sagte Joke.

Es war ein Freitagmorgen Anfang Oktober. Joke hatte gerade die erste Wand in Gesas Wohnzimmer fertiggestrichen. Nun saßen sie bei der Teepause in Gesas Küche und redeten über Erik.

»Meinst du denn, das kann wieder werden?« Gesa sah Joke zweifelnd an. Sie dachte daran, was Erik ihr letzte Woche, als sie ihn besuchte, ohne Umschweife eröffnet hatte: Dass er von der Hüfte an nichts mehr spüre. Gar nichts mehr.

Joke stülpte die Unterlippe vor und wiegte den Kopf. »Abwarten. In zwei Wochen muss er ja ins Krankenhaus, zum MRT, dann wissen wir mehr.«

Ihr hatte Erik gesagt, dass der Arzt von einer weiteren drastischen Verschlechterung der MS ausgehe und eigentlich nur noch die Bestätigung für seine Vermutung wolle. Daher habe er den MRT-Termin im Krankenhaus veranlasst. Daran musste Gesa jetzt denken.

»Tja, das Schlimmste ist, dass mit Sex jetzt Schluss sein könnte ... ein für allemal«, sagte Joke in diesem Augenblick. »Wir machen natürlich alles, um die Sache wieder in Gang zu kriegen. Neulich hab ich es sogar mit einem Dildo bei ihm versucht, hinten rein, meine ich ...« Sie kicherte bei der Erinnerung daran. »Hoch kriegt er ihn ja noch, komischerweise, aber das Gefühl ist einfach weg. Blöd, nicht. Auch für mich ja.«

Die rohe Wucht von Jokes Worten ließ Gesas Atem stocken. Sie wollte sich die Hände über die Ohren legen, Joke schütteln, sie anschreien; alles zugleich.

»Vielleicht solltet ihr es fürs erste lieber sein lassen«, sagte sie mühsam beherrscht. »Mit jedem Misserfolg wird es doch nur schlimmer.«

Joke bedachte es. »Vielleicht hast du Recht. Aber er ist ja so am Drängen ... Will es unbedingt immer wieder probieren.« Sie seufzte. »Ist natürlich hart für ihn, wenn es nicht wieder wird, aber ich lieb ihn ja trotzdem. Sag ich ihm auch immer wieder.« Wegen der veränderten Umstände, fügte sie hinzu, könne sie nun auch Robin nicht mehr sehen. Sie wolle Erik das nicht antun.

Gesa dachte daran, was Erik ihr gesagt hatte. »Aber er würde sicher nicht wollen, dass du seinetwegen nur noch zu Hause hockst«, wandte sie ein. »Er fühlt sich doch sowieso schon schuldig, weil er dich so an sich bindet. Er würde wollen, dass du dir einen netten Abend machst.«

»Wir haben auch nette Abende, Erik und ich«, sagte Joke beleidigt.

»So meinte ich es nicht ... Weißt du, manchmal hilft es, mit jemandem zu sprechen ... Der nicht so da drin steckt. Dadurch sieht man die Dinge anders.« Wie so oft wusste Gesa nicht, ob das, was sie sagte, Joke erreichte oder nicht. Sie ließ einen weiteren Testballon steigen. »Das ist es auch, was Erik bei mir gesucht hat, glaube ich. Jemanden, der die Dinge anders sieht.«

»Ich verstehe, was du meinst, Geesje.« Joke nickte ernsthaft. Sie legte Gesa den Arm um die Schulter. »Er wird schon wieder zu dir kommen. Hab mal noch ein bisschen Geduld. Und wenn nicht, können wir ihm ja auf jeden Fall Fotos schicken, dann weiß er, wie es hier bei dir jetzt aussieht.« Ihr Gesicht nahm einen bekümmerten Ausdruck an. »Ich hab ihn ja mal so betrogen«, sagte sie in einem plötzlichen Gedankensprung. »Ich schäm mich jetzt noch, wenn ich daran zurückdenke.«

Gesa sagte, dass Erik es ihr gegenüber erwähnt habe.

»Damals wollte er sich sogar von mir trennen«, fuhr Joke fort. »Und ich war mir danach auch nie mehr ganz sicher, ob er nicht doch noch mal irgendwann gehen würde.«

»Was heißt sicher ... Sicher kann man sich da doch nie sein«, sagte Gesa unbehaglich. Etwas an Jokes Tonfall ließ ihr einen Schauer über den Rücken laufen.

»Doch, jetzt schon«, sagte Joke und lächelte breit. »Der läuft mir nicht mehr weg. Jetzt nicht mehr.«

Den größten Teil der Herbstferien verbrachte Gesa auf dem Sofa in Mareikes Wohnung. Sie las viel, sah sich Filme an, einen nach dem anderen, schlief, wann immer ihr danach war, und machte lange Spaziergänge im Wald, während Mareike bei der Arbeit war. Sie erinnerte sich nicht, jemals zuvor ein so erdrückendes Ruhebedürfnis gehabt zu haben, und versuchte auch nicht, dagegen anzukämpfen.

Erik und sie schrieben sich weiterhin, aber seine Nachrichten waren spärlicher und kürzer geworden. Es gab nicht viel zu berichten; im Moment war kaum noch Raum für irgendetwas anderes außer der Krankheit, die ihn nun ganz in Anspruch nahm, körperlich und geistig. Er habe starke Schmerzen, schrieb er; der Arzt versuche es mit einer neuen Medikamentenzusammensetzung, die bislang aber noch nicht so gut anschlage. Das Laufen sei mühsam und sein Geschlechtsteil nun ganz und gar gefühllos. Und nein, er habe an sich keine Hoffnung, dass die Ausfälle jetzt noch wieder zurückgehen würden. Das hätte sonst längst passieren müssen, innerhalb von einer oder zwei Wochen, höchstens.

Einmal meldete er sich zwei Tage lang gar nicht, wofür er sich in seiner folgenden Mail entschuldigte. Nun sei auch noch eine schwere Erkältung hinzugekommen. Habe er das eine nicht, dann eben das andere, witzelte er; irgendetwas aber sei immer, er habe schon ganz vergessen, wie es sei, sich einfach nur gut zu fühlen. Trotz allem aber sendete er ihr Küsse am Ende jeder Mail, versicherte ihr, dass er an sie denke. Nie vergaß er, sie zu fragen, wie es ihr ging, und ihr einen schönen Tag zu wünschen. Sogar Mareike ließ er grüßen.

Gesa träumte, immer denselben Traum, mehrere Nächte hintereinander; nur die Szenerie veränderte sich. Erik und sie gingen auf eine Reise. Wohin, wusste sie nicht, es war auch nicht von Bedeutung. Sie trafen sich an einem verabredeten Ort und bestiegen zusammen einen Bus oder ein Schiff. Nie hatten sie Gepäck dabei. An ihnen vorbei zogen Frühlingslandschaften unter einem hohen, blassblauen Himmel und weißen, dahingetupft leichten Wolken. Immer hielten sie sich bei der Hand und saßen eng aneinandergelehnt da. Aber nie erreichten sie zusammen ihr Ziel. Immer war Erik vorher nicht mehr da. Er war ihr abhanden gekommen. Sie wusste nicht, wie das hatte geschehen können, suchte panisch nach ihm und fand ihn nicht, und die überwältigende Freude, von der sie gerade eben noch so vollkommen ausgefüllt gewesen war, wurde schlagartig von dem niederdrückenden Schmerz verdrängt, ihn verloren zu haben.

Am Samstag vor Gesas Abreise unternahmen Mareike und sie einen Ausflug an die Landungsbrücken. Es war einer dieser letzten warmen Oktobertage, an denen die ganze Stadt auf den Beinen zu sein schien. Sie setzten sich in ein Café, erfreuten sich an der Aussicht auf die Dockanlagen und Kräne am Ufer gegenüber und ließen sich von der Nachmittagssonne das Gesicht streicheln. Barkassen zogen ruhig ihre Bahn durch das Hafenbecken, Möwen kreisten über dem Wasser, das Wasser schwappte träge gegen den Ponton.

»Erik hätte es gefallen hier«, sagte Gesa. »Es ist nicht fair. Was hat er denn schon groß verlangt vom Leben.«

»Vielleicht kommt er ja doch noch mal hierher, wer weiß«, sagte Mareike.

Gesa schüttelte den Kopf. »Vorgestern hat er die Ergebnisse der MRT-Untersuchung bekommen.«

»Und?«

»Er hat nichts von sich hören lassen. Mittwoch habe ich die letzte Nachricht von ihm bekommen.«

»Und was bedeutet das deiner Meinung nach?«

»Was bedeutet es denn deiner Meinung nach?«

Beide schwiegen einen Moment.

»Er wird nirgendwo mehr hingehen«, sagte Gesa dann. »Nicht einmal mehr zu mir nach Emmen wird er es noch schaffen.«

»Er darf jetzt auch nicht mehr Autofahren, oder?«

»Nein. Zurzeit nicht. Zu viele Medikamente, zu instabil.«

»Aber du könntest ihn ja immer noch abholen, mit zu dir nehmen und wieder nach Hause bringen.«

»Theoretisch schon. Die Frage ist, ob er es ertragen kann.«

»Was ertragen?«

»Mir nicht mehr als Mann gegenübertreten zu können. Sondern als bemitleidenswerter Invalide.«

»Aber das ist doch absurd«, sagte Mareike. »Nur weil bestimmte Körperfunktionen ausfallen, ist er doch deswegen nicht weniger Mann als vorher. Und schon gar kein anderer Mensch als der, den du liebst.«

»Sehr schön gesagt. Aber ich weiß nicht, ob er das wird annehmen können.«

Wieder trat ein kurzes Schweigen ein.

»Was wirst du tun?«, fragte Mareike schließlich.

»Ich habe immer gewusst, dass ich irgendwann nur noch Krankenbesuche würde machen können«, sagte Gesa. Sie seufzte. »Nur nicht, wie bald schon es so weit sein würde.«

Am Dienstagabend nach Wiederbeginn der Schule trafen Gesa und Joke aufeinander, als sie ihre Kinder zur Turnstunde brachten.

»Und, schöne Ferien gehabt?«

Erik hatte sich nicht wieder gemeldet, und Jokes glattes Gesicht gab nichts preis. Sie machten ein wenig Smalltalk, dann fragte Gesa, ob es Joke recht sei, wenn sie gleich mit zu den Mulders kam, um zu schauen, wie es Erik ging. Die Frage, die sie am liebsten gestellt hätte – ob Joke glaube, dass Erik sie gerne sehen würde –, verbot sie sich. Es war demütigend genug, dass Erik sie nicht eingeladen hatte zu kommen und sie nun Joke um Einlass bitten musste, als sei diese eine Türwächterin, die sie (theoretisch zumindest) auch abweisen konnte. Mehr Macht wollte sie ihr nicht geben.

Joke lächelte. »Sicher. Komm ruhig mit. Er findet es ja doch immer fein, dich zu sehen.«

Gesas Herz schlug bis zum Hals, als sie das Wohnzimmer der Mulders hinter Joke betrat. Ihr Mund war trocken. Noch vor sechs Wochen wäre ihr der Gedanke, dass er sie vielleicht überhaupt nicht sehen wollte, ganz und gar abwegig vorgekommen.

Erik saß in seinem Spezialsessel neben dem Aquarium, die Fernbedienung in der Hand, und starrte auf den Flachbildschirm des riesigen Fernsehers. Er hatte dunkle Ringe unter den Augen, und sein rechter Arm lag in eigenartig verkrampfter Haltung in seinem Schoß. Seinem Gesicht war anzusehen, dass er sie nicht erwartet hatte. Sie trat auf ihn zu und küsste ihn. Ein kaum merkliches, winziges Zögern, aber dann spürte sie, dass der Kontakt zwischen ihnen wiederhergestellt war.

»Freust du dich, mich zu sehen?«

»Natürlich.« Er drückte sie kurz an sich.

Gesa stand da, über ihn gebeugt, und ihre Haltung wurde unbequem. Sie hätte sich auf das Kunstledersofa setzen können, links oder gegenüber von ihm. Aber sie wollte nicht so weit von ihm weg sein, wie jeder beliebige Besucher es gewesen wäre. Also zog sie sich einen Stuhl aus der Essecke schräg hinter ihr heran.

»Tut mir leid, dass ich nicht mehr geschrieben habe«, sagte er. »Ich weiß, du hast darauf gewartet.«

»Ja, hab ich.« Sie sah ihm in die Augen. »Du hast schlechte Nachrichten bekommen, oder?«

»Ja.« Er wich ihrem Blick aus. »Es ist so, wie ich erwartet hatte. Alle Ausfälle der letzten Wochen sind irreversibel, sagt der Neurologe.« Seine Augen drifteten ab, hin zum Fernsehschirm, auf dem sich zwei ekstatisch johlende Typen auf skurril aufgemotzten Fahrzeugen ein halsbrecherisches Rennen lieferten.

»Du bist trotzdem mein Schatz. Immer.« Joke hatte sich mit einem Glas Cola vor ihm aufgestellt, nahm seinen Kopf zwischen beide Hände und gab ihm einen Kuss auf den Mund, den er geistesabwesend erwiderte.

»Cola, die letzte Freude meines Lebens.« Er griente und hob sein Glas in Richtung Gesa. »Das wenigstens kann mir keiner nehmen.« Er wurde wieder ernst. »Nicht böse sein, dass ich nicht geschrieben habe. Ich muss mich jetzt an eine Menge Veränderungen gewöhnen, wieder mal.« Er schnitt eine Grimasse. »Ich meine, ich wusste ja, dass es so kommen würde, früher oder später. Aber wenn es dann soweit ist, fühlt es sich doch wieder ganz anders an.«

Gesa nahm seine Hand in ihre beiden. »Ich bin nicht böse. Ich möchte nur für dich da sein.«

»Weiß ich doch, *meisje*.« Sie sah, dass er sich sein Lächeln abringen musste. »Hast du übrigens schon mal in dem neuen Bett geschlafen?«

»Nein.«

»Solltest du aber. Ist bestimmt sehr bequem.«

»Ich warte, bis du mit mir darin schläfst. So hatten wir es geplant.«

»Ist gut.« Es war, als könnte sie seine Gedanken lesen. Er wollte keine Hoffnungen nähren, weder ihre noch seine eigenen, sie aber auch nicht ganz abtöten; noch nicht. »Wenn ich kann, komme ich.«

»Versprichst du mir das?«

»Ja.« Er drückte ihre Hand. »Ja. Das schon.«

22.

Hier, Geesje, hast du auch schon gesehen, was wir für unser Aquarium gekauft haben?«

Dass das Kunstledersofa, aus dem an manchen Stellen schon das Futter hervorgequollen kam, gegen eine Sitzecke mit grauviolettem Stoffbezug ersetzt worden war (für die sie, wie Joke erzählte, am vergangenen Samstag mit dem Anhänger bis ganz nach Friesland gefahren waren), hatte Gesa natürlich sofort bemerkt, als sie an diesem Dienstagabend wieder zu den Mulders kam. Aber das ananasähnliche Gebilde mit Fenstern, Eingangstür und Schornstein, das nun in der Mitte des Aquariums thronte, hätte sie ohne Jokes Hinweis sicher übersehen.

»Na, das ist doch das Haus von Spongebob«, half Joke Gesa auf die Sprünge, weil die verständnislos schaute. »Und die Kinder haben beide Tischflipperautomaten bekommen. Alles von dem Geld, das ich bei dir verdient habe.«

»Vergiss nicht, du brauchst auch noch eine neue Krone«, erinnerte Gesa.

»Ach, die hält schon noch.« Joke winkte ab. »Als nächstes sind jetzt erstmal die Ersatzteile für meine Ente dran. Die steht schon so lange hinten bei uns im Hof und fährt nicht mehr.«

Gesa lächelte. »Du musst dich nicht rechtfertigen. Es ist dein Geld. Und dein Zahn.«

Joke lächelte zurück. »Wir sind ja auch noch lange nicht fertig bei dir, Geesje, oder? Für die Krone wird's schon noch reichen.«

Seit dem Ende der Herbstferien vor nunmehr vier Wochen kam Gesa zweimal in der Woche vorbei, am Dienstag- und Freitagabend, wenn die mittlerweile auch in der Leistungsriege des Vereins turnende Elina Training hatte. Gesa und Joke hatten akzeptiert, dass es im Augenblick keine andere Lösung gab, und taten ihr Bestes, zivil miteinander umzugehen. Gesa musste zu Erik kommen, wenn sie ihn sehen wollte; das hatte Joke hingenommen, ohne Einwände zu erheben, zumindest ihr, Gesa, gegenüber nicht. Gesa wiederum musste sich damit abfinden, dass sie nicht mehr mit Erik allein sein konnte. So etwas wie Privatsphäre existierte bei den Mulders nun einmal nicht. Niemand hatte ein eigenes Zimmer, in das er sich hätte zurückziehen können; wahrscheinlich wäre die Idee an sich schon absurd erschienen. Es hätte verdächtig gewirkt, beinahe anstößig, als ob man etwas zu verbergen gehabt hätte. Alles spielte sich im Wohnzimmer ab, in der guten Stube, in der Joke einen ständigen vergeblichen Kampf gegen die durch Hund, Kinder und Sammelwut angerichtete Unordnung führte.

Gesa sagte dieses Arrangement nicht besonders zu, und sie vermutete, dass es Joke nicht anders ging. Umso dankbarer war sie für deren Langmut. Und es gab sogar Abende, an denen sie froher über die Anwesenheit von Joke und den Kindern war, als sie es sich selbst je eingestanden hätte. Es fiel auf diese Weise weit weniger auf, wie sehr Erik darum bemüht war, der Kommunikation mit ihr aus dem Wege zu gehen. Sie konnte Joke in der Küche helfen oder Rick und Louisa etwas vorlesen; irgendetwas tun, damit sie sich weniger fehl am Platze fühlte.

Vielleicht wäre alles anders gewesen, wenn sie mit Erik allein hätte sein können; vielleicht aber auch nicht. Darüber zu spekulieren war müßig. Fest stand jedenfalls, dass es nicht Joke war, die sich zwischen Erik und sie drängte. Erik hatte schon von ganz alleine den Rückzug angetreten.

Seit die Ärzte ihm bestätigt hatten, dass mit einer Besserung nicht mehr zu rechnen war, baute er an einem Schutzwall um sich herum, der jedes Mal, wenn Gesa zu ihm kam, wieder ein wenig dicker und höher geworden zu sein schien. Ob es ihm selbst klar war, wusste Gesa nicht; sie hielt es für eher unwahrscheinlich. Aber die Anzeichen waren unverkennbar.

Das Schreiben hatte er nach der MRT-Untersuchung von

heute auf morgen eingestellt. Damit hatte es angefangen. Eine einzige, schon nicht mehr erwartete SMS hatte sie noch erhalten, an einem Samstagmorgen vor etwa drei Wochen. Er musste sich besser gefühlt haben an diesem Morgen, so gut, dass er gewagt hatte, sie daran teilhaben zu lassen. Aber diese Nachricht war nur ein kurz aufblitzendes, allerletztes Lichtsignal in der Dunkelheit gewesen, auf das kein weiteres mehr gefolgt war, ganz so, als habe er danach nur umso endgültiger erkannt, wie sinnlos es war, noch immer auf die Möglichkeit einer Rettung zu hoffen, durch wen oder was auch immer. Selbst die Absagen überließ er seitdem Joke.

Für den Moment, in dem sie das Wohnzimmer betrat, musste Gesa inzwischen ihren ganzen noch verbliebenen Mut zusammennehmen. Sie sagte sich, dass sie natürlich keine Freudenrufe von ihm erwartete; dass er das Recht hatte, mürrisch und wortkarg zu sein; dass er nicht »nett« sein musste, wenn ihm nicht danach war, nur weil sie zu Besuch kam. Aber dennoch schmerzte es sie jedes Mal wieder, wie zurückhaltend (um nicht zu sagen: abweisend) er geworden war, gerade wenn sie daran zurückdachte, wie überschwänglich er sie früher immer begrüßt hatte. Jetzt schreckte er manchmal hoch, als sei sie ein ungebetener Gast, der ihn in seiner Ruhe störte. Manchmal dauerte es Minuten, bis er ihre Anwesenheit überhaupt zur Kenntnis zu nehmen schien, so vertieft tat er in die Reparatur, die er gerade ausführte, oder in das Computerspiel, das er gerade spielte. Sie musste zu ihm hingehen, ihn ansprechen wie einen Schwerhörigen, ihre Arme um ihn legen, ihn aus der Reserve locken. Hatte ihn früher jedes kleinste Detail interessiert, das mit ihr zusammenhing, vermied er es jetzt, Fragen zu stellen, die ihr Leben betrafen, als ginge ihn das alles nichts mehr an. Wenn sie mit Joke alltägliche Neuigkeiten austauschte, nahm sein Gesicht einen finsteren, verletzten Ausdruck an, und er gab vor, nicht zuzuhören. Dann wieder hielt er atemlose, gehetzte Monologe; über die neue, günstig aus China importierte Kamera, mit der er jeden Raum und den Bereich vor und hinter dem Haus überwachen konnte; über den wirklich sehr gediegenen, so viel besser in der Hand liegenden neuen Stock, den er sich zugelegt hatte; über den Treppenlift, den er beantragen und auch bewilligt bekommen werde, ganz zweifelsohne, angesichts des Zustands, in dem er nun sei.

Eriks mächtigster Verbündeter war der Fernseher. Er lief immer, wenn Gesa vorbeikam. Das war nichts Ungewöhnliches. Aber früher hatte Erik den Ton leiser gestellt, sodass der Fernseher nur mehr eine Art dezentes Hintergrundgeräusch lieferte. Jetzt aber war er zum eigentlichen Hauptakteur geworden. Nichts ging mehr ohne ihn. Eriks Augen hingen wie gebannt am Fernsehschirm, seine Hand umklammerte die Fernbedienung, er reckte sogar unwillig den Hals, wenn jemand ihm die Sicht verdeckte. Geschaut wurde pausenlos und ausnahmslos alles: Vorabendkrimis, Sitcoms, Musikvideos in der Endlosschleife. Nichts kleisterte die Sprachlosigkeit besser zu.

Auch heute Abend wieder mussten Gesa und Joke gegen den Fernseher anreden. Gesa hatte die Rede auf das Carport gebracht, ein Thema, von dem sie hoffte, dass es ihn zumindest kurzzeitig von dem virtuell rekonstruierten mysteriösen Flugzeugunglück auf Discovery Channel ablenkte, dem momentan seine ganze Aufmerksamkeit galt. Zwei Dachdecker habe sie neulich da gehabt, erzählte sie. Der eine hätte das Dach gemacht, für viertausend Euro; der andere habe ihr ein Angebot versprochen, auf das sie noch immer wartete.

Erik schnaubte auf. »Abzocke«, sagte er kurz, ohne ihr den Blick zuzuwenden.

»Anscheinend will niemand es machen.« Gesa zuckte die Schultern. »Vielleicht sollte ich es besser abreißen lassen.«

»Wart noch mal ab«, sagte Joke. »Im Frühling ist Erik bestimmt wieder fit, dann macht er dir das mit Henk.«

»So lange würde ich nicht mehr warten«, widersprach er. »Wenn das Dach richtig kaputt ist und es im Winter viel schneit, kommt ihr der ganze Kram runter.«

»Vielleicht könntest du wenigstens mal dabei sein, wenn ich mit dem nächsten Dachdecker spreche«, warf Gesa ein. »Die nehmen mich als Frau doch sowieso nicht ernst, diese Kerle.«

»Ja, vielleicht.« Das war alles, was Erik dazu sagte.

Gesa ging kurz darauf. Sie drückte ihm zum Abschied die Hand und küsste ihn. Auch diesmal machte er keine Anstalten, sie zu fragen, wann er sie wieder sehen würde.

»Freitag komme ich wieder, ja?«

Er nickte und lächelte schwach. »Ist gut. Aber nicht böse sein, wenn ich dann nur auf dem Sofa rumhänge. Okay? Hat nichts mit dir zu tun.«

Joke begleitete sie zur Tür. »Fährst du die Kinder eben rum?«

»Klar. Sag mal …« Es kostete Gesa physische Kraft, weiterzusprechen. »Ich hatte den Eindruck, ich hätte lieber nicht von dem Carport anfangen sollen.«

»Ach doch, warum denn nicht. Interessiert ihn ja schon.«

»Er scheint so … unbeteiligt auf einmal.«

»Das ist nur, weil er es selbst so schrecklich gerne machen würde und nicht kann.« Joke legte ihr die Hand auf die Schulter. »Sag ihm ruhig Bescheid, wenn der Dachdecker kommt. Wenn er kann, hilft er dir auf jeden Fall.«

Am ersten Dienstag im Dezember erhielt Gesa morgens eine SMS von Joke. Sie teilte ihr mit, dass Erik und sie um siebzehn Uhr einen Termin hätten, daher nachmittags nicht zu Hause seien und die Kinder von Eriks Mutter zum Turnen gebracht und auch wieder abgeholt würden. Auf den Gedanken, Gesa zu fragen, war sie offensichtlich nicht gekommen; zumindest ließ ihre erstaunte Reaktion darauf schließen, als Gesa sie in ihrer Antwort darauf hinwies, dass auch sie in solchen Fällen immer gerne bereit sei, einzuspringen.

Rick und Louisa trafen kurz nach Elina und ihr ein. Hinter ihnen her kam eine ältere Dame, klein und gedrungen, mit akkuratem grauem Kurzhaarschnitt und schweren, müden Lidern über sehr hellen, leicht vorstehenden Augen. Gesa kannte sie von dem Foto, das bei den Mulders im Treppenaufgang hing.

Sie hatte sich mit ihrem Laptop auf die Zuschauertribüne gesetzt, um während der Turnstunde ihre nächste Unterrichtseinheit vorzubereiten. Eriks Mutter blieb neben ihr stehen.

»Hallo«, sagte sie.

Gesa sah vom Laptop auf. »Hallo«, sagte sie überrascht und lächelte.

Eriks Mutter lächelte nicht. »Du bist doch diese Freundin von Erik, nicht?«

»Ich bin so etwas wie eine Freundin der Familie, würde ich eher sagen.« Gesa lächelte noch immer. Aber sie ging in Habachtstellung.

»Ich würde gerne mit dir sprechen«, sagte Eriks Mutter. »Kommst du mal mit nach draußen?«

Sie stand auf und ging Richtung Halleneingang. Gesa folgte ihr nach kurzem Zögern bis in den Vorraum.

»Du bist also Deutsche?« Eriks Mutter musterte sie von Kopf bis Fuß. »Siehst nicht so aus.«

»Was sollten Sie denn mit mir besprechen?« Gesa ließ das brüskierend formelle »Sie« zwischen sich und Eriks Mutter niedergehen wie einen Schlagbaum.

»Ich möchte gerne wissen, was da mit dir und meinem Sohn läuft.«

Gesa steckte die Hände in die Taschen ihres Mantels. »Vielleicht sollten Sie ihn das besser selbst fragen.«

»Hab ich.« Eriks Mutter verzog keine Miene. »Er redete was von guten Freunden.«

»Und, warum glauben Sie ihm das nicht?«

»Weil ich da was anderes höre.«

Vielleicht hatte Henk etwas gesagt. Neulich bei Ricks Geburtstagsfeier hatte er sie und Erik wieder scharf im Blick gehabt. Obwohl es da nicht viel zu sehen gegeben haben konnte; sie hatte sich an Jokes Bitte gehalten, vor den nicht eingeweihten Verwandten Diskretion zu wahren. Vielleicht hatten die Kinder sich aber auch verplappert.

»Also, was hast du vor? Willst du, dass er Joke für dich verlässt?«

»Ich glaube nicht, dass Sie das etwas angeht«, sagte Gesa und wandte sich zum Gehen.

»So, das geht mich nichts an?« Die Augen von Eriks Mutter hatten sich zu Schlitzen verengt. »Und wer pflegt ihn, wenn du mal keine Lust mehr dazu hast? Du hast ja keine Ahnung, was da auf dich zukommen würde.«

Gesa hielt inne. »Ich verstehe Ihre Ängste ja«, sagte sie. »Aber Sie brauchen sich keine Sorgen zu machen. Erik wird Joke nicht verlassen. Das hatte er nie vor.«

»Da bin ich mir nicht so sicher. Vor ein paar Jahren gab es schon mal so eine Frau, die ihm den Kopf verdreht hatte. Da wäre er beinahe auf und davon gewesen.«

Gesa zuckte zurück. »Davon weiß ich nichts«, sagte sie abwehrend. »Ich weiß nur, dass es nicht gut wäre, wenn er seine Familie verließe, für niemanden von uns. Darum würde ich ihn nie dazu drängen. Sind Sie nun beruhigt?«

Eriks Mutter trat einen Schritt auf sie zu. Gesa spürte, wie ihr Blick sich an ihrem Gesicht festsaugte.

»Versteh mich nicht falsch, ich hab gar nichts gegen dich. Ich kapier es nur nicht. Was kann Erik einer Frau wie dir schon bieten? Was willst du mit ihm?«

»Ich will nichts mit Erik«, sagte Gesa. »Ich liebe ihn.«

Eriks Mutter starrte ihr in die Augen. »Ich glaub dir.« Sie

schüttelte den Kopf. »Ich kapier es nicht, aber ich glaub dir. Du bist kein dummes, junges Ding mehr, das irgendwelche Flausen im Kopf hat.«

Es entstand eine Pause. Gesa wartete. Sie wusste, dass noch etwas kommen würde. Das, worum es Eriks Mutter eigentlich ging.

»Weißt du, ich verstehe ja, dass er schwach wird, wenn ihm so was wie du über den Weg läuft. Er hatte immer eine Schwäche für so leicht Exotisches. Und ich hab ihm immer gesagt, er soll sich das mit Joke gut überlegen. Er hätte genug andere haben können.« Das Gesicht von Eriks Mutter drückte Gram aus. »Aber jetzt sind die Dinge nun mal so, wie sie sind. Und er hat es doch auch gut, soll mal nicht klagen, Joke kümmert sich um ihn, seine ganze Familie ist für ihn da, er kann bei seinen Kindern sein. Andere, die so dran sind wie er, müssten ins Pflegeheim!«

»Wenn ich Sie recht verstehe, erwarten Sie also, dass Erik dankbar ist«, sagte Gesa, und ihr war klar, dass es mit ihrer Beherrschung zu Ende ging. »Und damit scheint einherzugehen, dass er keine Freunde mehr haben darf.«

»Du bist nicht einfach nur eine Freundin«, sagte Gesas Mutter heftig. »Erik muss wissen, wo sein Platz ist. Lass ihn in Ruhe.«

Gesa zog die Hände aus den Taschen ihres Mantels, verschränkte sie vor der Brust, stellte die Füße leicht auseinander und reckte das Kinn hoch. Es war diese Haltung, schoss ihr durch den Kopf, die Robert immer so außer sich gebracht hatte. Die »Bulldozerhaltung« hatte er sie genannt. Sie senkte das Kinn ein Stück. »Ich werde ihn in Ruhe lassen«, sagte sie fest. »Wenn es das ist, was er will. Aber das wird er mir dann schon selbst sagen müssen.«

Eine Woche später, als die Kinder außer Haus waren, versuchte Gesa, Erik auf den Vorfall anzusprechen. Aber sie bekam keine

Gelegenheit dazu. Er wich ihr aus, sah an ihr vorbei, im wörtlichen wie übertragenen Sinne, und sprach die ganze Zeit über sehr schnell Dialekt mit Joke.

Um zehn nach fünf klingelte das Telefon. Seine Schwester war am Apparat.

»Riannes Auto springt nicht an. Sie wollte gerade los. Jetzt steht der Wagen auf der Auffahrt. Ich muss da mal eben hin.«

Sein Gesicht hatte sich belebt; ein kaputtes Auto, das war ein Problem, das er lösen konnte. Binnen zwei Minuten war er angezogen. Er gab Gesa einen flüchtigen, entschuldigenden Kuss auf die Wange und machte sich auf den Weg.

Gesa blieb wie erstarrt auf dem Stuhl sitzen, den sie sich herangezogen hatte. Mit einem Mal schienen nur noch die minimalsten Bewegungen möglich, wie etwa das Trinken von Tee in allerkleinsten Schlucken, oder mechanisches Nicken. Sie richtete ihre ganze Anstrengung darauf, so zu tun, als sei nichts Außergewöhnliches passiert, nicht eben gerade und auch nicht in den letzten drei Monaten, während sich irgendwo in ihren Eingeweiden ein ungutes Gefühlsgemenge immer schmerzhafter verknäuelte. Nach zwanzig Minuten war dann auch der Tee ausgetrunken. Gesa stand auf, stellte die Tasse auf der Spüle in der Küche ab und sagte Joke, sie müsse noch zum Spar, etwas besorgen; die Kinder würde sie nach der Turnstunde dann vorbeibringen.

Sie stieg in das vor dem Haus abgestellte Auto und blieb minutenlang reglos hinter dem Steuer im Dunkeln sitzen. Dicke, wässrige Schneeflocken zerliefen auf der Windschutzscheibe und zogen nasse, breit verschwimmende Bahnen auf ihrem Weg abwärts. Gesas Augen blieben trocken. Ihr war nicht nach Weinen; der in ihr entfesselte Aufruhr war (wie sie sehr wohl wusste) vor allem Empörung über die seit Monaten schon an ihr nagende, nun nicht mehr hinnehmbar gewordene Zurückweisung. Die Tränen würden kommen, dann, wenn die narzisstische Kränkung erst einmal in den Hintergrund getreten und nichts geblieben sein würde als unkorrumpierte, klare Traurigkeit.

Sie ließ den Motor an, lenkte den Wagen vom Kantstein weg, kroch langsam im zweiten Gang die kleine Seitenstraße entlang. Zur Turnhalle würde sie fahren, wohin sonst; aber in diesem Moment war ihr, als könne sie den Weg dorthin nicht mehr finden.

In dem auf sie zu wirbelnden, von der Straßenlaterne hell angeleuchteten Flockengestöber tauchte eine Gestalt auf; Erik mit seinem Scootmobil auf dem Weg nach Hause. Gesa fuhr mit einem Ruck rechts heran, drehte den Zündschlüssel um, stieg aus und lief auf ihn zu.

»Oh, du bist's«, sagte er und lächelte, ein wenig verunsichert. »Was machst du denn hier draußen? Ist die Turnstunde schon vorbei?«

»Ich musste weg.« Gesa war an dem Punkt angelangt, an dem ihr die Folgen der Worte, die sich nun endlich Bahn brechen würden, egal geworden waren. »Genau wie du vorhin.«

»Aber das hab ich dir doch erklärt«, sagte er unbehaglich.

»Ich verstehe sehr gut. Du tust deine Pflicht als Sohn, Bruder, Vater und Ehemann. Wahrscheinlich wirst du noch vom Sterbebett aufspringen, wenn einer deiner Familienangehörigen deine Dienste benötigt.«

Er sagte einen Moment lang nichts. Dann nahm er ihre Hand in seine behandschuhte, große.

»Was ist denn los, *meisje*?«

Die einfache Geste entwaffnete sie völlig. »Ich frage mich, ob deine Mutter vielleicht Recht hat«, sagte sie mit dünner Stimme.

Er runzelte die Stirn. »Meine Mutter?«

»Sie hat mir gesagt, ich soll dich in Ruhe lassen. Neulich bei der Turnstunde.«

Er hatte nichts davon gewusst; wie sie vermutet hatte.

»Sie hat Angst, du würdest Joke verlassen wollen«, fuhr Gesa rasch fort. »Weil da vor ein paar Jahren schon einmal eine andere war, wegen der du beinahe gegangen bist.«

»Das hat sie gesagt?« Er schüttelte den Kopf. »Das stimmt nicht … Jedenfalls nicht so. Es ist wahr, ich hatte mich in eine andere verliebt. Heftig sogar. Aber da ist nie etwas gelaufen, darum hab ich dir davon auch gar nichts erzählt. Sie wollte, dass ich sofort alles stehen- und liegenlasse und mit ihr abhaue. Das kam für mich nicht in Frage. Es ging ja nicht nur um sie und mich, sondern auch um vier Kinder, ihre und meine … Wir hatten dann noch eine Weile Kontakt, bis ich krank wurde, und damit hatte es sich sowieso endgültig erledigt.« Er sah ärgerlich und gekränkt aus. »Ich frage mich, was Joke meiner Mutter erzählt hat. Sie weiß doch, dass da nie etwas passiert ist.« Er machte eine Handbewegung, die zum Ausdruck brachte, dass sie, Gesa, sich nicht weiter damit befassen brauche und solle. »Und was hast du meiner Mutter geantwortet?«

»Dass ich dich in Ruhe lassen werde. Aber nur, wenn du selbst mir sagst, dass es das ist, was du willst.« Sie suchte nach seinen Augen. »Und, ist es das, was du willst?«

Er sah betreten aus. »Wie kommst du darauf, dass ich das wollen könnte?«

»Weil du dich in letzter Zeit oft so verhältst.« Er setzte zum Widerspruch an, aber sie würde sich jetzt nicht mehr unterbrechen lassen. »Es ist, als ob du eine Verteidigungsmauer hochgezogen hast, gegen die ich jedes Mal wieder anrennen muss. Das tut auf Dauer ziemlich weh.« Sie versuchte zu lächeln. »Weißt du, warum ich doch noch immer wiedergekommen bin?« Er antwortete nicht, sah sie nur an, mit gespannter Aufmerksamkeit. »Weil ich in deinen Augen bisher trotz allem immer noch etwas gesehen habe, das mir gesagt hat, dass ich nicht gehen soll. Aber vielleicht irre ich mich auch. Vielleicht willst du, dass ich gehe. Dann solltest du mir das sagen. Jetzt. Sag es jetzt, und ich gehe und komme nicht wieder.«

»Ich will nicht, dass du gehst.« Er hielt ihrem Blick stand. »Es ist nur … Du kannst dir das nicht vorstellen. Mein Körper macht komische Sachen. Alles verändert sich, ständig. Alles ist auf den Kopf gestellt. Ich muss damit erstmal selber klarkommen. Verstehst du?«

Gesa drückte seine Hand. »Ich kann es nur verstehen, wenn du mir auch die Chance dazu gibst. Indem du mit mir darüber redest, zum Beispiel.«

Er nickte. »Ich werd mein Bestes tun. Aber das ist nicht so einfach.«

»Deine Mutter glaubt übrigens, dass ich mir zu fein wäre, dich zu pflegen«, sagte sie. »Wäre ich aber nicht. Ich würde alles machen. Alles. Ich hoffe, das weißt du.«

»Weiß ich, *meisje*.«

Sie beugte sich vor und küsste ihn. »Das ist das erste Mal seit drei Monaten, dass wir uns alleine sprechen. Draußen auf der Straße, und es ist kalt und schneit eklig nass. Und trotzdem fühle ich mich gleich schon so viel besser.«

Er lächelte. »Na, das ist doch schon mal was.«

Am Freitagnachmittag vor Weihnachten waren Gesa und Elina mit den Mulders verabredet, um sich für die Ferien zu verabschieden. Gegen halb vier klingelten sie an der Tür. Niemand öffnete. Gesa prüfte die SMS-Eingänge ihres Handys. Es war keine Nachricht da.

Sie warteten, zehn, fünfzehn Minuten. Dann gingen sie.

Gesa stellte die Tüte mit den Weihnachtsgeschenken vor die Tür.

23.

Sorry, dass ich dir so spät Bescheid gesagt habe«, sagte Joke, als sie sich Anfang Januar nach den Ferien beim Turnen wiedertrafen. »Aber es war auch ein Stress, das kannst du dir nicht vorstellen. Kommst du noch mit zu uns?«

Das schlechte Gewissen war Joke anzusehen. Am zweiten Weihnachtstag hatte sie Gesa eine Mail geschrieben, fast eine Woche, nachdem Gesa und Elina vor verschlossener Tür gestanden hatten, und ihr erzählt, was passiert war. Erik war ins Krankenhaus gekommen, am Donnerstagabend vor Weihnachten, mit akuter Nierenbeckenentzündung.

»Er kann ja schon was ab, wehleidig ist er nicht … Aber er hat richtig geweint vor Schmerzen. Hohes Fieber hatte er auch … Ich hatte wirklich Angst. Nachts um elf ist er dann mit dem Krankenwagen nach Emmen. Er hätte sogar eine Blutvergiftung kriegen können. War schon richtig, dass wir ihn ins Krankenhaus gebracht haben.« Joke nickte, wie um sich selbst der Unumgänglichkeit ihres Handelns zu versichern. »Und dann die Kinder bei Oma unterbringen … Die ganze Nacht nicht geschlafen … Ich weiß, ich hätt früher schreiben sollen. Aber du hättest sowieso nichts machen können.«

»Schon gut«, sagte Gesa. Es war nicht gut. Aber es war sinnlos, Joke Vorwürfe zu machen. »Haben euch die Weihnachtsgeschenke gefallen?«

»Hab ich mich noch nicht dafür bedankt?« Joke schüttelte den Kopf. »Ich sag ja, hier war Stress …« Den »Werner«-Kalender habe Erik schon oben aufgehängt, und die Kinder seien über den Kinogutschein ganz aus dem Häuschen gewesen. »Und weißt du, was toll an der Waage ist, die du mir geschenkt hast? Darauf wiege ich ein Kilo weniger als auf der alten.« Sie kicherte. »Leider haben wir es nicht geschafft, was für dich zu besorgen. Aber unsere Karte hattest du noch bekommen, oder?«

Gesa nickte. Sie hatte die Karte vorgefunden, als sie nach den Ferien aus Deutschland wiedergekommen waren. Es war eine dieser zu bunten, zu glitzernden mit vorgedruckten Weihnachtsgrüßen in eingestanzten Goldbuchstaben auf der Rückseite gewesen. Joke hatte nur noch die vier Namen darunter setzen müssen. Gesa hatte die Karte in den Müll geworfen.

»Wie geht es Erik denn jetzt?«, wechselte sie das Thema.

»Der liegt seit Mittag schon wieder im Bett. Immer ist er müde. Schläft dauernd ein. Vorhin sogar beim Essen.«

Joke holte Gesa noch eine Tasse Tee und setzte sich zu ihr aufs Sofa.

»Ach ja«, sagte sie. »Es ist noch was passiert. Robin hat das mit uns beendet. Kurz vor Weihnachten. Er hat eine andere.«

»Damit war ja aber zu rechnen, oder?« Gesa kam sich ein wenig gemein vor, als sie das sagte. Nüchtern betrachtet hatte sie zwar Recht. Die Frage war aber, ob sie Joke unbedingt darauf hatte stoßen müssen.

»Sicher.« Joke pflichtete sofort durch Nicken bei. Sie verstehe es, fügte sie hinzu; wirklich. Sie habe ihn ja leider nicht mehr sehen und ihm auch nicht in Aussicht stellen können, wann sich das wieder ändern würde. Sie freue sich für ihn, dass er eine Frau gefunden habe, von der er auch tatsächlich etwas hatte. Ach, und eigentlich habe es ihr auch gar nichts ausgemacht. Sie habe ja schließlich schon einen Mann.

»Wir bleiben gute Freunde«, schloss sie.

»Dann ist es ja sicher das Beste so.« Gesa bekam allmählich Übung darin, die Ungeheuerlichkeiten, die Joke gelegentlich auf sie abschoss, an Gemeinplätzen abprallen zu lassen, denen Joke aus vollstem Herzen zustimmen konnte. Noch immer fand sie diese Taktik im Grunde unwürdig. Aber es war schließlich nicht ihre Schuld, dass Joke in ihrem heißen Wunsch nach

Bestätigung nicht sah, wie man Gesas Bemerkung auch hätte interpretieren können. Dahingehend nämlich, dass das Ende dieser Beziehung vor allem für Robin das Beste war.

Joke stand vom Sofa auf und sah auf die Uhr. Sie würde jetzt gerne zur Turnhalle zurückfahren, um die letzte Dreiviertelstunde beim Turnen zuzusehen, sagte sie; Rick habe Probleme mit zwei größeren Mädchen, die ihn immer ärgerten. Ob Gesa nicht mitkommen wolle.

»Ich bleibe lieber hier, wenn es dir nichts ausmacht«, sagte Gesa. »Du kannst dann ja Elina nachher mit zurückbringen. So ist jemand da, falls Erik etwas braucht.«

Jokes Gesicht drückte unangenehme Überraschung aus. »Aber er wird wahrscheinlich ja doch die ganze Zeit nur schlafen«, wandte sie zaghaft ein. Sie schien zu begreifen, dass ihr nichts anderes übrig bleiben würde, als das Feld zu räumen, falls Gesa sich nicht umstimmen ließ.

Gesa lächelte. »Ich muss nicht unterhalten werden. Hab mir Arbeit mitgebracht.«

»Ist gut«, sagte Joke. Ihre Stirn war krausgezogen. »Wenigstens kann ich dann beruhigt weggehen. Und du willst wirklich nicht, dass ich dir den Fernseher anlasse?«

Gesa hatte vielleicht zehn Minuten mit einer weiteren Tasse Tee vor dem Aquarium gesessen, als sie ein Geräusch hörte. Es kam vom Treppenaufgang her. Sie stand auf und trat hinaus in den Flur. Erik saß oben auf der ersten Stufe der Treppe. Er schob sich an die Kante der Stufe heran und ließ sich von dort aus fallen, hinunter auf die zweite Stufe. So rutschte er weiter, von Stufe zu Stufe abwärts.

Er sah sie erst, als er die Mitte der Treppe erreicht hatte, und er war erschrocken, dass sie es war, die dort im Flur stand. Einen Augenblick lang schien es, als ob er nur deswegen nicht kehrtmachte, weil er wusste, dass das nun auch nichts mehr änderte.

»Ich wollte gerade mal runterkommen. Es zumindest versuchen. Wo ist Joke?«

»Beim Turnen, sie wollte zusehen. Brauchst du Hilfe?«

Er schüttelte den Kopf. »Nein, geht schon. Aber wie du siehst, nur noch auf dem Hintern.«

Er kroch wieder vorwärts, stieß sich ab, landete auf der nächsten Stufe. Sein Gesicht drückte verbissene Konzentration aus. Gesa stand noch immer wie angewurzelt im Flur. Ihr erster, unwillkürlicher Impuls war, sich ins Wohnzimmer zurückzuschleichen. Sie kam sich wie ein ertappter Voyeur vor. Aber es wäre feige gewesen, und kränkend für ihn, wenn sie jetzt zurückwich. Und so blieb sie, ohne sich zu rühren, bis er auf der drittletzten Stufe angekommen war.

»Jetzt aufstehen … Geht von der dieser Stufe aus am leichtesten.« Er griff mit einer Hand nach dem Geländer und drückte sich mit der anderen hoch. Es klappte nicht. Er fiel wieder hintenüber. Zweimal noch mühte er sich ab. Vergeblich.

Er murmelte etwas Unverständliches. »Würdest du mir helfen? Stell dich hinter mich … Greif mir unter die Arme. Ja, so. Okay. Eins, zwei, und hoch.«

Er kam schwankend zum Stehen und hielt sich mit beiden Händen am Geländer fest.

»Wie kommst du bloß die Treppe rauf?«

»Das willst du nicht sehen.« Sein Gesicht war rot und verzerrt von der Anstrengung. »Aber in einer Woche bekomme ich ja nun endlich den Treppenlift. Dann beginnt mein neues Leben.« Er angelte nach seinem Stock, der am Geländer lehnte. »Gehen wir ins Wohnzimmer?«

In der Küche roch es säuerlich. Vor dem Kühlschrank lag Funky hechelnd neben einer Lache rötlichgrauer Kotze.

»Soll ich das mal eben wegmachen?«, fragte Gesa.

Erik schüttelte den Kopf. »Das macht Joke nachher schon. Passiert in letzter Zeit öfter. Inkontinent wird er allmählich auch … Na komm, alter Junge, mach dir nichts draus.« Er bückte sich mühsam und verwuschelte Funky das Fell. Der Hund kam schwerfällig auf die Beine und machte ein paar unsichere, schlitternde Schritte über das Laminat. »Baust halt auch nur noch ab, genau wie dein Herrchen.«

Erik ließ sich schnaufend in seinen Sessel fallen. »Einmal die Treppe runter, und ich bin fix und fertig. Das wird wieder Wochen dauern, bis ich mich von dieser Nierenbeckenentzündung erholt habe.«

Gesa fragte, wie es zu dieser Infektion habe kommen können.

»Blasenentleerungsstörungen«, sagte er lapidar.

Funky rollte sich zu seinen Füßen zusammen, legte den Kopf auf die Pfoten und sah mit ergebenem Hundeblick zu ihm auf. Gesa holte Erik ein Glas Cola und setzte sich neben ihn.

»Haben dir deine Weihnachtsgeschenke gefallen?«

Er stutzte. »Hat Joke dir das denn nicht gesagt?«

»Doch. Aber ich würde es schon gerne von dir selber hören.«

»Der Kalender …«

»… hängt schon oben, ja, das sagte sie. Und das Foto, magst du es leiden?«

»Natürlich. Was für eine Frage.« Er wandte den Blick ab.

»Aber?«

Er kämpfte um Worte, die ehrlich waren, schreckte vor ihnen zurück und sagte sie dann doch.

»Wenn ich dein Bild ansehe … dann fällt es mir umso schwerer, weiter Theater zu spielen.«

»Theater spielen?«

»Was meinst du, was ich hier den ganzen Tag mache?« Sein Ton war nicht anklagend; nur müde. »Alle tun sie doch alles für mich. Und dafür soll ich eben zufrieden sein. Ich versuch es ja auch – trotz allem zufrieden zu sein … Aber manchmal ist es schon schwer … Es ist ein Kampf, jeden Tag wieder. Immer nur den Schmerz verbeißen … lächeln … Und wenn ich dann dein Foto angucke ...« Er brach ab. Weiter wagte er sich nicht aus seiner Deckung hervor.

»Für mich brauchst du kein Theater spielen«, sagte Gesa eindringlich. »Hörst du, für mich nicht.«

Er sah sie an, er lächelte, und sein Blick war ganz klar und voller Liebe, wie früher. »Gerade bei dir passiert das ganz automatisch«, sagte er. »Da kann ich gar nichts gegen machen.«

Gesa beugte sich zu ihm hinüber, so weit sie konnte, ohne das Gleichgewicht zu verlieren, und legte die Arme um ihn. Sie hätte sich gern auf seinen Schoß gesetzt, aber sie wusste nicht, ob ihm das vielleicht unbequem war. Er erwiderte ihre Umarmung nicht, als fürchtete er, etwas zu tun, das ihm nicht mehr zustand. Nur seinen Kopf legte er an ihre Brust. Sie sah sein Gesicht nicht, aber sie spürte, dass sein Widerstand schwand.

»Ist schon gut ...« flüsterte sie. »Lass einfach los ... Ist schon gut.«

Sie hielt den Atem an; aber da war der Moment auch schon vorbei. Sein Rücken straffte sich wieder. Vielleicht hatte er Angst, seinen Panzer nicht wieder anlegen zu können, wenn er ihn einmal abgelegt hatte; nicht mehr stark für alle anderen sein zu können, wenn er sich einmal schwach gezeigt hatte. Er riss sich mit aller Kraft zusammen und von ihr los. Nur noch seine Augen glänzten ein wenig feucht, als er ihr jetzt wieder ins Gesicht sah.

»Was wird denn nun mit deinem Carport? Hattest du noch einen Dachdecker da?«

Gesa schüttelte den Kopf. »Das Carport wird abgerissen. Im Frühjahr lasse ich ein neues bauen.«

Er nickte resigniert. »Du weißt ja, wie gerne ich es gemacht hätte. Aber ich bin kaputt. Von mir hast du nichts mehr. Bin eigentlich nur noch müde. Und schon ganz blöd im Kopf von all den Tabletten.«

»Ich möchte dir jetzt mal eine Frage stellen.«

Die Strenge ihres Tons ließ ihn aufhorchen. »Das klingt aber dramatisch«, wand er sich ein wenig. »Was ist es denn?«

»Stell dir vor, es wäre andersherum«, sagte Gesa, und sie spitzte jedes einzelne ihrer Worte zu wie Pfeile. »Stell dir vor, ich wäre es, die krank ist. Würdest du dann über mich sagen, die ist kaputt, von der hab ich nichts mehr?«

Er sah sie irritiert an. »Natürlich nicht.«

»Und warum glaubst du dann, ich könnte das über dich denken?«

Er sagte nichts, und sie merkte, dass sie ins Schwarze getroffen hatte.

»Es tut mir weh, mitansehen zu müssen, wie du dich darauf reduzierst, was du alles nicht mehr kannst. Und von mir erwartest, dass ich das auch tue.«

»Tue ich das denn wirklich?«, murmelte er. Sie beschloss, den Pfeil noch einmal in der Wunde herumzudrehen. Vielleicht würde sie zu ihm durchdringen, wenn sie ihn den Schmerz, den er ihr zufügte, am eigenen Leibe spüren ließ. »Lass mich doch hier liegen und krepieren, ich verdiene es nicht mehr, dass du dich noch mit mir nutzlosem Wrack abgibst. So siehst du dich doch, oder etwa nicht?«

Er antwortete lange nicht. »Verstehst du, ich will keine Last für dich sein …« sagte er dann. »Nicht auch noch für dich.«

»Ich verstehe dich sehr gut. Wer weiß, ob ich nicht auch so denken würde wie du. Doch, ganz sicher würde ich das.« Gesa nahm seine Hand. »Ich weiß auch, wie sehr es dich schmerzt, dass du nicht mehr mein Handwerker sein kannst. Oder mein Reisegefährte. Oder mein Liebhaber. Aber auch, wenn nichts anderes mehr geht – eines können wir immer noch werden: Freunde.«

»Meinst du?«

»Wir können nicht nur, wir müssen. Wenn nicht jetzt, wann dann?«

»Na gut.« Er lachte, ein wenig hilflos.

»Aber nur unter einer Bedingung: Nicht wie Joke und Robin. So nicht. Wenn es darauf hinausläuft, wäre es mir lieber, wir würden uns nie wieder sehen.«

Er schüttelte den Kopf, unwillig, als könne er nicht verstehen, wie sie überhaupt auf den Gedanken kommen konnte, diesen Vergleich zu ziehen. »Tja. Das hat nicht so gut geendet mit den beiden.« Er seufzte. »War noch mal ein schwieriger Moment für Joke.«

»Sie meinte, es habe ihr nichts ausgemacht.«

»Was?« Er schaute sie stirnrunzelnd an.

»Ich habe ja nicht gesagt, dass ich es ihr auch geglaubt habe.«

»Nee«, sagte er kurz. »Das solltest du auch nicht.«

Als Joke wenig später nach Hause kam, war Erik in seinem Sessel eingenickt. Joke machte sich daran, die Hundekotze zu beseitigen.

»Armer Kerl«, sagte sie bekümmert. »Er läuft auch so komisch, siehst du das? Hat irgendeine Beule an der Hinterpfote. Müssen wir wohl doch mal zum Tierarzt mit ihm.«

Gesa fragte, wie es Rick beim Turnen heute ergangen sei.

»Waren nicht da, die beiden Mädchen«, sagte Joke schulterzuckend. »Ich hab mal mit der Lehrerin geredet, sie wird die Sache im Auge behalten.«

»Sehe ich dich diese Woche noch zum Tapezieren?«, fragte Gesa, als Joke sie zur Tür brachte.

»Ach, das wollte ich dir noch sagen.« Joke kratzte sich am Hinterkopf. »Ich weiß nicht, wann ich wieder zu dir kommen kann. Die nächsten zwei Wochen auf jeden Fall nicht. Ich kann Erik im Moment nicht allein lassen. Sorry.«

»Aber ich könnte doch mal für zwei, drei Stunden bei ihm bleiben, während du bei mir arbeitest«, sagte Gesa bestürzt.

»Erinnerst du dich noch daran, was wir letztes Jahr besprochen hatten … Dass wir einander helfen würden, wenn es so weit ist. Und nun ist es so weit.«

Joke wiegte den Kopf. »Mal sehen«, sagte sie.

24.

So.« Lutz platzierte einen allerletzten türkisblauen Pinselstrich unterhalb der Decke und trat ein paar Schritte zurück, um das Ergebnis in Augenschein zu nehmen. »Sieht soweit gut aus.« Er fuhr mit dem Finger an einer Stelle entlang, wo sich zwei Tapetenbahnen gleich um mehrere Zentimeter überlappten. »Fürs erste Mal Tapezieren okay. Ich muss sagen, Joke hat ihre Sache im Wohnzimmer gut gemacht. Sieht schon ordentlicher aus als das, was wir zustande gebracht haben. Aber ich denke mal, du kannst damit leben.«

Eine Zeitlang hatte Gesa gehofft, dass Joke ihre Arbeit doch noch zu Ende bringen würde. Aber drei Wochen vergingen, ohne dass Joke die Sache wieder erwähnte. Gesa hatte nicht noch einmal nachfragen wollen und irgendwann beschlossen, das Kinderzimmer selbst zu renovieren. Lutz und Mareike waren beide am Freitagnachmittag gekommen, um zu helfen. Stundenlang hatten sie alle vier zusammen gearbeitet, um bis Samstagnachmittag fertig zu werden.

»Und, wann geht es nachher los?«, fragte Mareike.

Am Abend sollte das Dankeschönessen stattfinden, zu dem Gesa auch die Mulders eingeladen hatte. Ente sollte es geben, und alternativ, da Joke sich bedenklich geäußert hatte, auch Hühnerbrustfilet.

»Um sieben kommen sie.«

Gegen siebzehn Uhr gab Gesas Handy Laut. Eine Nachricht von Joke.

»Ich hoffe, Erik geht es nicht wieder schlechter«, sagte Gesa beunruhigt.

»Hat er denn jetzt schon seinen Treppenlift?«

Gesa nickte. »Seit zwei Wochen. Danach ging es ihm auch gleich deutlich besser. Sonst hätte ich sie auch gar nicht zum

Essen einladen können, das hätte er nicht durchgestanden.« Sie griff nach dem Handy und öffnete Jokes SMS.

»Und, was ist? Alles okay mit Erik?«

»Mit Erik schon.« Gesa starrte auf das Display. »Aber der Hund ist gestorben. Vorgestern. Joke hat abgesagt. Ihnen ist heute nicht nach Abendessen.«

»Ich meine, es ist sicher ein schwerer Schlag für sie«, sagte Mareike. »Nach allem, was du erzählt hast, war der Hund ja wie ein Familienmitglied für sie. Aber dir deswegen absagen? Zwei Tage später?«

»Ich werde noch mal an Erik schreiben.«

Wieder piepte das Handy zweimal. Und wieder kam die Nachricht von Joke.

»Und?«

Gesa schüttelte den Kopf. »Sie wollen jetzt lieber für sich sein, schreibt sie.«

»War ja zu erwarten«, meinte Lutz. »Und nun?«

»Ich fange mit dem Abendessen an«, sagte Gesa niedergeschlagen. »Was sonst?«

Der eben hinzukommenden Elina fiel es noch schwerer, zu verstehen, warum die Mulders nicht dabei sein würden.

»Warum ist Funky gestorben?«, fragte sie.

»Er war schon sehr alt … Und er hatte so einen Knubbel am Hinterbein. Das war Krebs, eine schlimme Krankheit.«

»An der man sterben kann«, setzte Lutz hinzu.

Elina machte große Augen. »Und haben sie denn gewusst, dass Funky sterben würde?«

»Eigentlich schon«, sagte Gesa. »Aber sie haben so getan, als würde es nicht passieren, weil sie ihn so lieb haben und so große Angst hatten, ihn zu verlieren. Sie dachten, wenn sie sich ganz viel Mühe geben, für ihn zu sorgen, dann würde es nicht passieren.«

»Aber jetzt ist es eben doch passiert, und sie sind sehr traurig«, ergänzte Mareike.

»Ich bin auch traurig, dass Funky tot ist«, sagte Elina mit zusammengezogenen Augenbrauen. »Warum können wir dann nicht alle zusammen traurig sein?«

»Im Grunde hat Elina es genau auf den Punkt gebracht«, bemerkte Mareike später, als Elina schon im Bett war und sie an ihrer zweiten Flasche Rotwein tranken. Gesa nickte.

»Was meinst du?«, fragte Lutz.

»Als sie fragte, warum ihr nicht alle zusammen traurig sein könnt. Kindlich ausgedrückt, aber genau das ist es ja, was Joke auch geschrieben hat: Sie wollen jetzt lieber für sich sein.«

»Ich glaube, sie sind nicht nur traurig«, sagte Gesa.

Lutz pflichtete ihr bei. »Total geschockt. Als ob sie das Menetekel an der Wand gesehen hätten.«

»Mag sein«, sagte Mareike. »Aber was auch immer sie sind: Mit dir wollen sie es nicht teilen.«

Gesa versuchte gar nicht, zu widersprechen. »Ich frage mich nur, warum nicht.«

Mareike zuckte die Achseln. »Möglicherweise haben sie Angst, dass du das aussprechen könntest, was sie denken, aber eben nicht aussprechen.«

»Aber sie wissen doch, wie es um Erik steht«, sagte Gesa verstört. »Er hat es mir ja sogar selbst gesagt. Dass er mit dieser Krankheit nicht alt werden wird.«

»Und? Dass der Hund sterben würde, wussten sie auch«, parierte Mareike ungerührt. »Sie sind wie Igel, die sich mitten auf der Autobahn zusammenrollen und hoffen, dass der Dreißigtonner sie nicht erwischt.«

»Guter Vergleich.« Lutz nickte zustimmend, wie er es immer tat, wenn ihm ein Gedanke ebenso überraschend wie einleuchtend vorkam. »Aber da sind sie ja nicht die Einzigen. Und weiß man's, ob man sich nicht auch einfach wegducken würde, wenn die Einschläge tatsächlich näher kommen?«

Einen Augenblick lang sagte keiner von ihnen etwas.

»Was mache ich denn jetzt nur?« Gesa fuhr sich über das Gesicht.

»Mir scheint, du solltest versuchen, mal etwas Abstand zu gewinnen«, sagte Lutz bedächtig.

Gesa seufzte. »Als ob der Abstand nicht schon groß genug wäre.«

Lutz holte sein Tabakpäckchen aus der Hemdtasche. »Weißt schon, wie ich es meine.«

Gesa lächelte traurig. »Nur besteht meine einzige Möglichkeit, Abstand zu gewinnen, darin, dass ich Erik nicht mehr besuche.«

»Willst du ihn denn noch sehen?«, fragte Mareike. »Unter diesen Umständen?«

»Darum geht es doch gar nicht«, fuhr Gesa hoch. »Jetzt nicht mehr hinzugehen, das käme mir wie Desertieren vor.«

»Gut, anders gefragt: Glaubst du denn, er will dich noch sehen?«

Gesa hob ratlos die Hände.

»Hast du ihn mal gefragt?«, wollte Lutz wissen.

Gesa nickte. »Er sagt, ja, natürlich freut er sich. Was soll er auch sonst sagen, wenn ich ihn so frage.«

»Du könntest ihm aber auch mal ganz klar sagen, dass es sich für dich nicht mehr so anfühlt«, schlug Lutz vor.

»Und was ist die Botschaft dahinter?« Gesa starrte in ihr halbvolles Weinglas. »Dass er doch bitte prima Laune haben soll, wenn ich zu Besuch komme, damit ich mich auch ja gut fühle? Da gibt es doch schon genug andere, die genau das machen.«

»Tja.« Lutz klemmte sich die fertig gedrehte Zigarette zwischen die Lippen. »Hört sich an, als ob alles, was du machst, verkehrt ist.«

»Trotzdem meine ich, dass du nichts verlierst, wenn du nicht mehr zu ihm hingehst«, meinte Mareike. »Wenn ihm an dir liegt, wird er von sich aus sagen, dass er dich wieder sehen will.«

»Oder er ist erleichtert«, sagte Lutz. »Dass er nichts sagen muss.«

»So einfach ist das nicht.« Gesa schüttelte zweifelnd den Kopf. »Wenn ich ihn jetzt aufgebe, bestätigt ihn das doch nur in dem, was er sowieso schon glaubt. Nämlich, dass er nichts mehr wert ist. Und ich glaube nicht, dass er mich bitten würde, wiederzukommen. Nein. Jetzt nicht mehr.«

»Glaub ich auch nicht«, sagte Lutz. Er zog nachdenklich an seiner Zigarette. »Wer will schon Anstandsbesuche. Und du willst ihn ja auch gar nicht aufgeben, oder?«

»Ich weiß, du willst das tun, was für ihn am besten ist«, sagte Mareike. »Aber er macht seine Welt immer kleiner, und alles, was er dir seit Monaten kommuniziert, ist, dass für dich kein Platz mehr darin ist. Tut das nicht weh?«

»Sicher. Aber was meinst du, wie weh ihm das alles erst tut.« Gesa schauderte. »Ich kann Pläne machen, auf etwas hoffen, ich habe eine Zukunft. Er hingegen ... Was hat er schon noch zu erwarten? Nein. Mein Schmerz ist nichts dagegen. Gar nichts.«

»Weißt du, was das Bedauerlichste an dieser Igel-Taktik ist?«, sinnierte Mareike. »Dass er mit dir den einzigen Menschen von sich wegdrängt, der mit seinen – sagen wir mal: negativen Emotionen – wahrscheinlich sogar umgehen könnte. Ich meine, was für eine Kraft muss es ihn kosten, auf all diese Wut, Angst, Verzweiflung immer den Deckel zu halten? Und dabei wäre da jemand, mit dem er offen reden könnte. Wie befreiend müsste das sein.«

»Ich glaube, er hat zu große Angst, dass er danach seine Show für die anderen nicht mehr abziehen kann«, sagte Gesa. »Offen reden und Igel-Strategie, das scheint sich auszuschließen.«

»Schade. Möglicherweise könnte sich vieles verändern, wenn er den Mut hätte, seinen Leuten mal Bescheid zu sagen.«

»Ach, wir haben gut reden.« Gesa verteilte die letzten Tropfen der zweiten Weinflasche. »Seine Leute erwarten, dass er funktioniert und sie nicht mit seinen seelischen Nöten belastet. Vor allem jetzt nicht, je schlimmer sie werden. Wir mögen das egoistisch finden und brutal, aber so ist es nun mal. Und er steht ganz allein da, gegen sie alle.«

»Das Problem ist, dass es das, was du willst, in seiner Welt nicht gibt«, konstatierte Mareike. »Wahrscheinlich denken sie immer noch alle, dass du irgendeinen ganz besonders infamen Plan verfolgst, um ihn von Joke wegzulocken.«

»Tja«, meinte Lutz. »Ich sag's ja. Für den Durchschnittsmensch ist euer Modell eben zu sehr abseits von der Norm.«

»Auf jeden Fall zeigt diese Krisensituation eines ganz klar: Du hättest mit ihm nie eine Zukunft haben können«, zog Mareike das unausweichliche Fazit. »Nicht, wenn er Joke für dich verlassen hätte, und auch nicht, wenn ihr so weitergemacht hättet. In seinem Umfeld wärst du immer nur ein bedrohlicher Fremdkörper gewesen.«

»Das weiß ich doch«, sagte Gesa. »Warum sagst du das jetzt?«

»Vielleicht, damit du nicht ganz so unglücklich bist.«

»Es spielt doch längst keine Rolle mehr.« Gesa trank ihr Glas mit einem letzten Zug leer. »Es hat damals schon keine gespielt. Wir haben einander gebraucht. Über alles andere habe ich nicht nachgedacht.« Sie lächelte Mareike an. »Ich weiß, dich würde es trösten. Mich nicht.«

»Und was wirst du jetzt also tun?«, fragte Lutz.

»Nicht aufgeben. Nicht desertieren. Seine Entscheidung respektieren, wie immer sie auch ausfällt.« Gesa löschte die Kerze, deren Docht zur Neige ging. »Und es mit Würde zu Ende bringen.«

25.

Das erste, was Gesa bei ihrem nächsten Besuch eine Woche später bei den Mulders auffiel, war, dass es kein Aquarium mehr gab.

»Meine Schwester hat es genommen«, sagte Joke. »War ich froh. Bisher hat Erik sich immer darum gekümmert, aber das ging nicht mehr so gut. Na, und ich hab auch so genug zu tun ... Die Haushaltshilfe haben sie mir ja auch gestrichen, darf ich jetzt alles wieder selbst machen. Aber guck mal: Wir haben einen neuen Hund. Hey, Freaky, komm mal zu Frauchen.« Sie lockte den kleinen, gelblichen Hund, der auf tapsigen Pfoten durch das Wohnzimmer auf sie zu gerutscht kam. Sie hob das Tierchen auf ihren Schoß und kitzelte es durch; Freaky drehte sich auf den Rücken, ließ seinen rosafarbenen Bauch sehen und strampelte. Nun stürzten sich auch die Kinder auf ihn. Er schnappte mit einem fiependen Knurren nach ihren ungeschickten Händen. Da war es auch schon passiert; Louisa heulte auf. Er hatte sie mit seinen spitzen Milchzähnchen erwischt.

»Eigentlich hätten wir noch ein bisschen länger warten sollen«, sagte Joke, während sie Louisa ein Pflaster aufklebte. »Er war ja erst sieben Wochen alt, als er zu uns kam, das ist an sich zu früh. Aber wir wollten ihn so dringend gleich haben. Hier war es so leer ... Ohne Funky.« Sie setzte das Hündchen auf ihre Schulter und ließ es an sich herunterklettern. »Am liebsten ist Freaky bei Erik. Musst du sehen. Unzertrennlich, die beiden.«

»Wo ist Erik eigentlich?«, fragte Gesa. »Wieder oben?«

»Auf dem Klo.« Freaky leckte Jokes Hand; sie lächelte. »Das ist jetzt auch immer so ein Angehen. Er hat solche Probleme mit dem Darm ... Verstopfung. Typisch bei MS. Aus, Freaky, aus. Nicht das Kissen anknabbern.« Sie zog den kleinen, japsenden Körper zurück in ihren Schoß. »Jetzt hab ich doch wieder ein Baby. Viel Arbeit, aber so herzig. Tja.« Sie schien etwas an den Fingern abzuzählen. »Unseres wäre ja nun auch schon in zwei Monaten gekommen.«

Jokes Worte dröhnten in Gesas Ohren, als sei direkt neben ihr ein Gong geschlagen worden. »Eures?«

»Ich war doch schwanger, hab ich das nicht erzählt? Ich hab's verloren … Auf dem Campingplatz, im Urlaub. War noch nicht weit, erst fünfte Woche. Keine große Sache, musste weiter nichts gemacht werden. Ich dachte wirklich, das hätte ich dir erzählt.« Joke redete ganz unbefangen weiter; dass sie Ende Mai ihre Spirale hatte entfernen lassen, weil ihr immer so flau gewesen sei, die Hormone dick machten und außerdem die Libido hemmten, und für Anfang September schon einen Termin für eine Sterilisierung vereinbart hatte, extra mit Bedenkzeit, schließlich habe sie sich ganz sicher sein wollen; ja, und diese Bedenkzeit hatten Erik und sie dann eben mit Aufpassen überbrückt, und dabei sei wohl etwas schiefgegangen, Mitte Juli, so in dem Dreh.

»Wer aufpasst, muss damit rechnen, dass so etwas passiert.« Gesas Stimme klang ihr selbst fremdartig rau in den Ohren. »Und, wolltest du, dass so etwas passiert?« Ohne die Antwort abzuwarten, stand sie auf. Nein; sie würde nicht so tief sinken, Eriks Frau ihre Verletztheit auch noch spüren zu lassen, indem sie Rechenschaft von ihr forderte (die diese ihr im Übrigen in keiner Weise schuldig war). Mit den Worten, sie werde schauen, ob Erik inzwischen vom Klo herunter sei, floh Gesa, Hals über Kopf, vor all den alles nur noch schlimmer machenden Ausflüchten, die Joke vielleicht doch gemeint hätte vorbringen zu müssen.

In dem Augenblick, als sie in den Flur kam, wurde der Schlüssel im kleinen Toilettenraum neben der Küche umgedreht. Erik trat hinaus. Sie erhaschte einen Blick auf sein vor

Erschöpfung graues, unter den Augen stark angeschwollenes Gesicht. Er prallte zurück, als er Gesa sah; nickte ihr flüchtig zu und wankte mit schleppenden Füßen schwer auf seinen Stock gestützt an ihr vorbei. Am Fuß der Treppe setzte er sich in den Treppenlift, drückte einen Knopf; und ohne sich noch einmal umzuschauen, glitt er außer Sicht, die Treppe hinauf.

Gesa ging hinaus in den Hinterhof. Sie brauchte jetzt einen Moment für sich, bevor sie Joke wieder gegenübertreten konnte. Sie stand einfach da, in den Strahlen der fahlen, flach einfallenden Februarsonne dieses Nachmittags, schaute zu, wie Rick, Louisa und Elina auf dem Trampolin Purzelbäume schlugen, und tat nichts weiter, als den sich in ihrer Kehle zu einem würgenden Klumpen zusammenballenden Schmerz kleiner zu atmen.

»Guck mal, Geesje!« Vor Gesas Augen verschwamm noch immer alles. Ricks Gesicht wirkte rund und weißlich, ein grinsender Vollmond, in dem sich die Augen wie Krater abzeichneten. »Ich kann jetzt auch einen Salto!«

Er sprang in die Luft, drehte sich schief, landete zappelnd auf der Seite.

»Gut.« Gesa klatschte Beifall. Das Zusammenschlagen der Handflächen, eine simple, alltägliche Handlung, hatte etwas Tröstliches; das dabei entstehende trockene Geräusch half ihr, die sie noch immer wie eine dichte Nebelwand umgebende Benommenheit zurückzudrängen. »Letzten Dienstag wart ihr gar nicht beim Turnen.«

»Wir waren immer noch so traurig wegen Funky.« Rick ließ sich nach hinten auf den Rücken fallen, wie er es bei Elina gesehen hatte. »In der Schule waren wir auch nicht.«

»Aber das Turnen macht euch Spaß, oder?«

»Geht so.« Er kam auf die Füße, setzte eine kritische Miene auf und begann wieder, auf und ab zu springen. »Ich lern da nichts. Kann sein, dass ich aufhöre.«

»Ich auch«, maulte Louisa. »Ich find es langweilig. Und die Lehrerin ist manchmal auch so streng.«

Elina ging aus dem Stand nach hinten über in die Brücke, stieß sich mit den Füßen ab und kam wieder zum Stehen, mit diesem Gesichtsausdruck, als sei das die leichteste Sache der Welt.

»Ihr müsst mehr üben«, sagte sie ein wenig von oben herab. »Dann würdet ihr das auch alles können.«

»Rick, Louisa, hättet ihr Lust, mal wieder zu Elina zum Spielen zu kommen?«, fragte Gesa schnell. »Ihr könnt auch gerne bei uns übernachten. Wir haben ein aufblasbares Bett, auf dem ihr alle drei schlafen könnt. Und eine Badewanne mit Düsen, mit denen kann man riesige Schaumberge machen. Ach ja, und euren Kinogutschein, den müsst ihr auch noch einlösen.«

»Ja!«, riefen Rick und Elina wie aus einem Munde. Louisa zögerte. »Aber was ist mit Papa?«

»Hast du Angst, deinen Papa alleine zu lassen?«, fragte Gesa. Louisa nickte.

»Aber Papa ist doch immer krank«, wandte Rick ein. »Da macht es doch nichts, wenn wir mal einen Abend weg sind.«

»Am besten fragen wir Joke, was sie meint«, sagte Gesa.

»Mama sagt, Papa ist krank und wird auch nicht wieder ganz gesund«, erzählte Louisa.

»Und dass Papa nicht stirbt«, ergänzte Rick. Gesa überlief ein kalter Schauer.

»Erik sieht sehr schlecht aus«, sagte sie zu Joke, als sie zusammen ihren Tee tranken.

»Ja, er hat sich immer noch nicht wieder erholt von dieser Sache neulich.« Joke presste die Kiefer fest zusammen. »Eine Zeitlang ging es ja, da dachten wir alle, prima, wenn es so bleibt – kann man mit leben. Aber jetzt … Jetzt ist er schon ein richtiger Invalide.«

»Die Kinder haben Angst um ihn«, sagte Gesa.

Joke nickte. »Ich sag ihnen immer, macht euch keine Sorgen. Papa ist krank, aber Papa stirbt nicht.«

»Und wenn doch?«

Joke stutzte. »Wie, wenn doch?« Sie schüttelte den Kopf. »Er kann damit schon auch alt werden.«

»Aber wie!« Gesa legte allen Nachdruck in diese beiden Worte. »Du hast es doch eben selbst gesagt. Er ist ein richtiger Invalide. Ist das denn das Leben, das er führen möchte?«

Joke strich sich eine Haarsträhne hinters Ohr. »Er muss sich eben daran gewöhnen. Positiv bleiben.«

»Vielleicht gibt es Dinge, an die er sich nicht gewöhnen kann. Oder will.«

»Was soll er denn machen? Er muss durchhalten. Er darf uns doch nicht allein lassen. Wir können nicht ohne ihn.«

»Er würde euch nie allein lassen, wenn es nach ihm ginge«, sagte Gesa und legte Joke die Hand auf die Schulter. »Aber vielleicht solltest du ihm zeigen, dass du ihn gehen lassen könntest. Wenn es sein müsste. Glaubst du nicht, das würde ihn erleichtern? Zu wissen, dass du notfalls auch ohne ihn zurechtkommen würdest?«

Zwischen Jokes Augenbrauen war eine steile Falte erschienen. »Noch ist es nicht so weit, wollen wir also mal gar nicht weiter drüber nachdenken.«

»Dann lass dir wenigstens helfen«, sagte Gesa. Sie beherrschte sich mit äußerster Anstrengung, aber ihr Tonfall wurde trotzdem schärfer. »Ich habe ja nun schon akzeptiert, dass es allein dein Vorrecht ist, sich um Erik zu kümmern. Aber wie wäre es, wenn ich die Kinder nächstes Wochenende nähme? Sie könnten auch bei uns übernachten. Dann habt ihr mal Ruhe.«

»Nee, daraus wird nichts.« Jokes Ton war jetzt nicht mehr anders als abweisend zu bezeichnen. »Wir haben schon andere Pläne nächstes Wochenende. Eriks Neffe hat Geburtstag. Und am liebsten sind die Kinder sowieso bei Papa.«

Gesa zog ihre Hand zurück wie von einer heißen Herdplatte. Joke holte ihr Telefon hervor. »Hör mal«, sagte sie kichernd. »Ich war letzte Woche im Radio. Hab ich aufgenommen.«

Ein Jingle ertönte, dann die Stimme des Moderators, der ankündigte, dass er nunmehr Frau Joke Mulder anrufen werde, um sie zu befragen, was es bei ihr heute zum Abendessen geben werde. Das Freizeichen, fünf-, sechsmal; Joke, die den Anruf entgegennahm; und das etwa eine Minute dauernde Interview, von dem Gesa nur die Fragen des Moderators verstand, dessen Unterton gerade noch als amüsiert durchgehen konnte, für Gesa aber schlicht blasiert klang; so, als ob er, unbeobachtet in seiner Sendekabine, die Augen verdrehte über all die geltungssüchtigen Schwachköpfe da draußen, die bereit waren, sich von ihm zum Affen machen zu lassen, nur um einmal im Radio zu sein. Dazwischen Jokes von vielen Hihis und Hahas unterbrochenes, selig-aufgeregtes Genuschel, das (nachdem die einzige inhaltlich relevante Frage beantwortet worden war) von dem Moderator freundlich, aber resolut unter Zuhilfenahme der üblichen Nullachtfünfzehnplatitüden (»Und grüß mir Drenthe, ja?«) abgewürgt wurde.

»Cool, was?« Joke lächelte zufrieden. »Willst du es nochmal hören?«

Die letzten zwanzig Minuten vergingen zäh. Joke erwähnte noch, dass Erik und sie heute Abend eingeladen seien, zur Preisverleihung eines Gedichtwettbewerbs zur Förderung des lokalen Dialekts, bei dem die Teilnehmer selbstverfasste Gedichte hatten einreichen können. Seine Schwester habe auch eines geschrieben, vielleicht habe sie ja einen Preis gewonnen. Die Kinder würden nachher zur Oma gehen. Sie hoffe, dass Erik in drei Stunden wieder einigermaßen fit sei, sonst müsse er eben eine Tablette extra nehmen, es werde schon gehen, machen müsse er bei der Veranstaltung ja schließlich nichts, außer dasitzen. Gesa ließ diese Mitteilung ohne weiteren Kommentar im Raum hängen. Damit war der Gesprächsstoff zwischen ihnen endgültig erschöpft.

Die Kinder kamen gleich darauf ins Wohnzimmer getrottet. Rick schnappte sich sein Tablet, das er mit verbissenem Gesichtsausdruck bearbeitete, als ginge es um sein Leben. Dröhnende Explosionen, zischende Salven aus Laserpistolen und wildes Schlachtgebrüll vermischten sich mit dem hohen Stakkatoquietschen der Zeichentrickfiguren im Fernsehen. Louisa setzte sich auf Jokes Schoß, steckte sich einen kirschroten Lolly in den Mund und hielt Elina einen weißen Stoffhasen hin.

»Guck mal, der ist mit Batterie. Er kann hoppeln. Und mit den Ohren wackeln.«

»Niedlich.« Elina tätschelte den Hasen ein wenig ratlos. »Und was kann man damit noch so machen?«

Als Joke in der Küche war, um ihr ein Glas Limonade zu holen, fragte sie Gesa leise auf Deutsch, wann die Turnstunde anfange.

Gesa schaute auf die Uhr. »In einer Viertelstunde müssen wir uns auf den Weg machen. Was ist denn los? Mögt ihr nicht zusammen spielen?«

»Die sind so komisch heute«, flüsterte Elina ihr zu.

»Wie komisch?«

»Rick will nur die ganze Zeit streiten, und Louisa heult noch mehr als sonst.«

Louisa, die mit angewinkelten Knien da saß, warf ihnen einen langen Blick zu.

»Kann ich auch Deutsch lernen, Mama?«

»Klar«, sagte Joke. »Bringt Geesje dir sicher gerne bei.«

Gesa lächelte gezwungen. »Na, wir kommen dann nächste Woche mal wieder«, sagte sie, nun bestimmt schon zum dritten Mal; einfach, um irgendetwas zu sagen.

Louisa hob den Kopf von den Knien, pustete die Fransen

ihres langen Ponys hoch und ließ ein listiges, lollyverschmiertes Lächeln sehen.

»Warum kommt ihr eigentlich her?«, fragte sie.

Zwei Tage später, am späten Sonntagabend, bekam Gesa die Mail von Erik, auf die sie, wie sie in diesem Augenblick begriff, schon seit einiger Zeit gewartet hatte.

Er habe lange nachgedacht, schrieb er; darüber, wie die Dinge jetzt seien. Niemals habe er sich vorstellen können, wie stark seine Krankheit sein Leben einmal beherrschen würde. Und das auf allen Ebenen. Nicht nur körperlich könne er immer weniger; er fühle auch nicht mehr, was er gefühlt habe. Manchmal wisse er selbst schon nicht mehr, was er überhaupt fühle. Daran seien auch die Medikamente schuld, die ihn zu einem anderen Menschen gemacht hätten; zu einem Menschen, der er nicht sein wolle.

Er wolle ehrlich bleiben, sich selbst und ihr gegenüber, und sei zu dem Schluss gekommen, dass es so nicht mehr weitergehen könne. Alle ihm noch verbleibenden, immer seltener werdenden guten Momente brauche er jetzt für Joke und die Kinder. Er hoffe, dass sie dafür Verständnis habe und ihm glaube, wenn er ihr sage, dass es ihm leid tue, nicht mehr Zeit mit ihr gehabt zu haben.

Sie könnten Freunde bleiben, hatte er am Ende noch hinzugefügt. Aber mehr als das würde nicht mehr daraus werden können.

Gesa hatte Verständnis. Für die nicht eben feinfühlig formulierten Halbwahrheiten, hinter denen er sich verschanzte, weil die ganze Wahrheit auszusprechen unerträglich wäre. Für sein anerkennenswertes Bestreben, bis zuletzt für diejenigen da zu sein, die ihn am meisten brauchten. Für seinen hilflosen Versuch, auch ihr gerecht zu werden, auf die einzige Art, die ihm noch möglich schien; indem er sie nun freigab.

Sie entschuldigte alles. Alles, bis auf die abgeschmackte Ausstiegsfloskel, die er gemeint hatte, unter diese Mail setzen zu müssen. Diese immer wieder so gedankenlos verabreichte Versüßungspille, die in Wahrheit alles nur noch bitterer machte. Dieses halbherzige Verlegenheitsangebot, mit dem er Freundschaft zu einem Trostpreis herabwertete, wie sie es alle taten, um sich aus der Affäre zu ziehen; während Freundschaft in Gesas Augen das Wertvollste war, das es zwischen ihnen immer noch hätte geben können.

26.

Über ein Jahr war vergangen, seit Gesa Erik mitgeteilt hatte, dass sie nicht mehr kommen würde; vorerst zumindest nicht.

Sie habe immer mehr den Eindruck, dass ihre Besuche für ihn zu einer Belastung geworden seien, anstatt ihn zu erfreuen, hatte sie ihm damals geschrieben. Und das sei das Letzte, was sie wolle; eine weitere Belastung für ihn sein.

Auf ihren Brief hatte sie keine Antwort erhalten, auch nicht auf die vielen weiteren Nachrichten, die sie ihm danach noch geschrieben hatte, in regelmäßigen Abständen, trotz seines Schweigens. Unbeirrt hatte sie ihm berichtet, im leichten Plauderton, von den kleinen Begebenheiten ihrer gleichförmig verstreichenden Tage (das neue Carport war endlich gebaut, die Sprachschule hatte ihre Stundenzahl erhöht, und sie würde bald das Einbürgerungsexamen ablegen), von den vielen, unspektakulär allein auf dem Wohnzimmersofa verbrachten Abenden (sollte er, der ans Haus Gefesselte, nur wissen, dass auch sie nirgends hinging und kein anderer seinen Platz eingenommen hatte). Ihr Leben ging weiter, auch wenn sie unter dem Getrenntsein von ihm litt, im Wachen und im Schlafen; so lautete ihre eigentlich immer gleiche Botschaft an ihn. All ihre Nachrichten endeten mit der Versicherung, er müsse nur ein Wort sagen, ein einziges, mit dem er sie zurückrufe, und sie würde da sein.

Warum sie die Tür immer offen gehalten hatte, hätte Gesa selbst nicht sagen können. Es war wohl dieses Gefühl, dass es doch noch kommen würde, irgendwann, dieses eine Wort, mit dem Erik sie zurückrief, und dieses Gefühl hatte letzten Endes immer wieder gesiegt; über gekränkte Eitelkeit, Enttäuschung, Selbstmitleid.

Anfangs war sie Joke noch bei der Turnstunde begegnet. Mit Eriks Frau war im Laufe des letzten Jahres eine erstaunliche Veränderung vor sich gegangen. Nichts erinnerte inzwischen mehr an die unscheinbare, dickliche Matrone, die Joke vor einem Jahr noch gewesen war. Bis auf den sich hartnäckig haltenden kleinen Bauchansatz und die nach wie vor kräftig gepolsterten Oberarme und Schultern war sie jetzt unbestreitbar schlank. Die farb- und formlosen Gewänder, in denen sie sich vor den Blicken der Welt hatte unsichtbar machen wollen, waren durch knallbunte, modische, bisweilen auch recht gewagte Outfits ersetzt worden. Ihre Brille war, wie sie Gesa erzählte, kaputt gegangen. Eine neue habe sie sich nicht leisten können und sich daher kurzentschlossen Kontaktlinsen aus der Drogerie besorgt. Nie mehr sah Gesa sie jetzt ohne das blausilbrige, manchmal auch ins Violette changierende Make-up, das den Blick ihrer ganz leicht schräg stehenden Augen über den deutlich hervortretenden Wangenknochen noch schillernder machte; diesen Blick, der Gesa damals, in einer Nacht, in der noch so vieles möglich erschienen war, ebenso verwirrt wie angezogen hatte.

Wie eine Schlange nach der Häutung hatte Joke ihre stumpfe, graue Hülle abgestreift und war aus ihrer Lethargie erwacht. Nun hob sie den Kopf, reckte und streckte ihre neu gewachsene, glänzende, geschmeidige Haut und schaute aus blanken, hungrigen Augen um sich. Einzig ihre Zähne waren noch immer genauso fleckig und schadhaft wie zuvor. Gesa fragte sich, ob Joke wusste, dass gepflegte Zähne einer der wichtigsten Attraktivitätsfaktoren überhaupt waren. Vielleicht hätte sie sie darauf aufmerksam machen sollen. Aber im Grunde war sie der Meinung, dass der Zustand von Jokes Zähnen sie nichts mehr anzugehen hatte.

Es gab nicht mehr viele Dinge, über die sie noch sprachen. Fast alles, worüber sie hätten sprechen können, stand in Zusammenhang mit Erik; und Erik, der sie früher verbunden hatte, war nun zum Tabu zwischen ihnen geworden. Keine von ihnen erwähnte überhaupt mehr seinen Namen. Gesa fragte Joke nicht danach, wie es ihm ging. Das war etwas, das sie entweder von ihm selbst erfahren wollte oder eben lieber gar nicht. Und auch Joke fing nicht davon an. Beide spürten sie, dass dies etwas war, an das sie besser nicht rührten, denn in diesem Punkt konnte es keine Annäherung zwischen ihnen geben. Gesa war (wie sie vermutete) in Jokes Augen zur Kassandra geworden, die die Macht hatte, das Unheil durch ihre unerwünschten Warnungen überhaupt erst heraufzubeschwören. Sie ihrerseits war mittlerweile überzeugt davon, dass Joke selbst dann noch behaupten würde, Erik werde schon wieder auf die Beine kommen, wenn seine letzte Stunde bereits geschlagen hatte.

Gesa hätte sich den Unterhaltungen mit Joke am liebsten ganz entzogen. Was Eriks Frau auch sagte, es tat ihr weh. Hörte sie von ihr, dass die Mulders am vergangenen Samstag bis um halb drei Uhr morgens den fünfundsechzigsten Geburtstag von Eriks Mutter gefeiert hatten, quälte sie der Gedanke, wie es angehen konnte, dass Erik sich jetzt noch ganze Nächte um die Ohren schlug, wo er sich doch in den letzten acht Monaten noch nicht einmal mehr imstande gesehen hatte, bei ihr, Gesa, vorbeizukommen, um mit ihr eine Tasse Kaffee auf dem Sofa zu trinken. Erzählte Joke, dass sie einen neuen Grill gekauft hatten, den sie heute Abend bei dem schönen Maiwetter gleich ausprobieren wollten, wühlte die Erbitterung in ihrem Herzen, über die Selbstverständlichkeit, mit der Elina und sie nun von einem Ereignis ausgegrenzt wurden, zu dem sie früher mit der gleichen Selbstverständlichkeit eingeladen worden wären. Und selbst harmloseste, sicher ganz ohne jeden Hintergedanken dahingeworfene Äußerungen Jokes, wie etwa die, dass sie dabei waren, im Wohnzimmer neues Laminat zu legen und ein paar

Möbel umzustellen, warfen sie aus der Bahn; denn sie, Gesa, würde das Ergebnis nicht mehr zu sehen bekommen.

Gesa flüchtete sich in grimmige Kurzangebundenheit. Ihr war klar, dass sie Joke brüskierte, wenn sie ihr zum Gruß nur kurz zunickte, um sich gleich darauf wieder demonstrativ hinter ihrem Laptop zu verkriechen. Es tat ihr auch leid; Joke war nicht schuld daran, dass die Dinge waren, wie sie waren. Doch die Gespräche mit Eriks Frau brachten sie nicht nur an die Grenze ihrer Leidensfähigkeit, sondern führten darüber hinaus auch zu nichts mehr.

Anfang Juni erschienen Rick und Louisa nicht mehr zum Turnen. Von Joke kam keine Erklärung, von Gesa keine Nachfrage. Nach drei Wochen erkundigte Gesa sich bei der Kursleiterin nach Rick und Louisa und erhielt als Antwort, dass sie zum Ende des Quartals abgemeldet worden waren. Gesa bedauerte das, weil es die letzte Möglichkeit für die Kinder gewesen war, einander unabhängig von den Problemen der Erwachsenen sehen zu können; aber sie selbst war nichts als erleichtert.

Facebook wurde für sie zu einer letzten, schwierigen Prüfung. Sie war kein Anhänger dieser Form von Kommunikation, aber als die Mulders sie damals eingeladen hatten, mit ihnen befreundet zu sein, hatte sie nicht ablehnen mögen. In den folgenden Monaten hatte sie es stets vermieden, sich auf Jokes Facebook-Seite umzusehen. Die Versuchung war da, aber sie wusste, dass sie sich danach nur noch mehr wie jemand fühlen würde, der auf der Straße steht und versucht, durch das Fenster einen Blick in das Haus zu erhaschen, zu dem er keinen Zutritt mehr hat.

Dann, Ende September, war sie doch schwach geworden und hatte sich in die Zuckergusswelt hineinziehen lassen, die Joke in den vergangenen Monaten aufgebaut hatte. Da gab es Bilder von Freaky, den man sozusagen mitwachsen sehen konnte;

von der Familie vor dem Fernseher, ausstaffiert von Kopf bis Fuß in »Oranje«-WM-Fanmontur (Kommentar: »Wir sind bereit«), von Louisas Geburtstagsfeier Anfang Juli, zu der Elina nicht eingeladen worden war, vom Campingurlaub, der *gezellig* wie immer gewesen war, von Joke selbst, die sich in lasziven Vamp-Posen versuchte. Auf ihrem aktuellen Profilfoto, das sie an ihrem Geburtstag Anfang September gepostet hatte, waren sie und Erik zu sehen. Er saß im Vordergrund, sah über die Schulter zu ihr auf, mit jämmerlich spitzem Gesicht und verzagtem Lächeln, im Begriff, ihr einen Blumenstrauß zu überreichen. Sie stand hinter ihm, siegesgewiss über ihn gebeugt, mit beiden Händen auf seinen Schultern, wie ein Raubvogel, der die Krallen in seine Beute schlägt.

Nach Verlassen der Seite hatte Gesa ihren Facebook-Account stillgelegt.

Es war ein Dienstagmorgen Anfang März, über ein Jahr nach ihrer letzten Begegnung, als die erwartete Nachricht schließlich kam.

Er hatte ihr nicht selbst geschrieben, sondern Joke gebeten, es für ihn zu tun. Erik gehe es nicht gut, stand in Jokes SMS; er lasse sie, Gesa, fragen, ob sie zu ihm kommen würde. Er wolle sie gerne sehen. Bald, wenn es gehe.

Gesa überlegte nicht. Sie werde kommen, antwortete sie; gleich heute Abend, wenn Elina beim Turnen war.

Joke machte nicht den Eindruck, besonders beunruhigt zu sein, als sie Gesa die Tür öffnete; sie trug ihre Maske, wie immer.

»Was ist denn mit ihm?«, fragte Gesa.

»Er hat Lungenentzündung … Schon die zweite in vier Monaten.« Joke zuckte die Achseln. »Die letzte ging noch ganz gut weg, aber es hat ihn natürlich wieder wochenlang umgehauen. Er liegt jetzt ja sowieso schon so viel im Bett … Bei der jetzt will der Arzt noch abwarten. Irgendwie schlagen die Antibiotika nicht an. Wenn das Fieber nicht bald fällt, muss er ins Krankenhaus. Da war er neulich erst, wieder wegen Harnwegsinfektion.« Sie seufzte. »Seine Nieren machen auch nicht mehr so gut mit … Die ständigen Blasenstörungen. Ging schon mal besser mit ihm.«

»Weiß er, dass ich heute Abend vorbeikommen wollte?«

Joke nickte. »Hab ich ihm gesagt.«

»Wie geht es den Kindern?«

»Okay, so weit. Sie sind bei Oma.«

»Du weißt ja, wenn ich irgendwie helfen kann …«

»Danke, Geesje. Weiß ich.« Joke umarmte sie. »Geh mal hoch zu ihm. Vielleicht schläft er auch … Weißt du, was er mit dir bereden will?« Jetzt sah Gesa die Angst in den Augen der anderen Frau.

»Ich weiß nicht mehr als du«, sagte sie.

Erik saß aufrecht im Bett, als sie das Schlafzimmer betrat.

»Hab ich dich geweckt?«

»Nein, ich war wach, hab die Türklingel gehört.«

Gesa setzte sich neben ihm auf das Bett. Sie hatte sich ein wenig gefürchtet vor diesem Wiedersehen, nach so langer Zeit. Aber jetzt war es, als ob sie sich gestern zuletzt gesehen hätten.

»Schön, dass du gekommen bist.« Er atmete flach und schnell. Seine Lippen waren ganz leicht bläulich verfärbt.

»Das ist doch selbstverständlich«, sagte sie.

»Nein.« Er tastete nach ihrer Hand. »Ist es nicht. Und das weißt du auch.«

»Du glühst ja«, sagte Gesa. »Joke sagt, du musst ins Krankenhaus, wenn das Fieber nicht bald runtergeht.«

»Wenn es nach dem Arzt ginge, wär ich da schon.« Er stieß ein kleines, geräuschloses Lachen hervor. »Bisher hab ich mich geweigert. Da wird man doch nur noch kränker. Kann sogar sein, dass ich die Lungenentzündung da her hab. Leute mit kaputtem Immunsystem fangen sich im Krankenhaus ganz schnell Problemkeime ein.«

Er hustete, trocken und bellend, und Gesa konnte sehen, wie er sich unter jedem Hustenstoß vor Schmerz zusammenkrümmte.

»Sprich nicht so viel«, sagte sie. »Es strengt dich zu sehr an.«

»Wenn ich jetzt nicht spreche, wann dann?« Langsam verebbte der Husten. Er sank in das Kissen zurück und lag minutenlang erschöpft da, um wieder zu Atem zu kommen.

»Ich will nicht ins Krankenhaus«, flüsterte er. »Ich weiß nicht, ob ich da wieder rauskomme … diesmal. Und ob ich das überhaupt will. Ich bin so müde … von all dem.«

Gesa nickte. »Hast du noch nie daran gedacht … selbst ein Ende zu machen?« Sie wusste, es gab jetzt keine Geheimnisse mehr zwischen ihnen. Alles konnte gefragt, alles gesagt werden.

»Was meinst du, wie oft schon.« Er hielt ihre Hand ganz fest. »Es wäre so einfach … Ich bräuchte nur mal ein paar Tabletten mehr nehmen. Aber die Kinder … Ich hab versucht durchzuhalten, für sie. Und Joke und meine Familie, die würden es nicht verstehen.«

»Ich weiß«, sagte Gesa.

»Aber du schon.«

»Mir scheint es nicht richtig, jemanden zu zwingen, weiterzukämpfen, wenn er nicht mehr kann und will.« Sie setzte leiser hinzu: »Mir scheint, auch das ist Liebe.«

»Hast du schön gesagt.« Er hustete wieder, rang nach Atem. »Du bist stark … Wusste ich immer. Ich mache mir Sorgen um Joke … und die Kinder. Wenn ich da nicht mehr rauskomme … Guckst du dann mal ein bisschen nach ihnen?«

»Ich will es versuchen«, sagte Gesa. »Aber ich weiß nicht, ob Joke mich lässt.«

»Ich weiß, sie war eifersüchtig … Und auch nicht ganz ohne

Grund.« Er lächelte schmal. »Ich hatte schon manchmal daran gedacht, sie zu verlassen. Um ganz mit dir zusammen sein zu können.«

»Hast du aber nicht«, sagte Gesa. »Du hast dich entschieden, für die da zu sein, die dich am meisten brauchen.«

»Nein.« Er schüttelte den Kopf. »Ich will jetzt nicht mehr lügen. Die Krankheit hat das entschieden. Wer weiß, was passiert wäre, wenn ich ... länger gehabt hätte.«

Gesa sagte nichts; drückte nur seine Hand.

»Meinst du, es war richtig?«

»Was?«

»Mein Leben. So, wie ich es gelebt habe. Ich war immer nur für die anderen da. So kommt es mir zumindest jetzt vor.« Er seufzte. »Das ist ungerecht, den anderen gegenüber, ich weiß. Aber ich wäre so gerne mehr bei dir gewesen.«

Gesa holte tief Luft. »Ich weiß es nicht. Ob es richtig war, wie du dein Leben gelebt hast. Ich könnte dir jetzt sagen, mach dir keine Gedanken, war schon alles gut so. Aber ich will jetzt auch nicht mehr lügen.« Sie beugte sich vor, legte ihre Wange an seine und wölbte ihre Hand um seinen Nacken. »Ich bin stark«, sagte sie in sein Ohr. »Du hast es selbst gesagt. Es war richtig, an die zu denken, die schwächer sind. Deine Schuldgefühle hätten dich umgebracht.«

»Aber dir gegenüber fühle ich mich auch schuldig.«

»Ich habe eine freie Entscheidung getroffen, damals«, sagte Gesa. »Und ich würde alles noch einmal ganz genauso machen.«

Seine Augen schimmerten feucht. »Ich auch«, sagte er.

Wieder saßen sie eine Weile da, ohne zu reden. Er musste neue Kräfte sammeln, für das, was es noch zu sagen gab.

»Ich habe mich immer gefreut, wenn du vorbeigekommen bist«, fuhr er dann fort. »Ich will, dass du das weißt. Aber es war auch ... grausam. Wie wenn man einen leckeren Braten vorgesetzt bekommt, und man kann ihn nicht mehr essen. Ach, ich vergesse immer, du isst ja gar kein Fleisch.«

»Außer deine Hot Chicken Wings«, sagte sie. Sie gaben sich beide Mühe, zu lächeln.

»Und ich hatte immer Angst, dass du mir einiges Tages sagst, du hast jetzt einen anderen«, sagte er dann. »Egoistisch von mir. Eigentlich hätte ich mich ja für dich freuen sollen.«

»Du hast einmal gesagt, dass ich deine zweite Frau bin«, sagte Gesa. »Ich fürchte, ich muss erst einmal deine zweite Witwe werden, bevor ich an jemand anderen auch nur denken kann. Irgendwann einmal. Vielleicht.«

Es dämmerte allmählich; Schatten kamen aus den Ecken hervorgekrochen und legten Schleier über ihre Gesichter. Aber die Träne, die seine Wange herunterrollte, sah sie doch.

»Es war schlimm für mich, dass ich nicht für dich da sein konnte«, sagte Gesa. »Du weißt, ich hätte alles getan.«

Er nickte. »Aber ich hätte das nicht annehmen können … Ich hatte dir doch nichts mehr zu geben. Und ich dachte wirklich … du wärst ohne mich besser dran.«

»Ich war nie ohne dich«, sagte Gesa.

Er schluckte hart, versuchte, weitere Tränen zurückzuhalten, drehte den Kopf von ihr weg.

»Wir hatten so wenig Zeit«, sagte er mit heiserer Stimme.

»Ja.« Auch Gesa spürte nun, wie die Trauer sie überwältigte. Irgendwann einmal würde sie sich sagen können, dass Intensität schwerer wog als Dauer und sechs Monate mehr bedeuten konnten als vierzig Jahre. Aber im Moment war das kein Trost. Es war nicht genug gewesen; und gleichzeitig viel zu viel.

Sie saßen einfach so da; hielten einander bei der Hand; sagten nichts. Und doch wussten sie, dass sie kommen mussten und würden, irgendwann, die unweigerlich allerletzten Worte.

»Ich wünschte so sehr, dass wir noch Freunde geworden wären, *meisje*«, sagte er schließlich. »Damals konnte ich es nicht.

Ich wollte nicht, dass du mich … so siehst. Und jetzt ist es zu spät. Verzeih mir.«

»Du musst mir verzeihen«, sagte sie. »Dafür, dass du jetzt auch noch meine Tränen aushalten musst.« Heiß und klebrig lief es ihren Hals hinunter und versickerte im Stoff ihres Kragens. Sie war dankbar für das Halbdunkel, das sich inzwischen herabgesenkt hatte. »Ich wünschte, du hättest wenigstens etwas gemacht, wofür ich wütend auf dich sein könnte. Irgendetwas. Das würde es mir so viel leichter machen. Aber nein. Du hast alles so verdammt richtig gemacht.«

»Versprichst du mir, dass du versuchen wirst, okay zu sein?« Er reckte sich hoch und küsste sie mit vom Fieber spröden Lippen. »Das würde es mir so viel leichter machen.«

Gesa nickte. Schmerz war etwas, das in der Kehle steckte wie eine Schere aus rostigem, scharfkantigem, geborstenem Eisen, ging es ihr durch den Kopf. Sie räusperte sich. Auch ihre Stimmbänder schienen entzwei geschnitten.

»Ich verspreche es«, sagte sie. »Ich werde es versuchen.«

An ihrem freien Vormittag suchte Gesa Joke auf, einige Tage, nachdem Joke ihr die Todesnachricht hatte zukommen lassen.

Joke entschuldigte sich dafür, dass sie Gesa nicht zur Beerdigung eingeladen hatte. Diese habe im engsten Familienkreis stattgefunden. »Du verstehst schon, Geesje … Das wäre wirklich nicht gegangen. Trinken wir einen Tee zusammen?«

Joke trug ausgeblichene schwarze Jeans und ein viel zu weites schwarzes Sweatshirt, geliehen von ihrem Schwager, wie sie erwähnte; sie selbst habe nichts Passendes da gehabt. Unter ihren Augen lagen dunkle Schatten, ihre Mimik schien noch starrer also sonst. Sie war nicht gefasst. Sie hatte es noch immer nicht begriffen.

Sie erzählte von Eriks letzten Stunden im Krankenhaus. Am Tag nach Gesas Besuch hatte der Arzt immer heftiger darauf gedrängt, ihn einzuliefern. Er hatte protestiert, so lange er noch gekonnt hatte. Aber das Fieber hatte nicht nachgelassen, und er hatte kaum noch Luft bekommen. Schließlich hatte er nachgegeben und war mit Blaulicht abtransportiert worden. Im Krankenhaus hatte man ihn sofort auf die Intensivstation gebracht und dort beatmet. Doch nichts mehr hatte geholfen. Zwei Tage später war er an multiplem Organversagen gestorben.

»Er hatte eine Sepsis«, sagte Joke. »Und er hat nichts mehr gesagt. Gar nichts mehr.« Sie starrte blicklos vor sich hin. »Hat er zu dir noch irgendetwas gesagt?«

»Nicht mehr viel … Er hatte ja schon ziemlich hohes Fieber.« Gesa hob langsam die Achseln. »Aber ich hatte doch den Eindruck, dass er seinen Frieden gefunden hat.« Sie zögerte eine Sekunde. »Nur ins Krankenhaus, das wollte er nicht mehr. Das hat er schon noch deutlich gesagt.«

Joke nickte dumpf. »Du hattest es mir ja noch erzählt, an dem Abend. Ich hätte auf dich hören sollen.«

»Nicht auf mich«, sagte Gesa. »Auf ihn hättest du hören sollen.«

»Ich hatte eben gedacht, dass sie vielleicht noch irgendetwas für ihn hätten tun können.« Joke legte die Hände über die Augen. »Bisher war es ja immer gut ausgegangen. Und man muss doch alles versuchen.«

»Mach dir keine Vorwürfe«, sagte Gesa. »Ich glaube, er hat gewusst, dass er es diesmal nicht mehr schaffen würde.«

»Ich hab übrigens eure Mails gelesen«, sagte Joke, ohne darauf einzugehen. »Weil ich mich gefragt hatte, warum er dich noch einmal sehen wollte.« Sie sagte nicht »ausgerechnet dich«. Aber sie dachte es. Gesa sah es ihr an.

»Und? Weißt du es jetzt?«, fragte sie nur.

Joke antwortete nicht. Gesa setzte sich neben sie aufs Sofa und legte ihr den Arm um die Schultern.

»Es spielt doch jetzt keine Rolle mehr«, sagte sie. »Wir haben ihn geliebt. Beide. Wir haben ihn verloren. Beide. Vielleicht können wir jetzt einfach nur zusammen traurig sein.«

Nach dem Besuch bei Joke fuhr Gesa zum Friedhof.

Sie wusste, sie würde einmal hingehen und dann nicht wieder. Sie hatte mit Gräbern noch nie viel anfangen können. Die Vorstellung, sich an einen bestimmten Ort zu begeben, um sich jemandem verbunden zu fühlen, kam ihr abstrus vor.

Auch jetzt wieder stand sie etwas verloren vor der schlichten Grabplatte aus dunkelgrauem, poliertem Stein. Sie wünschte, es hätte eine Bank gegeben, auf die sie sich einen Moment hätte setzen können. Es kam ihr albern vor, hier herumzustehen; sie wusste zum Beispiel nicht, wohin mit den Händen, sie baumelten so sinnlos herunter. Sie wollte sie weder falten noch in die Manteltaschen stecken, und so verschränkte sie sie schließlich hinter dem Rücken.

Immerhin kamen ihr jetzt doch einige Dinge in den Sinn, die sie ihm erzählen konnte. Dass Rick und Louisa nächste Woche endlich wieder einmal zum Spielen zu Elina kommen würden.

Dass sie sich ihre erste eigene Bohrmaschine gekauft hatte und auch entschlossen war, zu lernen, wie man damit umging. Dass er ihr gezeigt hatte, was sie von einem Mann erwarten konnte, der mit ihr zusammen sein wollte. Dass sie nicht glaubte, ein höheres Wesen könne so niederträchtig und ungerecht sein, jedem nur ein einziges, mickriges Leben zu gewähren, wenn manche alles hatten und andere nichts. Dass sie noch lange um ihn weinen würde, aber bereit war, das Versprechen, das sie ihm zum Abschied gegeben hatte, zu halten: Zu versuchen, okay zu sein; auch ohne ihn.

Sie suchte in ihrer Handtasche nach dem kleinen, roten Bagger aus Plastik, den sie vor zwei Tagen in Elinas Spielzeugkiste gefunden hatte, und stellte ihn vor dem Grabstein ab. Das erschien ihr passender als Blumen oder ein Kranz. Dann wandte sie sich um und ging, ohne sich noch einmal umzusehen.

Heute Abend, nahm sie sich vor, würde sie zum ersten Mal in dem neuen Bett schlafen. Allein.

Es würde ein Anfang sein.

Danksagung

Die Autorin dankt Julia Paiva Nunes, Constanze Steinfeldt und Dr. Marina Vollstedt für ihre wertvolle emotionale, spirituelle und praktisch-technische Unterstützung bei der Arbeit an diesem Roman.